JA

Mich

auc

GOLDMANN

Lesen erleben

Buch

Tanja ist eine ewig Zweifelnde. Sie hat unzählige Studiengänge abgebrochen und sich über Nebenjobs fast in jeder Branche ausprobiert. Nur in einem Bereich läuft es bestens: Sie lebt mit dem perfekten Mann zusammen. Aber ist der attraktive und charmante Anwalt Hrithik vielleicht sogar zu perfekt für sie? Diese Frage beschäftigt sie ab dem Moment, in dem er ihr einen formvollendeten Heiratsantrag macht – und ihre spontane Reaktion zu ihrer eigenen Überraschung ganz anders ausfällt, als sie es sich in ihren Träumen immer ausgemalt hat: Sie möchte weglaufen. Sollte sie die Panikattacke vielleicht als Anlass nutzen, sich die entscheidenden Fragen über das eigene Leben zu stellen? Und ist eine Hochzeit nicht der Zeitpunkt, an dem man sich als Halbwaise mit dem Spät-Hippie-Vater ausgesöhnt haben sollte? Nur, wo lebt der jetzt eigentlich? Hat er womöglich seinen Lebenstraum von einer Kommune in Indien wahrgemacht? Schließlich beschließt Tanja genau dort die Antworten auf all ihre Fragen zu suchen, und zwar nicht allein. Natürlich ist ihre beste Freundin Juli mit von der Partie, und die beiden erleben eine turbulente Reise, an deren Ende Tanja tatsächlich ein wenig erleuchtet ist, was ihre Wünsche, Hoffnungen und Zukunft angeht.

Autorin

Jana Seidel wurde 1977 in Hannover geboren. Nach ihrem Studium in Kiel volontierte sie bei einer Tageszeitung. Anschließend schrieb Jana Seidel zwei Jahre als freie Journalistin für diverse Medien. Mittlerweile lebt sie in Hamburg und arbeitet in einer Zeitschriftenredaktion.

Außerdem von Jana Seidel bei Goldmann lieferbar:

Über den grünen Klee geküsst (47332)
Eigentlich bin ich eine Traumfrau (47637)

Jana Seidel

Mich gibt's übrigens auch für immer

Roman

GOLDMANN

MIX
Papier aus verantwortungsvollen Quellen
FSC® C014496

Verlagsgruppe Random House FSC-DEU-0100
Das FSC®-zertifizierte Papier *Holmen Book Cream* für dieses Buch
liefert Holmen Paper, Hallstavik, Schweden.

1. Auflage
Originalausgabe Dezember 2012

Dieses Werk wurde vermittelt durch die Literarische Agentur
Thomas Schlück GmbH, 30827 Garbsen.
Umschlaggestaltung und Umschlaginnenseiten:
UNO Werbeagentur, München
Umschlagmotiv: FinePic®, München; Getty Images/
The Image Bank / Dougal Waters
MR · Herstellung: Str.
Satz: IBV Satz- u. Datentechnik GmbH, Berlin
Druck und Bindung: GGP Media GmbH, Pößneck
Printed in Germany
ISBN: 978-3-442-47815-6

www.goldmann-verlag.de

Was soll man sagen, wenn der Mann, mit dem man den Rest seines Lebens verbringen möchte, einem endlich die entscheidende Frage stellt? Ich meine natürlich die H-Frage! Wenn man sich diesen Moment davor schon monatelang ausgemalt hat. Und, wenn man ehrlich ist, eigentlich schon als Mädchen davon geträumt hat. Gut, damals hatte man vielleicht noch ein genaueres Bild von dem Kleid, das man tragen, als von dem Mann, der neben einem stehen würde. Schließlich kannte ich Hrithik da noch gar nicht. Seinetwegen ist der Sahne-Baiser-Traum in meiner Vorstellung einem knallbunten Sari gewichen. Das sage ich ihm lieber nicht, denn er ist längst so eingedeutscht, dass er den ganzen Ethno-Kram kein bisschen mag.

Hrithik ist mein umwerfender Freund mit indischen Wurzeln. Er ist witzig, schlau, nett, attraktiv und – nein, er ist kein IT-Spezialist, sondern Anwalt. Er ist also ganz offensichtlich perfekt. Und ich liebe ihn trotzdem.

Was also sagt man so einem Mann, wenn er einen fragt, ob man ihn heiraten möchte? Klingt wie eine rein rhetorische Frage. Mir ist es aber tatsächlich gelungen, den perfekten Moment absolut und unwiderruflich zu vermasseln.

Vielleicht hätte er sich ja auch einfach nur verkneifen können, mir den Antrag ausgerechnet unter einem Weihnachtsbaum zu machen. Das wäre für manch eine sicher der Gipfel der Romantik – mit all den Kerzen und dem Bling-Bling zwischen den grünen Zweigen. Für mich verkörpert der schmucke Christbaum aber den Horror schlechthin. Was soll ich sagen?! Manche Menschen haben eine Phobie, was Fahrstühle angeht, andere fürchten sich vor Schlangen, und ich bekomme Atemnot, wenn ich einen Weihnachtsbaum sehe. So ist das eben. Das konnte Hrithik nicht wissen, weil ich es ihm nie gesagt hatte. Wozu auch? Wie hätte ich denn ahnen sollen, dass ein Mann, der – zumindest auf dem Papier – Hindu ist, auf die Idee kommt, mir ganz stolz ein so überflüssiges Stück meines Kulturguts zu präsentieren. Und das am Vormittag des Heiligabends, noch bevor ich meinen ersten Kaffee intus hatte. Nicht, dass ich ihm da jetzt einen echten Vorwurf machen will …

Bevor ich es vergesse: »Oh, äh … ich weiß nicht«, war übrigens die klägliche Antwort auf die Frage aller Fragen.

»Wie meinst du das?«, hat er mich verwirrt gefragt und überrascht geblinzelt.

Ich weiß nicht, was ich meinte. Ich weiß ja noch nicht einmal, was ich denken oder fühlen soll.

»Du siehst aus, als hätte ich dir gerade eine Ohrfeige verpasst. Eigentlich habe ich dich aber gefragt, ob du mich heiraten willst. Was hast du denn?«

Um mich herum hat sich alles gedreht. Als er mir an die Schulter greifen wollte, habe ich ihn angefaucht. »Setz mich doch nicht so unter Druck!« Und bin aus der Wohnung gestürzt. Wenn ich also sage, ich habe es vermasselt, dann meine ich: Ich habe es so richtig vermasselt.

Wenigstens irre ich jetzt nicht ziellos umher, auch wenn es sich genauso anfühlt. Wie eine Schwachsinnige schlittere ich über Glatteis zu dem Altersheim, in dem ich auch an diesem Tag arbeite. Wie so oft bin ich zu spät dran und nun auch noch völlig aufgelöst. Mit allem hätte ich an diesem Tag gerechnet, nur nicht mit einem Antrag unter Weihnachtsgrün.

Ich dachte ja, Hrithik wären die Feiertage vollkommen egal. Schließlich kann für ihn das Christkind kaum mehr Bedeutung haben als für uns Ganesha, der Elefantengott mit dem Riesenrüssel. Dabei weiß ich wirklich nicht, warum ich so bescheuert reagiert habe. Ich meine, ich liebe diesen Mann und ich WILL meine Zukunft mit ihm verbringen ... Zu blöd, dass ich ihm das so nicht gesagt habe.

Jetzt wäre es sicher sehr hilfreich, so eine abgeklärte, freundliche Mutter zu haben, die gleichzeitig auch die beste Freundin ist. Die könnte ich fragen, warum ich so ein Problem aus etwas Wunderbarem mache. Sie würde mir eine dampfende Tasse heiße Schokolade reichen. Und während die süße Flüssigkeit meinen Körper von innen wärmt, würde ihre behagliche Mütterlichkeit meine Welt wieder in Ordnung bringen. Mit einem weisen Lächeln würde sie mein Haar tätscheln und so etwas sagen, wie: »Ach, Schatz, wie schwer du dir das Leben machst! Was spricht denn dagegen, einen Mann zu heiraten, den du über alles liebst? Einen Mann, mit dem du ohnehin den Rest deines Lebens verbringen möchtest.«

Schade nur, dass ich diese Mutter nicht habe. Meine wurde von einem riesigen Weihnachtsbaum in einem Kaufhaus erschlagen, als ich sechs Jahre alt war. In ihrer Einkaufstasche fand man einen Plüschhund. Ich habe den Hund natürlich sofort erkannt, als man ihn uns zeigte. Es war das Kuscheltier, das ich mir so brennend zu Weihnachten gewünscht hatte. Zwei Dinge wurden mir in diesem Moment schlagartig klar. Erstens: Es gibt keinen Weihnachtsmann – sonst hätte der Hund wohl kaum in der Einkaufstasche meiner Mutter gelegen. Und zweitens: Ich bin Schuld an ihrem Tod, weil sie nie in dem Kaufhaus gewesen wäre, hätte sie nicht meinen Wunsch erfüllen müssen. Mein Vater hat mir den Hund als Erinnerung an meine Mutter gegeben, und ich habe diesen Beweis für mein Vergehen heimlich in Nachbars Garten verbuddelt, damit ich ihn nie wieder ansehen muss. Wenn mich jemand nach ihr fragt und ich wohl oder übel erwähnen muss, dass sie tot ist, deute ich immer eine schwere Krankheit an. Zum einen fällt es mir schwer, über die genauen Umstände zu sprechen, zum anderen möchte ich meine Zuhörer nicht in Verlegenheit bringen. Die entsteht automatisch, wenn man von jemandem erzählt, der auf diese irgendwie absurde Art gestorben ist. Das habe ich ganz schnell gelernt. Bei Erwachsenen, vorzugsweise bei meinen Lehrern, löste die Auskunft immer ein kurzes hysterisches Auflachen aus, das sie sofort mit einer Hand vor dem Mund erstickten. Sie konnten ja nichts dafür. Wenn Schock und Aberwitz sich paaren ist so eine Zwerchfell-Hysterie eine ganz normale Reaktion – mir geht es ganz genauso, wenn ich von Menschen lese, die sich von der Golden Gate Bridge stürzen, unten angekommen erleichtert sind, dass sie doch überlebt haben und dann von einem Weißen Hai gefressen werden. Oder der Typ, über den ich mal in der Zeitung gelesen habe, der an seinem Durchfall so verzweifelt ist, dass er ihn mit einem Betoneinlauf stoppen wollte und dabei über den Jordan ging. Deswegen erspare ich meiner Umwelt lieber die Details. Die Zuhörer können dann ganz automatisch auf routinierte Beileidsbekundungen zurückgreifen.

Meine besten Freunde wissen natürlich Bescheid, aber es hat sich nie die Gelegenheit ergeben, Hrithik einzuweihen. Als es mit uns angefangen hat, wollte ich ihn nicht gleich mit der »Sache« konfrontieren. Und später wäre es mir komisch vorgekommen, die Geschichte zwischen romantischem Abendessen und Kuscheln auf dem Sofa unvermittelt aus dem Hut zu zaubern.

Weil er nicht wusste, dass es ein Weihnachtsbaum war, der meine Mutter getötet hat, und dass ich diese Dinger seither nicht mehr ertrage, ist es verständlich, dass er dachte, man könne mir mit einem grünen, nadelnden Ungeheuer eine Freude machen. Schließlich würde so ein Baum bei den meisten wohl die Erinnerung an fröhliche Kindheitstage zwischen Apfel, Nuss und Mandelkern und unbeschwertem Konsumwahn wecken. Als man noch glaubte, keine Kreditkarte müsse für die seligen Gaben glühen, sondern ein weißbärtiger, alter Typ mit roter Kapuze werfe sie von seinem Rentierschlitten aus in die Schornsteine braver Kinder.

Ich schüttele mich. Durch die Kälte klären sich meine Gedanken leider so weit, dass ich alles, was gerade passiert ist, noch einmal wie in einem Film beobachten kann.

Hrithik bewies mit den goldenen und weißen Kugeln, die er für den Baum ausgesucht hatte, echten Geschmack. Liebevoll hängte er sie an die Zweige, während ich im Badezimmer so verzweifelt nach Luft schnappte, als würde ich gerade ohne Training einen Viertausender besteigen. Als ich mehrmals tief geatmet und die Zimmertür geöffnet hatte, lag mir das »Ich muss dir etwas sagen« wirklich schon auf der Zunge. Mein Vorhaben wurde aber jäh unterbunden von seinem »Ich möchte dich etwas fragen«. In dem Moment hatte ich keinerlei Vorahnung. Seine Worte kamen mir bloß wie eine merkwürdige Verdrehung meiner eigenen Gedanken vor. Das war der Moment, in dem alles begann, wie in einem Nebel zu verschwimmen. Ich ließ mich von ihm apathisch auf einen Hocker platzieren. Direkt neben den Baum, an dem echte Kerzen brannten. Es lief auch romantische Musik, weihnachtliche Chorgesänge, als er sich vor mir hinkniete, meine Hand nahm und mir die ganze Zeit unverwandt in die Augen sah, während er sagte: »Tanja, ich habe keine Ahnung, was in meinem Leben noch alles passieren wird, aber ich weiß genau, dass ich es nur mit dir erleben möchte. Also werde meine Frau. Und wenn ich dafür konvertieren und jedes Jahr einen Weihnachtsbaum schmücken muss.« Bei den letzten Worten zwinkerte er mir schelmisch zu. Er dachte vermutlich, ich wirke deshalb so verwirrt, weil ich vor Freude schlicht überwältigt war. Ich hielt die Luft weiter an. Irgendwo tief im Innern war ich das auch, aber das irre Gefühl wurde von etwas Ungutem so sehr überlagert, dass es nicht ganz durchdringen konnte. Ich hatte wirklich schon das eine oder andere Mal darüber fantasiert, das »Ja« schon Dutzende Male in Gedanken gehaucht. Ein läppischer Weihnachtsbaum – das war doch nur die Umgebung in diesem wichtigen Moment. Die sollte doch wirklich keine Rolle spielen bei einer Entscheidung, die das ganze restliche Leben bestimmt.

Ich bin ungeheuer wütend auf mich. Schließlich nimmt man in seinem Leben nur ein einziges Mal einen Heiratsantrag an. Wenn es gut läuft. Und wenn man ihn tatsächlich annimmt. Dies ist also meine Erinnerung für die Ewigkeit … Wenn der Beginn des langen, gemeinsamen Lebens schon doof anfängt … Ich könnte mir in den Hintern treten.

Ich weiß gar nicht, wie ich Hrithik wieder unter die Augen treten soll. Er wird zu Recht stocksauer sein. Wer wird schon gerne ohne sinnvolle Erklärung sitzen gelassen, wenn er gerade einen Antrag gemacht hat. Bestimmt denkt er, ich hätte kalte Füße bekommen. Verdammt. Ich brauche einen wirklich tollen Plan, wie ich das wiedergutmachen kann. Männer würden in solchen Fällen wohl je nach Gehaltslage zu Blumen, Pralinen oder Juwelen und einer mündlichen Entschuldigung greifen, aber was machen eigentlich Frauen, wenn sie etwas verbockt haben? Falls es da irgendwelche Standards gibt, kenne ich sie nicht. Bis mir etwas Gutes einfällt, schreibe ich erst mal Peter, Juli, Toni und Louisa, meinen vier besten Freunden, per SMS frohe Weihnachtswünsche und versuche, mich vorerst auf meinen Job zu konzentrieren. Immerhin sind dies doch die Dinge, die bleiben, selbst wenn Hrithik nun nie wieder etwas mit mir zu tun haben will.

Was den Job angeht, ist die Aussicht auf eine lange gemeinsame Zukunft, die jede Beziehung überdauert, allerdings eher niederschmetternd. Meine Schichten in der Küche und der Cafeteria im »Drei Rosen« ist eine schlecht bezahlte, wenig fordernde Aufgabe. Obwohl es sich um ein echt teures Nobel-Altersheim handelt. Wirklich beschweren kann ich mich nicht: Ein paar der alten Leutchen habe ich richtiggehend ins Herz geschlossen, so dass ich das ein oder andere Mal schon freiwillig eine Stunde länger geblieben bin. Ich mag es, mit den Bewohnern über ihr Leben zu quatschen, mein Leben und bisweilen auch mal über die politische Weltlage (»Früher war alles besser«). Mit diesem Bonus sollte ich aber auch nicht langfristig planen. Schließlich werden diese Menschen irgendwann demnächst – wohl eher demnächst als irgendwann – abtreten. Ein trauriger Gedanke. Manchmal bin ich ganz erschüttert davon, dass uns jeden Tag unzählige Lebenswelten abhandenkommen und man gar nichts dagegen unternehmen kann. Alles, was die Toten gesehen, gedacht und sich erträumt haben – einfach dahin, bis in alle Ewigkeit. Man müsste ein Denkarium haben, so wie Professor Dumbledore in der Harry-Potter-Serie, in dem man die Gedanken und Bilder von jedem speichern kann, der bereit ist, sie herauszurücken. Das geht ganz einfach, man muss sich nur eine silbrige Flüssigkeit durch Körperöffnungen wie Ohren, Mund oder tiefen Fleischwunden aus dem Gehirn ziehen.

❁

Ich knipse das Licht in der Cafeteria an. Sie hat vier Stunden täglich geöffnet. Meist stehe ich ohne Verstärkung hinterm Tresen. Bei gerade mal dreißig Bewohnern kommen nie sehr viele Gäste zur gleichen Zeit. Wenn die Cafeteria schließt und ich wie heute eine Doppelschicht bekommen habe, ackere ich danach noch drei Stunden in der Küche, damit alle pünktlich ihr Abendessen bekommen. Erschrocken fahre ich zusammen, als ich plötzlich Lothar Turban an einem der Tische sitzen sehe. Im Dunkeln war er ja unsichtbar gewesen. Lothar Turban ist ein echt harter, ungeselliger Brocken. Man sieht ihn nie in Gesellschaft, und selbst die neugierigen älteren Damen haben es aufgegeben, um seine Aufmerksamkeit zu buhlen. In der ersten Zeit hat er uns, dem Personal, immer die Tabletts mit Essen an den Kopf geworfen, die wir ihm gebracht haben. Einer der Vorzüge eines Nobel-Altersheims ist es nämlich, dass man nicht mit allen anderen im Saal speisen muss. Wer mag, kann sich das Essen aufs Zimmer bringen lassen. Die wenigsten nutzen das. Erstens, weil man sich den Speisesaal eher wie ein schickes Restaurant als wie eine Kantine mit fahler Beleuchtung vorstellen muss. Zweitens fühlen sich die meisten ohnehin einen Großteil des Tages einsam und freuen sich über Gesellschaft. Wir bieten immer zwei vollständige Menüs an, um es den Bewohnern leichter zu machen. Aber sie können auch einen Tag vorher jeden x-beliebigen Essenswunsch äußern, den wir dann erfüllen. Dankenswerterweise sind die meisten bequem und fechten keinen Wettstreit um kulinarische Kreativität aus. Sie kreuzen einfach eines der beiden Menüs an. Nicht so Lothar Turban. Weder möchte er mit den anderen speisen, noch wollte er anfangs ein Menü wählen. Deswegen mussten wir auf blauen Dunst testen, was ihm schmecken könnte – und die Folgen waren oft schmerzhaft. Wer hat schon gern heiße Erbsensuppe in den Haaren. Zum Glück habe ich dann herausgefunden, dass er Rouladen einfach nicht widerstehen kann. Die habe ich ihm vorgesetzt und bin seither von tätlichen Angriffen verschont geblieben. Ja, ich bilde mir sogar ein, dass seither etwas Wohlwollendes in seinem Grollen steckt und er gar kein so übler Kerl ist. Deswegen tut es mir leid, dass er an Weihnachten ganz allein hier sitzt. Auch wenn sie mir nichts bedeuten, weiß ich doch, dass diese Tage für die meisten Menschen eine Zeit sind, in der man sich nach heimeliger Geborgenheit und seinen Lieben sehnt. Und mag die Familienharmonie noch so aufgesetzt sein, die meisten fühlen sich darin wohler als so ganz allein in einer dunklen Cafeteria. Lothar hat zwar einen Sohn, aber den habe ich hier noch nie gesehen. Keine Ahnung, ob ihm das wirklich etwas ausmacht. Er sieht aus wie sonst. Im Gegensatz zu anderen Bewohnern nutzt er das Alter nicht, um sich auch äußerlich gehen zu lassen. Ich verstehe diejenigen, die sich keine Mühe mehr mit ihrer Kleidung geben. Die Wahrscheinlichkeit ist einfach zu gering geworden, dass morgen der Traummann an die Tür klopft oder das ganz große Abenteuer beginnt. Die hat Turban vermutlich auch nicht, dennoch trägt er ein Halstuch mit Paisley-Muster in Grün- und Rottönen, ein hellblaues Hemd und darüber ein gut sitzendes waldgrünes

Jackett. Was umso absurder ist, wo er doch der Einzige ist, der jeden zwischenmenschlichen Kontakt meidet. Für wen gibt er sich so viel Mühe?

Der »Gentleman« unterbricht meine Gedanken rüde. »Ich dachte, die Cafeteria öffnet um 15 Uhr? Ich will einen Kaffee«, bellt er in meine Richtung, während ich den Tresen vorbereite, die von der Frühschicht vorbereiteten Kuchen und Kekse in der Vitrine drapiere und die Kasse einschalte. Gut, ich gebe zu, manchmal fällt es mir schwer, das Wohlwollende in seinem dreisten Gebaren zu sehen. Aber vielleicht will er mit der bissigen Art ja nur seine tief empfundene Einsamkeit überdecken oder so. Womöglich ist er nur so knurrig, damit die Leute denken, er sei allein, weil er es so will. Nicht etwa, weil sich niemand für ihn interessiert. Könnte doch eine Frage des Stolzes sein. Genau, er ist nämlich eigentlich ein ganz lieber Mensch. Ommm …

»Nun, wir öffnen ja auch um 15 Uhr«, sage ich freundlich.

»Es ist 15.01 Uhr. Wenn Sie da noch weiter rumhantieren, glaube ich nicht, dass Sie den ersten Kaffee vor 15.15 Uhr ausschenken. Sie haben ja noch nicht mal die Maschine eingeschaltet.«

Seufzend schlurfe ich zu dem mörderschicken Kaffee-Vollautomaten und wiederhole innerlich mein »Jeder Mensch hat eine gute Seite«-Mantra. Den Vollautomaten bräuchten wir eigentlich gar nicht, aber er passt halt so gut zur schicken Einrichtung. Statt fieser Klappstühle gibt es in dieser Cafeteria dunkelbraune Ledersessel im Chippendale-Stil. Die Milchdüse der Maschine musste ich bislang kein einziges Mal reinigen, weil keiner hier den aufgeschäumten Quatsch will. Unsere Bewohner sind alle über siebzig und trinken stinknormalen Kaffee mit einem

Spritzer Milch aus dem Kännchen und ein paar Zuckerwürfeln. Auch wenn sie alle Geld haben, ist die Starbuckskultur viel zu spät für sie über den Ozean geschwappt. In besonders extravaganten Momenten trinken die Damen vielleicht mal einen Espresso. Im Gedenken an die Italienurlaube, in denen Kellner mit ihnen flirteten, die sicher schon gar nicht mehr unter den Lebenden weilen. Schweigend hantiere ich weiter herum, während Turban missmutig jede meiner Handbewegung beobachtet. Ich versuche ihn zu ignorieren. Ich habe heute echt größere Probleme und muss mich von dem Stinkstiefel nicht aus der Ruhe bringen lassen.

Die Tür öffnet sich, und herein tritt Lilly. Strahlend winke ich ihr zu. Meine Rettung. In Lillys Nähe ist schlechte Laune schlicht unmöglich. Jedes der vielen Fältchen in ihrem Gesicht ist ein Lachfältchen – deswegen wirkt sie damit viel jünger und eher apart als alt. Wie Lothar hebt sie sich durch ihr Äußeres von der Masse ab. Sie gibt sich immer noch Mühe – und das mit Erfolg. Nie versucht sie Altersspuren mit zu viel Make-up zu übertünchen, was andere Damen ihres Alters oft lächerlich aussehen lässt. Alles schön dezent! Sie färbt ihr Haar immer noch sorgfältig in dem goldblonden Ton, den sie früher von Natur aus hatte. Nur ihre Kleidung ist wie immer auffallend. Früher muss sie ein echt heißer Feger gewesen sein. Sie trägt ein fließendes violettes, elegantes Kleid mit schwarz bestickter Borte am Halsausschnitt. Sie hat mir mal erklärt, dass sie es für eine Frage der Höflichkeit halte, andere nicht zu langweilen – auch nicht mit öden Klamotten. Nun ja, sie war mal Schauspielerin. Sie weiß halt, wie die Bühne funktioniert.

»Nicht die verrückte alte Schachtel«, zischt Turban so

laut, dass die so Bezeichnete es garantiert gehört hat. Eigentlich heißt »die verrückte alte Schachtel« übrigens Gerda. Weil sie den Namen aber ihr Leben lang schrecklich fand, gönnt sie sich hier endlich den Luxus, sich bei ihrem Lieblingsnamen Lilly rufen zu lassen. Der passt auch viel besser zu ihr. Ich verstehe, warum manche sie für verrückt halten. Aber ich glaube eigentlich nicht, dass sie es ist. Es ist aufregend, sie zu beobachten. Sie wirkt immer irgendwie amüsiert, sogar wenn sie mit sich allein ist. Mit blitzenden Augen sitzt sie da, immer ein wenig unruhig fahren ihre Finger Spuren auf dem Tisch nach. Gelegentlich kichert sie scheinbar grundlos wie ein Schulmädchen. Wie gerne würde ich in solchen Momenten in ihren Kopf gucken können. Ich vermute, dass darin ein so überwältigender Wirbelsturm an verqueren Gedanken tobt, dass sie ihn kaum halten kann. Deswegen kann sie auch nicht verhindern, dass ihre Reaktion auf eine besonders heitere Idee nach außen sichtbar wird. Also ist sie vielleicht doch ein wenig verrückt, wenn man damit nur meint, dass sie etwas neben der üblichen Spur läuft.

Sie schwebt in meine Richtung und wirft mir eine ausgelassene Kusshand zu. »Fröhliche Weihnachten, Tanja. Wieso arbeitest du an einem Tag wie diesem?«

»Ich arbeite immer an Weihnachten. Das Fest bedeutet mir nichts.« Ich bin sogar froh über jede Ablenkung an den grauenhaften Feiertagen, die mich immer an das Ende unseres Familienlebens erinnern, ergänze ich innerlich.

»Und deinen Freund hast du an so einem Tag ganz alleine zu Hause sitzen lassen?«

Ich schlucke.

»Oh, oh … schwieriges Thema?«

Ich nicke vorsichtig.

»Das renkt sich schon wieder ein. Zu Weihnachten werden alle immer ein wenig merkwürdig. Dann zanken sie, und zu Neujahr ist es Schnee von gestern. Manche haben allerdings auch immer schlechte Laune.« Sie deutet lächelnd auf Turban, der uns übel gelaunt fixiert. Ich zwinkere ihr zu und lasse sie in dem Glauben, zwischen Hrithik und mir gäbe es nur eine alberne, klitzekleine Verstimmung wegen nicht zugeschraubter Zahnpastatuben.

Mittlerweile ist der Kaffee für Turban fertig. Mit einem verschwörerischen Grinsen schnappt sich Lilly die Tasse. »Den bringe ich ihm.«

Ich kann sie schlecht aufhalten, obwohl mir Fürchterliches schwant. Lilli stellt den Kaffee mit einem kleinen Knicks vor Turban ab. So weit, so gut.

»Fröhliche Weihnachten, Lothar.« Ohne Vorwarnung küsst sie ihn auf den Mund. Lieber Himmel! Wie gerne würde ich mich in diesem Moment schamhaft unter dem Tresen verstecken. Aber man hört gar keinen Laut von Lothar, dabei hatte ich schon mit einem handfesten Wutanfall gerechnet. Ihn außer Gefecht zu setzen, kann auch wirklich nur einer Lilly gelingen. Zumindest vorübergehend. Mit leichter Verspätung versteht er leider doch, was ihm gerade widerfahren ist. In der Sekunde davor lag es wohl nur so weit jenseits seiner Vorstellungskraft, dass er es nicht glauben konnte. Er springt unvermittelt auf, als sei er nicht etwa von Lilly geküsst, sondern von einem wilden Löwen gebissen worden. Bei der abrupten Bewegung kippt sein Stuhl polternd um. Kräftig fährt er sich mit dem Handrücken über die Lippen und schnappt nach Luft. Sehr theatralisch! Ich muss grinsen. Eigentlich wären sie ein ideales Paar. Mir fallen sonst keine zwei Menschen ein, die andere so gut aus der Fassung bringen können. Wenngleich ihre

Methoden sich doch sehr unterscheiden. Wird der eine von Dauerzorn angetrieben, kommt die andere nicht gegen ihren kindlichen Übermut an.

»Ach, hab dich nicht so, Lothar«, sagt sie mit einer erhabenden, abwinkenden Geste. »So oft wird dir das nicht mehr passieren.«

Sie kommt wieder an den Tresen, während Lothar immer noch dasteht und ihr stumm nachsieht.

Sie streckt mir triumphierend den erhobenen Daumen entgegen.

»Was war das?«, frage ich vorsichtig.

»Och, ich habe mir gestern eine Liste gemacht mit hundert Dingen, die ich noch erledigen möchte, bevor ich sterbe. Einen fremden Mann zu küssen, stand ganz oben. Er war nicht gerade begeistert, oder? Früher waren die Männer dankbar für meine Küsse.« Sie seufzt schwer.

»Und was steht sonst noch auf dieser Liste?«, frage ich amüsiert und besorgt zugleich.

»Das wirst du schon sehen«, entgegnet sie mit geheimniskrämerischer Miene, die fürchterliche Missetaten andeutet. Auweia. Gut, dass ich hier nicht Vollzeit arbeite.

»Gleich kommen Johann und Oscar. Sehe ich gut aus?«, fragt Lilly. Die strahlende Diva wirkt plötzlich unsicher. Sie hängt an ihren Kindern und Enkeln. Erwidert wird ihre Zuneigung aber eher nicht. Wer sich hier umsieht, könnte befriedigt glauben, das Klischee »reich, aber einsam« träfe voll zu. Ich vermute eher, die anderen können sich nur einfach eine solche Einrichtung nicht leisten, in die man seine Eltern halbwegs guten Gewissens abschieben kann. Die Kinder von Lilly – sie hat einen Sohn und eine Tochter – tauchen selten auf. Wenn, dann lamentieren sie immer über die Verschrobenheiten ihrer Mutter und sehen zu, dass sie schleunigst wieder wegkommen. Johann, ihr Sohn, und Josie, ihre Tochter, teilen sich Lillys Haus seit deren Auszug und bewohnen es gemeinsam mit ihren Familien. Ich denke, sie haben einander verdient. Eigentlich sind sie harmlose, verkrampfte Spießer, soweit ich das bei ihren kurzen Cafeteria-Aufenthalten feststellen konnte. Nur gegen Johanns kleinen Sohn Oscar habe ich eine echte Abneigung. Ein feister Gierschlund mit bösen Zügen. Ich bin mir nahezu sicher, dass er Frösche seziert, ins Bett nässt und als berühmter Prostituiertenmörder in die Geschichte eingehen wird. Ich weiß, so etwas Grausames darf man über einen Achtjährigen eigentlich nicht sagen. Aber wer ist denn noch nie einem Kind begegnet, bei dessen Anblick er an der angeborenen Unschuld des Kleinen gezweifelt hätte? In Wahrheit haben doch sicher die meisten schon mal ein Gör getroffen, das man allzu gerne stellvertretend für die Eltern übers Knie gelegt hätte. Hinterher schämt man sich natürlich ganz furchtbar für diesen Gedanken. Und natürlich würde ich nie ein Kind schlagen. Und meist haben solche Kinder ja auch noch furchtbar selbstgerechte Eltern – vielleicht können die Kleinen ja doch nichts dafür, dass sie so sind. Die stolzen Erzeuger schauen einen sofort vernichtend an, wenn man nicht vor Glückseligkeit juchzt, nur weil der Sohnemann einem gerade herzhaft gegen das Schienbein getreten hat. Ganz ähnlich wie selbstgerechte Kampfhundbesitzer, die auch nie verstehen, dass man den Sabber ihres reizenden »Der tut keinem was«-Familienmitglieds mit einem angewiderten Gesichtsausdruck von seiner Wade wischt.

Oscar hat mir mal ein Bein gestellt, als ich gerade ein Tablett voller Kaffee getragen habe. Als ich gestolpert bin und den ganzen Kaffee verschüttet habe, hat ihm wohl gedämmert, dass er die Art von Mist gebaut hat, für die es Ärger geben könnte. Blitzschnell ist der raffinierte Rotzlöffel zu seinem Vater gelaufen und hat unter künstlichen Tränen behauptet, ich hätte ihn mit dem heißen Kaffee verbrüht. Und schon war er das Opfer. Verpetzen kann man so einen Mistkäfer natürlich nicht, deswegen habe ich mich stoisch vom besorgten Vater und der Heimleitung anschnauzen lassen. Oscar hat strahlend dabei zugesehen. Ich dachte schon, er würde gleich auch noch juchzend in die Hände klatschen. Seither verfinstert sich meine Miene bei seinem Anblick immer ein wenig. Ich vermute, sein Vater hält mich deshalb für eine kinderfeindliche und damit auch gesellschaftliche Totalversagerin. Kinder sind doch schließlich die Zukunft, nicht? Und deren Eltern haben immerhin schon etwas für unser aller Rentenkonto getan, indem sie Spermie und Eizelle gekonnt aufeinanderprallen ließen. Und was habe ich bisher für die Gesellschaft getan? Nichts! Ich schaffe es ja nicht mal, den Heiratsantrag meines Freundes anzunehmen.

Und da höre ich doch schon den süßen kleinen Oscar zetern. »Müssen wir wirklich zu Oma?«

Besorgt schaue ich zu Lilly. Sie sieht für einen kurzen Moment betroffen aus, fängt sich aber sofort wieder.

»Weißt du«, hat sie mir mal anvertraut. »Menschen, die lieben, sind glücklicher als solche, die geliebt werden.«

Dann muss Lilly wohl einer der glücklichsten Menschen der Welt sein. Denn sie hat ein echt großes Herz, und ich habe aus ihrem Mund überhaupt noch nie ein böses Wort über einen anderen Menschen gehört.

»Ich will so einen Schokoladenweihnachtsmann«, kräht Oscar mich an.

»Der kostet einen Euro«, sage ich knapp, erwidere seinen

herausfordernden Blick und mache keine Anstalten, ihm einen Weihnachtsmann zu geben.

»Ich erledige das«, sagt Johann genervt. »Aber sag schön erst mal Hallo zu Oma.«

Der korrupte Knabe setzt ein gieriges Lächeln auf und geht zu Lilly. »Hallo, Oma.«

Sie streichelt ihm freundlich übers Haar. Mit leicht zusammengekniffenen Augen schmiegt sich Oscar kurz an sie und versucht dabei, den Blick seines Vaters aufzufangen, als wolle er sagen: »Sieh her, dafür sind doch wohl mindestens zwei Weihnachtsmänner drin.«

Johann schiebt mit einem Espresso für sich und dem Weihnachtsmann für seinen Sohn ab. Mich hat er kein einziges Mal angeguckt. Vielleicht ist er mir immer noch böse. Vielleicht sind Servierer in seinem Weltbild auch nur ein sprechender Teil des Mobiliars. Weil die Jungs sich mit Lilly an den Tisch direkt vor meinem Tresen setzen, muss ich alles mit anhören.

»Elke und Josie haben mich gebeten, mit dir zu reden.« Elke ist seine Frau. Leicht verlegen schiebt Johann seinen Teelöffel auf dem Tisch hin und her. Oscar hat derweil seinen Weihnachtsmann mit einem Biss geköpft und guckt nun gelangweilt die beiden Erwachsenen an.

Ich strecke ihm die Zunge raus, woraufhin er hektisch am Ärmel seines Vaters zupft. Aber der hat zu meinem Glück gerade Besseres zu tun.

»Wir machen uns Sorgen.«

Die Familie sorgt sich um Lilly? Das sind ja mal ganz neue Töne!

»Weshalb denn nur?« Genau wie ich hat Lilly keinen blassen Schimmer.

»Wenn das so weitergeht, fliegst du hier noch raus. Und

wo willst du dann wohnen? Wir würden dich ja aufnehmen, aber du weißt ja, dass wir einfach sehr wenig Platz haben.«

Ich werde schon wieder wütend. Lilly hat ihr geliebtes Haus an ihre Familie abgetreten. Sie ist nur deswegen ausgezogen, weil sie den Undankbaren Platz schaffen wollte. Und jetzt soll sie jedes Recht verloren haben, wieder einen Fuß über die Schwellen zu setzen? Und warum sollte sie überhaupt rausfliegen? Sie zahlt ein so ordentliches Sümmchen für ihren Platz hier, dass man sie nicht so leicht ersetzen kann.

»Oh, aber ich will gar nicht zu euch ziehen. Warum sollte ich denn hier rausfliegen?«, stellt Lilly munter meine Frage.

»Frau Fröhlich hat mir erzählt, dass du gestern Nacht wieder draußen warst.« Frau Fröhlich ist die Heimleiterin, die ihrem Namen absolut gar keine Ehre macht. Bei der Oscar-Kaffee-Affäre hat sie mich als »unfähige Kuh« beschimpft, ohne mich auch nur einmal nach meiner Version der Geschichte zu fragen. Hätte unser Koch Fabian nicht eine Schwäche für mich und sich für mich eingesetzt, wäre ich sicher arbeitslos. Johann schaut finster auf die Tischplatte. Das Gespräch ist ihm merklich peinlich.

»Na und?«

»Du hast versucht, einen Apfelbaum zu säen.«

»Stimmt«, Lilly kichert unbefangen.

Ich vermute, bei der Apfelbaumgeschichte handelt es sich um einen der Punkte auf ihrer Liste. Die Arme. Wenn die Leute schon bei den Punkten 1 und 2 so auf die Barrikaden gehen, wird sie niemals auf 100 kommen. Falls ich nicht schon welche verpasst habe.

»Mir ist so langweilig«, stöhnt Oscar und haut mit der Faust auf den Körper des Schokoladenkerls. Lilly und ich zucken zusammen. Johann aber ignoriert seinen Sohn.

»Du hast dafür leicht bekleidet den Schnee von der Wiese geräumt.« Er wird langsam wütend. Hauptsächlich wohl deswegen, weil er sich gezwungen fühlt, dieses Gespräch zu führen. So schlimm ist es nun wirklich nicht, mit ein paar Apfelkernen in den Garten zu gehen.

»Ich wollte nicht, dass meine Kleidung schmutzig wird. Und ich musste doch irgendwie an die Erde rankommen, um die Kerne einzusetzen«, sagt Lilli bestimmt. Klingt einleuchtend.

»Würdest du solche Eskapaden bitte in Zukunft lassen?«

»Nun, ich werde ganz sicher keinen zweiten Apfelbaum mehr pflanzen.« Jetzt wird auch Lilly ungeduldig.

»Und auch sonst keinen Unsinn mehr anstellen?«

»Ich weiß nicht genau, was du mit Unsinn meinst …« Lilly guckt zur Seite.

»Können wir jetzt gehen, ich will spielen!« Oscar hat inzwischen auch die Schokoladentrümmer verputzt.

»Was möchtest du denn spielen?«, fragt seine Oma neugierig.

»Return to Castle Wolfenstein. Das ist voll cool«, sagt Oscar. Aus seinem Kindermund klingen die englischen Wörter ein bisschen drollig. Mit dem imaginären Maschinengewehr in seinen heftig zuckenden Armen, erläutert er den Erwachsenen den ungefähren Inhalt des Spiels. Na klasse. Bis zum Prostituiertenmörder schafft er es gar nicht mehr. Vorher wird das verfressene Kind in der Schule gemobbt. Dann läuft es natürlich Amok. Vor meinem geistigen Auge sehe ich mich in die Kamera einer Pressemeute bedauernd sagen: »Irgendetwas war immer komisch an dem Jungen. Und dann immer diese Gewaltspiele …«

Verwirrt sieht Lilly zu mir. So ganz hat sie das Castle-Wolfenstein-Prinzip offenbar nicht verstanden. Ich winke ab, um ihr zu signalisieren, dass sie rein gar nichts verpasst hat: »Kann ich noch etwas für Sie tun?«

»Zahlen«, sagt Johann knapp und wirft abgezählte Münzen auf den Tisch, während er aufsteht. »Und, bitte, Mutter, nimm ein bisschen Rücksicht auf uns und deine Mitbewohner.«

Lilly schaut betreten auf den Tisch.

»Blöde Rotzlöffel«, höre ich Lothar unerwartet brummeln. Es ist doch immer wunderbar, etwas Schönes in einem Scheusal zu entdecken. Ich hätte gedacht, er freut sich, wenn der »verrückten Lilly« vor den Kopf gestoßen wird. Angewidert schaut Johann zu Turban. Ihm ist nicht entgangen, dass die Rotzlöffel-Mehrzahl ihn mit einschließen sollte. Schlauer, als ich dachte, der Mann.

»Wie halten Sie es hier nur aus mit diesen renitenten Alten?«, fragt er entnervt.

War ja klar, dass er mich nun doch bemerkt. Jetzt, wo er einen Verbündeten gegen den Wahnsinn des Alters sucht. Wenn er gleich auch noch Brüderschaft mit mir trinken will und mir leutselig einen Euro zusteckt, damit ich Lilly bewache, lege ich vielleicht einfach ihn UND seinen Sohn übers Knie.

»Bestens«, antworte ich knapp.

Lilly steht auf und küsst Sohn und Enkel flüchtig auf die Wange. Die wischt Oscar sich schnell noch ab, bevor er mit seinem Vater den Raum verlässt. Gemeinsam schauen wir ihnen nach. Ich habe das Gefühl, wir denken alle das Gleiche.

Rein theoretisch möchte ich ja auch Kinder bekommen. Etwas weniger theoretisch – rein faktisch – müsste ich dann allmählich mal damit beginnen. Ich bin dreiunddreißig. Aber was, wenn die Kleinen überhaupt nicht darauf stehen, abends Erich Kästner oder Astrid Lindgren vorgelesen zu bekommen. Wenn sie nicht mit ihren rotwangigen Freunden über die Wiesen tollen, um sich dann bei mir ein Stück frisch gebackenen Erdbeerkuchen abzuholen? Wenn sie ihr politisch korrektes Holzspielzeug nur dafür nutzen, anderen Kindern die Köpfe einzuschlagen und den Rest der Zeit in der Krabbelgruppe darüber streiten, wer das coolste Plastik-Kinder-Handy hat? Das alles macht mir ein bisschen Sorge – mal ganz zu schweigen von der globalen Erwärmung und der wachsenden Armut. Das ist nur eine Seite des Problems. Egoistisch bin ich zu allem Überfluss auch noch. Der Gedanke, jahrelang kaum mehr eine Stunde mit Hrithik allein zu haben, nicht mehr spontan mit ihm durch die Kissen tollen oder etwas anderes unternehmen zu können, macht mich unruhig.

Hrithik! Bei dem Gedanken an unsere nächste Begegnung drehen meine Schweißdrüsen durch. Ich weiß immer noch nicht, wie ich ihm mein blödes Verhalten erklären soll.

»Setz dich einen Moment zu mir«, bittet Lilly und nimmt wieder Platz. Die Cafeteria ist absolut leer, es gibt also keinen Grund, so zu tun, als würde ich arbeiten. Ein Plausch mit Lilly ist mir jetzt ohnehin viel lieber.

»Du hast mir immer noch nicht erzählt, was du an den Weihnachtstagen hier machst. Ist dein Freund jetzt ganz allein zu Hause?« Sie stützt den Kopf auf ihre Hand und schaut mich nachdenklich an. Mir steigt ihr Duft in die

Nase. Ich sauge ihn dankbar auf, weil er mich immer ganz friedlich stimmt. Ich rieche eine Mischung aus Lakritz, Vanille und Veilchen. Vielleicht kommt das von den Veilchenpastillen aus den altmodischen Dosen, die sie andauernd nascht. Eine Dose davon hat sie mir mal geschenkt. Sie meinte, das Mädchen darauf sähe genauso aus wie ich. Es war ein altmodisches, zartes Frauenporträt wie aus dem 19. Jahrhundert: ein herzförmiges Gesicht, lange schwarze Locken und ein verträumter Blick aus großen blauen Augen. Das war schmeichelhaft. Mein Haar reicht nur bis zur Schulter, und meine Lippen sind viel weniger voll.

»Du weißt doch, mein Freund ist Hindu. Deswegen ist es ihm egal, und mir bedeutet es auch nichts.«

»Oh, wie schade«, sagt Lilly und schaut betrübt auf die Tannenzweige mit den Kugeln an den Fenstern. »Ich mochte Weihnachten immer so gerne. Vor allem als die Kinder noch klein waren.«

Vielleicht ist es ihr anheimelnder Duft, vielleicht schwappt ihr Anflug von Weihnachtsrührseligkeit auf mich über, aber ich muss es jetzt einfach aussprechen. »Mein Freund hat mir heute Morgen einen Heiratsantrag gemacht.«

Lilly strahlt, als hätte sie selbst gerade einen bekommen. »Oh, das ist ja wunderbar! Ich freue mich für dich. Herzlichen Glückwunsch. Oh, wie gerne wäre ich dabei, wenn du dein Brautkleid aussuchst. Du wirst so hübsch aussehen.«

Betrübt schaue ich auf den Tisch.

»Oh, Entschuldigung. Auch im Sari wirst du natürlich bezaubernd aussehen, oder was man als indische Braut so trägt.«

Ich erlöse sie schnell aus ihrer Verlegenheit. »Darum geht

es gar nicht. Früher wollte ich vielleicht ein tolles Kleid, heute wäre mir ein Termin beim Standesamt fast noch lieber, weil er unkomplizierter ist. Falls es überhaupt zu einer Hochzeit kommt …« Verzweifelt lasse ich meinen Kopf auf die Tischplatte fallen. Als ich ihn leicht anhebe, hat Lilly ihre Augenbrauen in schwindelerregende Höhen gezogen.

»Er hat mir einen Antrag gemacht – und ich bin aus der Wohnung gestürmt.« Wie bescheuert das klingt, fällt sogar mir auf.

»Das ist aber nicht schön, Tanja. Der Arme. Andererseits bekommen fast alle Bräute zwischendurch kalte Füße. Besser jetzt, als in der Nacht vor der Hochzeit. Nachher wirfst du dich einfach in seine Arme, säuselst irgendetwas Romantisches und sagst laut vernehmlich Ja.«

So einfach könnte es sein. Genau das sollte ich tun. Doch das merkwürdige Gefühl in meiner Bauchgegend hat sich fest eingenistet.

»Du hast bestimmt recht. Fröhliche Weihnachten, Lilly«, sage ich und küsse sie sanft auf die Wange.

Danach arbeite ich eigentlich nur noch abwesend vor mich hin und grübele ergebnislos, bis ich die Cafeteria endlich schließen kann. Ich kann mir ein Leben ohne Hrithik wirklich nicht vorstellen. Und ich habe auch keine Angst davor, mich für immer und ewig an ihn zu binden. Ich habe nicht mal unterbewusst den Wunsch zu schauen, ob da draußen im Meer der Möglichkeiten ein noch besserer Fisch für mich herumschwimmt. Die Wurzeln meines Problems sind wohl eher an ein Thema geknüpft, mit dem ich mich seit Jahren konsequent nicht auseinandersetze: meine Eltern. Der emotionale Aufruhr beim Antrag hat alles wieder wachgerüttelt. Nicht nur Bilder von meiner

Mutter, sondern auch von Kurt. Ich weiß nur noch nicht genau, inwiefern mich mein abwesender Vater vom absoluten Beziehungsglück abhalten sollte. Aber er spukt mir durch den Kopf, seit Hrithik mich neben dem Weihnachtsbaum platziert hat. Während Fabian mich durch die Küche scheucht, schneide ich mich gleich drei Mal beim Zerteilen einer einzigen Zwiebel. An den Tränen auf meiner Wange ist jetzt wirklich nur das Lauchgewächs schuld, aber ich wirke wohl so erbarmungswürdig, dass Fabian seinen Arm um meine Schulter legt.

»Beziehungskrise?«, fragt er.

»Nein, Heiratsantrag.« Ha, langsam geht es mir leichter über die Lippen. Auch wenn es aus meinem Mund jedes Mal so klingt, als sei so ein Antrag die absolute Zumutung. Ich schäme mich schon wieder.

Fabian wundert sich keine Sekunde über meine mangelnde Begeisterung. Zum Glück schließt er immer nur von sich auf andere.

»Lass dich nicht anketten, Mädchen. Da draußen gibt es so viele schnuckelige Kerle. Warum sich nur mit einem davon zusammentun?« Er macht einen Kussmund. Dahinter verbirgt sich keine widerliche Anmache, Fabian ist stockschwul.

Warum nur denken alle sofort, ich leide unter kalten Füßen? Schon aus Prinzip beschließe ich, mich nachher in Hrithiks Arme zu werfen und mit etwas Verspätung ein bühnenreifes Ja-Wort abzuliefern. Wenn er mir bloß die Gelegenheit dazu gibt. Grübeln kann ich hinterher noch, warum ich nicht gleich wie erwartet reagiert habe. Vielleicht war es am Ende ja doch nur der Weihnachtsbaum.

Ich schnappe dennoch mein Handy und berufe umgehend eine Krisensitzung für den nächsten Abend mit meinen Freunden ein. Ich weiß, dass alle am 25. Dezember wieder in Hamburg sein wollten. Ich sehne mich plötzlich heftig nach ihnen und danach, mit ihnen über alles reden zu können.

Auf dem Nachhauseweg frage ich mich zum ersten Mal, was ich eigentlich anfange, wenn Hrithik gar nicht auf mich warten sollte. Wenn er frustriert die Wohnung verlassen hat und nun grüblerisch durch Eis und Schnee irrt. Wenn er dabei zu dem Schluss kommt, dass ich doch nicht die Richtige für ihn bin. Mit einem Mal will ich ihn so dringend fest umarmen, dass ich vor Sehnsucht Bauchschmerzen bekomme.

»Ich mache alles wieder gut«, flüstere ich leise vor mich hin.

So aufgeregt wie in dem Moment, als ich meinen Schlüssel ungeschickt ins Schloss versenke, war ich seit unseren ersten Verabredungen nicht mehr. Fühlt sich wie Lampenfieber an. Dabei sitzt da drin doch nur mein Freund, sage ich mir beschwichtigend. Der Mann, den ich liebe, kenne und dem ich vertraue. Der, mit dem ich den Rest meines Lebens verbringen will. Mein zukünftiger Ehemann. Hrithik und Tanja Raichand. Das war doch jetzt gar nicht so schwierig. Tut auch gar nicht weh, der Gedanke. Ganz im Gegenteil. Ich öffne die Tür – und stehe in einer leeren dunklen Wohnung. Kopflos renne ich durch Schlaf-, Arbeits- und Wohnzimmer. Aber auf keinem der Tische liegt ein handgeschriebener Brief an mich. Weder weiß ich, wo er ist, noch wann er wiederkommt. Ich rolle mich auf dem Sofa zusammen, hülle ganz eng die mollige Fleece-Decke um meinen verfrorenen Körper und bin so erschrocken über Hrithiks Abwesenheit, dass ich nicht einmal heulen kann.

Ich weiß nicht, wie lange ich so rumgelegen habe, als ich endlich den Schlüssel in der Haustür höre. Es ist Hrithik. Am liebsten würde ich gar nicht mit ihm reden, sondern nur dafür sorgen, dass alles wieder gut ist. Von einem heftigen Impuls getrieben, renne ich auf ihn zu und werfe mich in seine Arme. Eigentlich pralle ich eher ungeschickt gegen seinen Körper. Denn er erwidert die Umarmung nicht. Ich schaue zu ihm hoch und sage schnell, damit er mir nicht mit irgendetwas zuvorkommen kann: »Es tut mir so leid. Ich weiß auch nicht, was vorhin in mich gefahren ist. Natürlich will ich dich heiraten! Nichts lieber als das.«

Ich schmiege mich an ihn und hoffe, dass er sich ein wenig freut und es doch noch ganz romantisch wird. Aber er presst mich keineswegs an sich, sondern drückt mich ein Stück von sich weg.

»Wirklich? Vorhin hat es ganz und gar nicht so gewirkt?« Sein schockierend nüchterner Tonfall sorgt dafür, dass die Geschichte von meiner Mutter und dem Weihnachtsbaum nur so aus mir heraussprudelt.

»… das solltest du vielleicht sowieso wissen, wenn wir heiraten«, stelle ich nach meinem wirren Vortrag kleinlaut fest.

Jetzt nimmt er mich doch in den Arm, und ich schmiege mich ganz tief hinein.

»Das sollte ich sogar ganz sicher wissen. Ach, Tanja … warum hast du mir nicht schon früher davon erzählt? Und ich Hornochse will dir ausgerechnet unter dem blöden Baum einen Ring an den Finger stecken.«

»Ich habe es nicht erzählt, weil die Geschichte so aberwitzig klingt.«

»Das ist alles, nur nicht witzig.«

»Oh, Mann«, fügt er plötzlich hinzu. Ich folge seinem

Blick. Er betrachtet das Nadelmonster. Dann läuft er quer durchs Zimmer, öffnet ruckartig die Balkontüren, schleift den Baum samt allem Schmuck mit bloßen Händen hinaus und wirft ihn über die Brüstung. Dann klatscht er in die Hände: »Machen wir es halt gleich wie die Schweden.«

Er sieht für einen Moment so zufrieden aus, dass ich lachen muss. Doch sein Blick wird sofort wieder ernst.

»Trotzdem kann ich mir kaum vorstellen, dass es nur der Weihnachtsbaum war. Ich verstehe jetzt, dass er dich aus der Bahn geworfen hat, aber doch nicht so sehr, dass du plötzlich nicht mehr sicher bist, ob du mich heiraten willst oder nicht.« Eindringlich schaut er mich an.

»Ich bin mir aber ganz sicher, dass es nur der Weihnachtsbaum war«, murmele ich hilflos. Ich hatte mir so sehr eine romantische Versöhnung gewünscht, an deren Ende wir gerührt nebeneinander im Bett liegen und unser Glück kaum fassen können. Um den Rest wollte ich mir doch später Gedanken machen. Der Mensch, der neben mir die Hauptrolle in diesem Szenario hätte spielen sollen, zieht aber immer noch die Stirn in Falten. Jetzt kann doch nicht er plötzlich Zweifel bekommen?

Dann seufzt er. »Ich will jemanden heiraten, der sich völlig sicher ist, dass er mit mir zusammen sein möchte. Dass du deine Meinung jetzt wieder geändert hast, ist ja schön und gut. Aber das kommt mir zu plötzlich. Vielleicht sollten wir noch ein wenig abwarten, damit du dir überlegen kannst, was du wirklich willst.«

Seine Worte treffen mich härter, als ich gedacht hätte. Ich fühle mich zwar eindeutig unverstanden, kann ihm aber keinen echten Vorwurf machen. Ich verstehe mich ja selbst nicht. Vielleicht sollte ich wirklich nachdenken …

Wie bitte?« Juli sieht mich ganz entgeistert an, als ich meine Freunde am Tag darauf bei ein paar Gimlets auf den neuesten Stand bringe. »Hey, du bist unsere Romantikerin. Wieso bekommst du jetzt Heiratspanik? Ich würde mich inzwischen über einen Antrag von Alexander richtig freuen. Das gebe ich jetzt aber nicht zu.« Juli seufzt schwer, grinst dabei aber. Ich bin mir ganz sicher, dass sie sich da keine Gedanken machen muss. Alexander ist ganz vernarrt in sie und wird ihr sicher früher oder später einen Antrag machen. Und Juli wird mit so viel Charme annehmen, dass ihnen danach eine wunderbare Zeit bevorsteht. Jetzt ist es an mir, schwer zu seufzen.

»Trauscheine können Fesseln sein«, gibt Toni zu bedenken. »Da würde ich auch nicht gleich zuschlagen, wenn mir einer anbietet, mich für den Rest seines Lebens an ihn zu binden. Wieso wollen denn alle Frauen geheiratet werden? Das ist so gestrig.«

»Ist aber eigentlich gar keine Heiratspanik«, nuschele ich verlegen zurück und versuche, die Situation für die anderen zu entwirren.

»Oh«, entfährt es sowohl Juli als auch Toni nacheinander betreten. Nur Peter kratzt sich noch am Kopf, als könne er mir nicht ganz folgen.

»Mist«, sagt Juli dann.

Da es da nur wenig hinzuzufügen gibt, setzen wir alle gleichzeitig unsere Gläser an. Ich mag meine Freunde wirklich, schon allein, weil niemand von ihnen sagt: »Das renkt sich alles wieder ein.«

Bevor es zu deprimierend wird, wechsle ich das Thema: »Was meint ihr? Müsste ich eigentlich meinen Vater zu meiner Hochzeit einladen – falls sie stattfindet?«

Peter, Toni und Juli sehen mich überrascht an.

»Weißt du überhaupt, wo der im Moment lebt?«, will Toni wissen, pragmatisch wie immer. Meine Freunde kennen meine ganze Familiengeschichte.

Die letzte Postkarte meines Vaters stammte aus dem indischen Kerala. Er hat es offenbar zum Guru in so einem komischen Hippie-Camp gebracht. Ich habe ihn lange nicht gesehen, stelle mir aber vor, dass er inzwischen einen Vollbart, eine Pilotensonnenbrille, zu weit aufgeknöpfte Hawaii-Hemden und ein Schweißband um die Stirn trägt.

»Indien«, ächze ich.

Toni und Juli sehen sich an, dann fängt Juli an zu kichern. Als sie meinen vernichtenden Blick sieht, schlägt sie sich schnell die Hand vor den Mund.

»Entschuldigung, aber ein bisschen witzig ist das schon«, sagt sie mit entschuldigendem Blick.

»Inwiefern?«

Toni antwortet für sie: »Nun, du bist Indien-Fan, heiratest hoffentlich demnächst einen Inder, warst aber noch nie da. Dafür lebt dein Vater dort, den du seit Jahren nicht gesehen hast. Klingt nach einer merkwürdigen Kiste, die Freud sehr gefallen hätte.«

Ich schaue düster auf den Tisch: »Ich war schon mal in Indien. Und mit schrägem Vaterkomplex hat das alles ganz sicher nichts zu tun.« Mist, auch wenn es unglaubwürdig klingt. Mir war bislang noch nie aufgefallen, dass mein Vater und ich ja nun ganz offensichtlich eine Vorliebe teilen. Zwischen seinem Indienaufenthalt und meiner Männerwahl habe ich ganz ehrlich noch nie einen Zusammenhang hergestellt.

»Und uns hast du gar nichts davon erzählt?«, fragt Peter vorwurfsvoll.

»Ist ja auch schon lange her«, schnauze ich ihn zickiger an, als er es verdient hat. »Das war der letzte gemeinsame Urlaub mit meiner Mutter«, schiebe ich leiser als Erklärung hinterher. Natürlich bereue ich sofort, dass ich das gesagt habe. Genauso gut hätte ich mir ein T-Shirt überstreifen können, auf dem in dicken, blutroten Lettern »Opfer« steht. Die anderen drei rühren hektisch in ihren Cocktails rum und machen komische kleine Geräusche.

»Oh.«

»Ach so.«

»Ähem.«

»Hey, ist doch kein Drama. Das war ein total schöner Urlaub«, sage ich schnell und schaffe es, die Tränen zurückzuhalten. Das entspricht sogar der Wahrheit. Von wegen Freud. Die einzige Gemeinsamkeit zwischen meinem Vater und mir ist sicher diesem einen Urlaub geschuldet. Wir waren glücklich dort, so als Familie. Mama war die ganze Zeit braun gebrannt, trug flatternde Klamotten, lachte viel und schüttelte ihre langen sonnenblonden Strähnen. Wir waren eine richtige Hippie-Familie. Komisch, auch darüber habe ich noch nie nachgedacht, warum ich so von Indien fasziniert bin. Dabei ist die Antwort schon fast peinlich simpel. Die anderen dachten sicher, das wäre so ein esoterisches Selbstfindungsding. Dazu passt ja auch meine weitgehend vegetarische Ernährung – abgesehen von ein paar Grillabend-Ausrutschern im Sommer – und, dass ich sowohl mein hiesiges als auch mein chinesisches Sternzeichen kenne. In China bin ich Drache. Ein Glückszeichen. Nicht schlecht, oder? Aber das heißt ja nicht, dass ich in Batikklamotten rumlaufe oder pausenlos mit gefalteten Händen im Räucherstäbchenqualm meditiere. Na ja, versucht habe ich das auch schon, wie auch jede Art von Mantras und Visualisierungsübungen. Probieren kann man's ja mal ...

Dabei ist das alles wohl wirklich nur eine versteckte Sehnsucht nach einer Zeit, als alles noch irgendwie normal war. Wir waren ständig in einem alten VW-Bus unterwegs, meine Eltern haben gelegentlich Joints geraucht und konnten sicher besser surfen als Windeln wechseln. Aber wir waren trotzdem eine ganz normale Familie, in der es sehr fröhlich und liebevoll zuging. Weil ich damals noch so jung war, erinnere ich mich nur an vereinzelte Bilder und bestimmte Gefühlslagen. Aber die sind alle sonnig, leicht und schön. Bis ich sechs Jahre alt war.

Nach dem »Unfall« folgte eine Geschichte, die einen langweilen würde, wenn man sie nicht selbst durchlebt hätte. Sicher lief es bei vielen so: Mein Vater bekam nichts mehr geregelt, verlor seinen Job und war alles in allem nur noch peinlich. Vor allem aber wusste er nicht, wie er mit mir umgehen sollte. Zum Beispiel in der Weihnachtszeit. Er hat mich durch alle Kaufhäuser geschleift, in denen Weihnachtsmänner und Nikoläuse angekündigt waren, die Süßigkeiten verteilen. Die Kleine sollte im Advent nicht auf Massen von klebriger Schokolade verzichten müssen. Ich bin mir sicher, die weihnachtlich geschmückten Kaufhäuser waren ihm ebenso zuwider wie mir. Aber wirklich herausgefunden habe ich das nie. Er hat auch nie erfahren, wie ich darüber denke. Weil wir, ohne es jemals auszusprechen, die Übereinkunft hatten, niemals über Mama zu sprechen, lief ich brav hinter ihm her und schnorrte Weihnachtsschokomänner.

Das klingt harmlos, nur kam es mir nicht so vor. Vielleicht bin ich ja wie Oscar und Johann und schäme mich für einen Super-Vater, der bloß ein paar liebenswerte Schrullen hatte? Wird irgendwann ein Mädchen wie ich meinem Vater im Altersheim begegnen und mich verurteilen, weil ich nicht da bin? Und wird sie damit womöglich recht haben? Insgeheim glaube ich ja, es war auch ein bisschen seine Rache am Weihnachtskonsum-Wahnsinn, dass wir den Nikoläusen ihre Säcke geleert haben, ohne in den Geschäften jemals etwas zu kaufen.

Als ich älter wurde, lernte ich kochen. Ich hatte keine Lust mehr, immer nur von Tiefkühlpizza und Cola zu leben, wenngleich meine Klassenkameraden mich darum beneideten. Auch darum, dass ich tun konnte, was ich wollte, beneideten mich viele. Mir kam es aber immer wie Gleichgültigkeit vor. Nach meiner Mutter war mein Vater verrückt gewesen, für mich interessierte er sich weniger. Wenn ihm zwischendurch seine Tochter wieder einfiel, versuchte er ungeschickt mit Geschenken von seiner geistigen Abwesenheit abzulenken. Manchmal lagen dann plötzlich angesagte Klamotten und CDs auf meinem Bett, ohne dass er sich dazu äußerte. Mir fällt ein, dass ich das auch nie getan habe, nicht mal in Form eines kleinen »Dankeschön«, wofür ich mich nun mit etwas Verspätung schäme, egal, wie allein ich mich damals gefühlt habe.

Irgendwann um meinen 19. Geburtstag herum, kurz vor meinem Abitur, bewies er dann, dass die Zeit nicht alle Wunden heilt. Immer noch verbittert über die Ungerechtigkeit seines Verlustes kam er zu einer schwerwiegenden Erkenntnis. Und die musste er prompt mit halb Hamburg teilen. Auf ein Fischerhemd schrieb er mit einem Edding: »Der Tod kommt plötzlich.« In den S-Bahnen sang er einen selbst geschriebenen Song und zupfte dazu auf seiner alten Gitarre herum. Ich erinnere mich nicht genau an sein Liedchen, aber es ging etwa so: »Es geht ohne Jesus in die Dunkelheit. Es geht ohne Jesus in den sicheren Tod.« Das war ein vertrackt nihilistisches Da-Da-Meisterwerk, genauso wie der Spruch auf seinem Shirt. Wahrscheinlich sollte es ein Gesamtkunstwerk des Nonsens sein mit der Botschaft: Vergesst den Glauben und Jesus. Das gibt es alles nicht. Und ihr Pfeifen werdet sowieso irgendwann einen plötzlichen, einsamen Tod erleiden. Da kann euch der langhaarige Typ mit Latschen auch nicht helfen.

Leider verstand keiner seine Kunst, und so kam es zu dem kolossalen Missverständnis. Ein paar besonders empfindsame Zuhörer, überwiegend Frauen, dachten, er wolle die Menschen retten und dem Leben näher bringen. Und weil ja jeder mehr oder weniger verzweifelt nach einem tieferen Sinn sucht, fanden sie bei ihm endlich eine tiefere Antwort als in den Selbsthilferatgebern und den Bikram-Yoga-Kursen. Das sagten sie zumindest. Ich denke, es lag eher daran, dass mein Vater nie wie ein Penner aussah, sondern eher auf eine wilde Art attraktiv war. Oft genug wurde er schon vorher von Frauen angesprochen, die mit ihm ihre Rettungsinstinkte austoben wollten. Das Leben ist ungerecht, einem hässlichen Fettsack hätten sie die Botschaft garantiert nicht abgekauft, sondern sich mit verächtlichem Grinsen einen Vogel gezeigt.

Gegen seinen Willen scharte mein Vater also nach kurzer Zeit ein paar echt durchgeknallte »Jünger« um sich, die ihm auf seinen Trips folgten. Erst verwirrte ihn das sehr. Auch dass sie sich desto heftiger an ihn klammerten, je mehr er sie loswerden wollte. Irgendwann gab er verzweifelt auf und stürzte sich in die neue Aufgabe. Unser Wohnzimmer wurde zu einem Sitzungsraum, und ich bekam meinen Vater noch seltener zu Gesicht. Sie standen mit verpeilten Botschaften auf Schildern an der Straße und propagierten Besitzlosigkeit. Mein Vater hat dabei wohl seine Führungsqualitäten entdeckt und festgestellt, dass die Welt voller Doofies ist. Er war immerhin so verantwortungsbewusst, direkt nach meinem Abitur zum Hinduismus zu konvertieren und ein Ashram in Indien aufzumachen. So musste ich mich nicht mehr um das Elend kümmern, und zumindest einer von uns ist so der Winterdepression entkommen!

Soweit ich weiß, kommen jetzt immer reiche Touristen zu ihm und zahlen ganz viel Geld, damit sie total authentisch auf total verrotteten Matratzen nächtigen dürfen. Bestimmt gibt es da auch jede Menge freie Liebe und Drogen und so. Will ich das wirklich in meinem Leben haben?

In leicht gekürzter Fassung lasse ich meine Freunde an meinen Gedankengängen teilhaben.

»Hm, ich würde sagen, du musst gar nichts. Aber wenn du es anders empfindest und das dann deinem Glück im Weg steht…«, Peter sieht gekonnt grüblerisch drein. Er arbeitet als philosophischer Berater. Er geht mit Leuten, die zu viel Geld haben, am Fluss spazieren und redet mit ihnen über ihre Sinnkrisen und Kant. Eigentlich nimmt er also die Leute genauso aus wie mein Vater. Ob er allerdings wirklich sehr viele Kunden hat und damit überhaupt etwas verdient, haben wir noch nicht rausgefunden. Seine Antwort ist wohl typisch philosophisch. Wenn ich sie richtig verstanden habe, bedeutete sie wohl: »Mach's so oder auch so!« oder »Ich habe keinen blassen Schimmer.«

Juli sieht betrübt drein. »Vielleicht ist es gut für deinen Seelenfrieden, wenn du ihn zumindest zur Hochzeit einlädst. Nimm ihn noch mal unter die Lupe, jetzt, wo du ein wenig Abstand hast. Dann kannst du dich entweder mit ihm aussöhnen oder ihn guten Gewissens vergessen.«

»Aber wird es nicht merkwürdig, wenn er kommt und Tanja ihn dann bei ihrer Hochzeit zum ersten Mal wiedersieht? Dann ist sie davon bestimmt so abgelenkt, dass sie ihren großen Tag gar nicht mehr richtig genießen kann.« Damit hat Toni wohl recht.

»Aber was soll ich denn machen? Vielleicht nach Indien fahren?«

»Nun ja, das könnte ein wichtiger Schritt zur Aufarbeitung sein. Deine schönste Erinnerung sitzt dort und in Form von deinem Vater auch deine schlimmste. Vielleicht würde dich die Konfrontation mit beiden in eine Art karmisches Gleichgewicht katapultieren?« Peter sieht mich herausfordernd an.

»Hä?«, fragen Toni und Juli wie aus einem Mund.

»Oh Gott.« Ich ächze schwer. »Das hat in meinen Ohren sogar irgendwie Sinn gemacht!«

»Na ja, falls du nicht als Vollwaise in die Ehe gehen willst...« Toni ist echt knallhart.

»Wenn du gehst, komme ich mit!«, sagt Juli bestimmt.

Überrascht sehe ich sie an.

»Klingt interessant! Außerdem vermisst mich Alexander dann vielleicht so sehr, dass er auch vor mir auf die Knie fällt. Wer weiß?«

»Nicht du auch noch«, ächzt Toni. »Meine Güte, vermisst ihr nicht auch manchmal unsere Single-Zeiten?«

Ich denke kurz nach. So lange sind besagte Zeiten schließlich noch gar nicht her. Und sie waren wirklich schön, aber ich glaube, selbst unsere emanzipierte Toni möchte ihren Paul nicht wirklich gegen die alten Zeiten eintauschen. Die Weigerung, über die Ehe auch nur nachzudenken, ist sozusagen ihre letzte Bastion gelebten Feminismus'. Nachdem sie jahrelang nur sporadische und sehr kurze Beziehungen mit dem »wertloseren« Geschlecht eingegangen ist, hat ihr Chef und Freund, Paul, sie auch privat ein wenig gebändigt. Seither handelt es sich bei ihren halbherzigen Attacken wohl eher um ein wenig Maulheldentum.

»Nun ja, in meinem Fall ist der Kerl, der mir Probleme bereitet, mein Vater …«

»Stimmt«, sagt Toni. »Sag rechtzeitig Bescheid, dann komme ich auch mit. Paul kann ruhig mal zwei Wochen ohne mich auskommen. Länger wird das ja wohl nicht dauern.« Dann schaut sie Peter missbilligend an.

»Ähem … ja … Indien, klar. Natürlich würde auch ich dich gerne auf diesem schwierigen Pfad begleiten«, sagt er schnell.

»Schön, dass ihr mitkommen würdet. Vielen Dank dafür. Aber ich weiß nicht, ob ich überhaupt fahren möchte.« Weiß ich wirklich nicht.

❀

Meine Schwester kommt zu Besuch, meine Eltern auch. Sie möchten dich natürlich unbedingt kennenlernen«, eröffnet Hrithik mir, als ich mich erschöpft neben ihm aufs Sofa fallen lasse.

»Ich hatte ihnen erzählt, dass ich dich heiraten möchte und habe es danach nicht berichtigt, um sie nicht zu sehr durcheinanderzubringen.«

Ich zucke zusammen. Fast hätte ich vergessen, dass unsere Hochzeit ja noch keinesfalls besiegelte Sache ist. Und dies ist in meinen Augen keinesfalls der ideale Zeitpunkt, um seiner Familie gegenüberzutreten. Ich muss mir vorher unbedingt noch ein paar Bollywood-Filme angucken, um auf die Begegnung vorbereitet zu sein. Müssen nicht die Schwiegertöchter den Vätern die Füße küssen, oder so? Falls ja, sollte man ihnen dann kulturell so weit entgegenkommen oder grenzt das zu sehr an Selbstverleugnung? Seine Schwester kenne ich immerhin schon. Wie er ist Chadni Juristin, wie er ist sie auffallend hübsch. Sehr versiert im Umgang mit Make-up und Handy. Sie ist eine umwerfende Erscheinung in Kostümen und hat bislang noch nicht das richtige Verständnis dafür entwickelt, was Hrithik eigentlich an mir findet. Das ist leider unsere einzige Gemeinsamkeit. Zum Glück lebt sie mittlerweile in Hannover und weilt nur noch bei uns in Hamburg, wenn sie ihre beste Freundin besucht – Melanie. Das ist Hrithiks bescheuerte Ex-Freundin, und Chadni macht überhaupt keinen Hehl daraus, wen sie für die bessere Wahl für ihren Bruder hält. Ein Stück weit kann ich sie verstehen. Gegensätze mögen sich zwar anziehen, aber wird er es nicht sehr bald bereuen, sich an eine 33-jährige Langzeitstudentin zu hängen, die ständig ihre Studienfächer wechselt und sich von einem Job zum anderen hangelt? Ich könnte »Oh, äh … ich weiß nicht« offenbar glatt zu meinem Lebensmotto machen.

Toni und ich haben Hrithik kennengelernt, als wir im Studium mal eine Weile ehrenamtlich bei Amnesty International gearbeitet haben. Wir waren in der Südamerikagruppe, weil wir zu dem Zeitpunkt fanden, dass Argentinien ein cooles Reiseland sein müsste, und er war in der Gruppe, die Asylbewerber beraten hat. Wir haben uns schnell angefreundet, aber Melanie konnte nie viel mit uns Mädels anfangen. Deswegen haben wir ihn meist ohne sie getroffen. Ich selbst hätte zu dem Zeitpunkt wohl genauso wenig wie sie gedacht, dass Hrithik mal ausgerechnet mit mir vor dem Altar landen könnte. Zuerst kam er mir nämlich fast zu hübsch und dazu noch ein wenig steif vor. Und eine perfekt gestylte Blondine schien sein ideales Gegenstück zu sein. Dann entpuppte er sich aber als so liebenswerter, witziger, toller Mann, dass ich hin und weg von ihm war. Natürlich nur heimlich, er hatte ja eine Freundin. Zusammengekommen sind wir erst eine Weile nach der Trennung. Wenn ich Melanie heute mal zufällig auf der Straße begegne, bekomme ich Panikattacken und verspüre heftige Minderwertigkeitskomplexe. Die habe ich gar nicht mal so oft, und eigentlich finde ich sie selbst auch nicht sonderlich bewundernswert, aber leider hat sie alle Attribute, von denen wir glauben, dass Männer sie heiß finden. Gnadenloses Selbstvertrauen, das es ihr erlaubt, jeden Schwachsinn im Brustton der Überzeugung abzusondern, lange blonde Haare, eine extrem schlanke Figur und ein niedliches Barbie-Gesicht. Ihre noble Sonnenbrille trägt sie auch im Winter, dann allerdings nur noch im Haar. Nicht nur ihre Kleidung, auch ihre ganze Schminke – für meinen Geschmack trägt sie viel zu viel davon, schreit: »Chanel, Shiseido, Dior. Erobere die Trophäe, wenn du dich traust!« Sie ist der Typ Frau, dem nie Bolognese aufs schneeweiße Kleid tropft.

Ich glaube nicht, dass sie mich – die Dauerstudentin mit skurrilen Jobs – als echte Konkurrenz ansieht. Wenn ich sie mit Hrithik gemeinsam treffe, lässt sie bei jeder Gelegenheit durchscheinen, dass sie ihn länger kennt und er nur bei mir ist, weil sie derzeit keine Verwendung für ihn hat. Wieso können Ex-Freundinnen nicht einfach ganz und gar und absolut aus dem Leben der Männer verschwinden? Zusammen mit ihren Anekdoten, die Charakterzüge offenbaren, die man selbst am Partner noch gar nicht kannte. Klar, jeder kitzelt bei seinen Mitmenschen andere Eigenschaften hervor – je nach eigener Veranlagung. Aber trotzdem wird mir dabei immer ein wenig mulmig. Das Einzige, was mich in solchen Momenten aufrechthält, ist, dass Hrithik sich von dem Gebaren scheinbar nicht beeindrucken lässt und ihre Tiraden auch nur widerwillig über sich ergehen lässt: »Erinnerst du dich noch an Tim? Der Typ, mit dem wir immer Tennis spielen waren? Der hat inzwischen die Kanzlei seines Vaters übernommen und hat jetzt ein Ferienhaus auf Mallorca. Der bedrängt mich immer so, ich solle mal mit ihm ausgehen. Aber hier lasse ich nur das Beste ran.« An der Stelle sieht sie begeistert an ihrem Luxuskörper hinunter, um dann Hrithik tief in die Augen zu schauen. Sie ist der Typ, der über sich selbst sagt, dass er nur mit Männern gut auskommt und deswegen mit den weiblichen Begleiterinnen auch nie ein Wort wechselt. Das finde ich sehr ungeschickt, weil ich glaube, dass es eigentlich sinnvoller ist, sich die Sympathien der Frauen als die der vergebenen Männer zu sichern … wenn man schon einmal berechnend vorgehen möchte. Dass sie am Ende doch immer einen männlichen Fan-Club um sich scharen konnte, hat Toni stets als zuverlässigen Beweis dafür angeführt, dass auf die Gehirnwindungen des anderen Geschlechts eben kein großer Verlass ist. Ganz erfolglos ist sie in ihrem Job zwar nicht, darin äußert sich aber laut Toni nur eine zweifelhafte Inselbegabung. Die Abneigung, die Toni für Melanie empfindet, beruhte schon immer auf Gegenseitigkeit. Sie beruhigt und bestätigt mich irgendwie, weil ich von meiner eigenen Ablehnung nicht glaubhaft behaupten kann, dass sie wirklich auf objektiven Kriterien beruht.

Begegnungen mit Melanie sind zum Glück selten, aber doch immer gefolgt von kleinen Momenten der Eifersucht.

Hrithik kichert dann immer und bezeichnet Melanie als »Planungs-Junkie, die keinen Mann, sondern einen dressierten Hamster braucht«. Ihre Beziehung ist dann auch an einer Banalität gescheitert. Hrithik wollte sich mit ihr kein Ferienhaus auf Mallorca kaufen, um dort die restlichen Urlaube seines Lebens zu verbringen. Weil sie aber angeblich nur unter Mittelmeersonne so richtig aufblüht, hat sie ihn vor die Wahl gestellt: Mallorca oder ein melanieloses Leben. Er hat sich für Letzteres entschieden. Das wurmt sie anscheinend immer noch. Ich könnte mich also eigentlich entspannt zurücklehnen, wenn mir meine eigenen Schwächen nicht so bewusst wären. Melanie steht zumindest beruflich mit beiden Beinen im Leben. Sie würde Hrithiks Kollegen jovial am Arm berühren und dabei mit juristischen Insiderwitzen signalisieren, dass man voll auf einer Wellenlänge liegt. An den Wochenenden würde sie die Lokalzeitung anrufen, damit die sie dabei ablichtet, wie sie mit huldvoller Miene einen Korb voller Obst und Gemüse in die Armenviertel bringt – oder zumindest irgendetwas Vergleichbares in Sachen »Charity« tut. Da mache ich nicht ganz so viel her. Bei den seltenen Gelegenheiten, bei denen wir uns mal unter Hrithiks Kollegen tummeln, lächele ich meist nur höflich, wenn die anderen ein paar Highlights aus ihrem Kanzleileben zum Besten geben oder ausschweifend über die Eigenheiten von Richtern oder Kollegen lästern. Muss aber sagen, dass Hrithik sich bei solchen Anlässen stets tadellos verhält, mich zum Beispiel nie plötzlich allein stehen lässt oder so. Auch seine Begeisterung für solche Events hält sich glücklicherweise in Grenzen. Langer Überlegung kurzer Sinn – ich bin echt nicht erpicht darauf, Chadni wiederzusehen.

»Na, die ist ja mal was ganz anderes«, war der erste

Kommentar, den sie abgelassen hat, als sie mir zum ersten Mal begegnet ist. Was, wenn der Rest der Familie auch so drauf ist oder zumindest von ihr mit Vorwarnungen geimpft wurde?

»Wann kommt deine Familie denn?«, frage ich vorsichtig.

»In drei Wochen. Meine Schwester schläft bei einer Freundin. Aber meine Eltern würde ich gerne in unserem Schlafzimmer einquartieren, solange sie da sind.«

Auf einmal scheint mir der Gedanke, mit meinen Freunden in einen Flieger nach Indien zu steigen, äußerst verlockend.

»Klar können deine Eltern unser Schlafzimmer haben. Kein Problem«, sage ich trotzdem tapfer.

»Falls dein Vater …«, Hrithik stammelt. Über meinen Vater zumindest habe ich ihn nicht im Ungewissen gelassen. Ich habe nur ein wenig an den Tatsachen gedreht. Hrithik denkt, er sei Yoga-Lehrer in Indien und fand das schon irritierend genug. Tippe, mit seinem »Ex-Schwiegervater« konnte er sonntags im Yachtclub aufkreuzen.

»… also, vielleicht wäre es ja schön, wenn er auch käme.«

»Ich glaube, das wird eher nicht passieren«, sage ich ruhig. »Aber darüber wollte ich sowieso noch mit dir sprechen. Ich habe mir überlegt, nach Indien zu reisen und ihn zu besuchen. Ich weiß nicht ganz genau, wo er ist. Auf den Postkarten stand keine genaue Adresse, und wir haben seit Jahren nicht miteinander telefoniert und …«

»Ich habe ehrlich gesagt nie ganz verstanden, dass du zu deinem Vater gar keinen Kontakt mehr hast. Ganz ohne Familie … schwer vorstellbar für einen Inder«, sagt er grinsend. Dann wird er wieder ernst. »Ich finde die Idee richtig gut. Vielleicht hilft dir das für die Zukunft. Und ein klein wenig Abstand ist für uns sicher auch nicht verkehrt.« Bedeutungsvoll sieht er mich an und erinnert mich so an unser Gespräch am Weihnachtstag. Als ob das nicht ohnehin zwischen uns stünde, auch wenn wir an der Oberfläche so weiterleben wie bisher. Und ich wünschte, er wäre nicht so gelassen bei dem Gedanken, mich zwei Wochen nicht zu sehen. Vielleicht möchte er ja auch noch mal über alles nachdenken? Wieso nur hatte ich mich bei seinem Antrag nicht im Griff?!

❀

Nach Indien, nach Indien. Am liebsten würde ich mitkommen«, ruft Lilly, und ihre silbernen Armbänder klingeln bei ihren aufgeregten Handbewegungen.

»Eine Indienreise steht wohl nicht zufällig auf deiner To-Do-Liste?«, frage ich scherzhaft. Ich versuche, sie mir mit uns in Indien vorzustellen. Unweigerlich sehe ich Bilder vor meinem geistigen Auge, die wohl eher in die Kolonialzeit passen: Lilly, die in Safari-Hosen von einem Elefanten aus Jagd auf große Tiger macht, um sich hernach von einem schmucken einheimischen »Boy« auf ihrer Veranda kalten Eistee servieren zu lassen.

Sie zuckt mit den Achseln. »Ich hatte mir überlegt, die Weltreise mit aufzunehmen. Aber man muss realistisch bleiben. Außerdem war ich schon mal in Indien. Ihr müsst unbedingt in diesen entzückenden englischen Buchladen in Delhi … seid ihr überhaupt in Delhi?« Sie ist nicht zu bremsen. Ihre Begeisterung ist wirklich ansteckend. Ob ich in Indien als Erstes einen englischen Buchladen aufsuchen würde, weiß ich nicht. Aber ich sag's doch: Lilly steht der Kolonialstil einfach. Man kann es ihr nicht einmal übelnehmen. Bei aller Exzentrik hat sie die würdevolle Aura einer Fürstin.

»Aber was macht dein Vater da eigentlich?«

»Nun ja, er ist so etwas wie ein Guru.«

»Hm?«, macht Lilli und geht einen Schritt zur Seite, damit ich eine ihrer Mitbewohnerinnen bedienen kann.

»Tanja fährt nach Indien. Aufregend, nicht wahr?«, bindet Lilly sie kurzerhand ins Gespräch ein. Dora mustert mich: »Sie haben doch auch diesen indischen Freund, oder?«

»Na ja, eigentlich ist er Deutscher, seine Eltern sind Inder.«

Diese Erklärung ist Dora viel zu spitzfindig. »Mich haben ferne Länder ja nie interessiert. Die Menschen sollen gefälligst da glücklich sein, wo sie sind und zufrieden sein mit dem, was sie haben.« Das war wohl ein Seitenhieb gegen Lilly. Ich wette, ihre Liste hat sich längst rumgesprochen. Jetzt fühlen sich die anderen mächtig unter Druck gesetzt. Sollte man mit über siebzig tatsächlich noch andere Pläne haben, als tagaus, tagein im Park über Krankheiten zu schwatzen und über Schwiegertöchter zu schimpfen? Lilly nimmt die Zurückweisung gelassen und verdreht nur leicht die Augen in meine Richtung. Dann kichert sie wieder. Dora springt zur Seite, als hätte Lilly eine ansteckende Krankheit – so etwas wie Pocken oder Frohsinn – und gesellt sich zu ihren drei griesgrämigen Freundinnen.

»Also, was macht denn nun ein Guru in Indien?« Lilly schaut mich mit großen Augen an. Mist, ich hatte gehofft, sie hätte es schon wieder vergessen.

»Er lebt mit ein paar Leuten in einer Art Camp und ist so etwas wie ihr spiritueller Führer.«

Lilly strahlt: »Nein, du meinst Haschisch, freie Liebe und so?« Aus ihrem Mund klingt das irgendwie drollig.

Man möchte diese Hippie-Attitüden nur nicht unbedingt mit dem eigenen Vater in Verbindung bringen. In meinem Kopfkino sitzt er als eine Art Jesus am Abendmahltisch, um ihn herum barbusige Maria-Magdalena-Verschnitte mit Tamburinen.

Lilly deutet meinen betrübten Blick falsch. »Oh, er ist schlecht mit dir umgegangen?«

»Das nun nicht direkt, aber … es ist schwierig.«

»Quatsch. Wenn du dich eigentlich nicht beklagen kannst, sei ihm dankbar dafür, dass du so ein aufgeschlossenes Mädchen geworden bist.«

Bei Lilly klingt alles so einfach. Deine Kinder sind scharf auf dein Haus? Gib es ihnen! Dein Vater interessiert sich mehr für Joints als für Mathe-Nachhilfe? Setz dich dazu und lerne von ihm fürs Leben, statt für die Schule!

»Bekomme ich vielleicht auch noch einen Kaffee?«, grummelt da plötzlich Lothar neben uns. Er würdigt Lilly keines Blickes. Vermutlich hat er ihr den Kuss noch nicht verziehen.

»Aber sicher doch«, sagen Lilly und ich gleichzeitig. Wir lachen. Lilly macht Lothar etwas Platz, und ich bereite den Kaffee für ihn zu. Als ich ihm die gefüllte Tasse reiche, beugt er sich vor, um mir zuzuflüstern: »Sei ein bisschen vorsichtig. Ich weiß nicht, ob du es schon gemerkt hast, aber die Alte hat einen Knall!«

»Ach, Lothar, ich habe wenigstens nur einen Stock zum Gehen, aber du hast einen im A … Allerwertesten.«

Ich halte schockiert die Luft an. Es passiert aber nichts. Er wirft nicht mal einen Zuckerwürfel nach uns. Lothar schnappt sich hocherhobenen Hauptes seinen Kaffee und setzt sich schweigend an einen freien Tisch.

»Es ist so schade. Er könnte richtig süß sein. Wenn er

doch nur mal lächeln würde. Aber da ist diese tief sitzende Traurigkeit in ihm.« Lilly schaut ihn mitleidig an.

Ich sehe bei Lothar eigentlich nichts dergleichen. Zwar ist er mir mit seiner grummeligen Art auch irgendwie ans Herz gewachsen, aber er bleibt eben doch ein mürrischer alter Herr. Obwohl ich glaube, dass er uns vielleicht immer mehr mag. Früher zumindest hätte er sein Zimmer nicht so oft verlassen, um sich zum »Pöbel«, also uns, zu gesellen. In letzter Zeit hängt er häufiger hier rum, auch wenn er uns immer deutlich zeigt, was für eine Zumutung das ist.

»Vielleicht sollte ich mich etwas um ihn kümmern«, sagt Lilly nachdenklich.

»Oh, Lilly, meinst du nicht, du hast dich schon genug um ihn gekümmert?« Ich probiere einen ermahnenden Blick und muss dann doch losprusten. Mit zugekniffenen Augen fixiert Lothar uns wachsam, als würde gleich wieder jemand durchdrehen. Lilly prostet ihm ausgelassen mit ihrer Kaffeetasse zu. Er guckt rasch wieder aus dem Fenster.

»Mein Gott, dieses Schäkern. Also ich habe für so etwas ja keinen Elan mehr. Und irgendwie finde ich es auch unnatürlich«, erklärt eine von Doras Begleiterinnen gut vernehmlich. Die sind sicher bloß neidisch. Hier kommt auf vier Frauen höchstens ein Mann, da ist der Konkurrenzkampf natürlich groß.

»Blöde Schnepfen«, brummelt Lothar. Seltsam, nimmt er etwa schon wieder Lilly in Schutz? Vor ein paar Minuten hat er sie doch noch beleidigt?

Dass das Leben im Alter irgendwie unkomplizierter wird, brauche ich wohl gar nicht erst hoffen. Es wird wohl höchstens überschaubarer, weil die Reihen der Bekannten sich langsam lichten. Und weil die Sache mit dem Sex wegfällt. Aber man muss immer noch höllisch aufpassen, was man tut und sagt, wenn man nicht ein Außenseiter der Gesellschaft werden will. Auch wenn die dann nicht mehr von Facebook, Ikea, Starbucks und H&M gelenkt wird, sondern von einem Kaffeekränzchen in den eng begrenzten Wänden eines Altersheims. Werde mir demnächst mal eine Liste für diesen Lebensabschnitt machen. Vielleicht mit guten Büchern, die ich immer schon mal lesen wollte. Dann kann ich den ganzen Tag in schönen Parks herumhängen, lesen, meinen Gedanken nachhängen. Zuhause tue ich dann so, als könnte ich mich nicht mehr bewegen, damit Jungs von »Essen auf Rädern« mich so richtig betüddern. Das klingt ja fast so, als würde ich davon ausgehen, alleine alt und grau zu werden. Dabei will ich das natürlich nicht, sondern gemeinsam mit Hrithik. Der Gedanke versetzt mir einen Stich, weil genau diese Zukunft plötzlich in Frage gestellt ist. Und selbst wenn wir sie gemeinsam erleben, was wäre eigentlich, wenn er mal nicht mehr ist. Würde ich dann durchdrehen wie mein Vater?

»Träumst du?« Lilly winkt mit der Hand vor meiner Nase auf und ab.

»Entschuldigung«, ich lächle zerknirscht. »Was hast du gesagt?«

»Ich brauche noch etwas Gutes zu lesen, und du hast doch gleich Feierabend. Begleitest du mich noch zu ›Rosenbaums‹?«

Das ist ein hübscher kleiner Buchladen direkt um die Ecke. Ich stand schon oft vor dem liebevoll gestalteten Schaufenster des modernen Antiquariats. Von außen sieht es sehr britisch aus. Eine Fassade in Weinrot, und die hölzernen Fensterrahmen sind dunkelgrün gestrichen. Der Laden wirkt plüschig und gemütlich. Jede Woche wechselt im Schaufenster das Thema. Mal liegen dort nur Bücher über Italien, dann ausschließlich alles zum Gelingen perfekter Kuchen oder Schiffsknoten. Leider habe ich es noch nie geschafft, diesen Laden zu betreten – wegen der knappen Öffnungszeiten.

Ich schaue auf die Uhr. »Ich hätte tatsächlich noch Zeit, aber es ist schon sieben Uhr. Er schließt doch jetzt, oder?«

»Elizabeth ist eine Freundin von mir. Die lässt uns garantiert rein, womöglich bekommen wir auch noch einen Gin Tonic!«

Ich hebe gespielt mahnend meine Augenbrauen.

»Sie ist Großbritannien-Fan«, sagt Lilly mit unschuldigen großen Augen.

Dachte ich es mir doch. Davon gibt es viele. Mein Freund ist auch so einer. »Haben die nicht Ewigkeiten euer Land und eure Kultur unterdrückt?«, habe ich ihn mal gefragt.

Er hat nur gegrinst: »Das ist lange her. Müsste ich mich heute entscheiden, ob ich mit Gandhi oder der Queen ins Bett gehe, würde ich die Queen wählen.«

An der Stelle musste ich lachen. Ernsthaft kann man mit ihm über solche Dinge nicht diskutieren. Außerdem würde sogar ich bei dieser Wahl die Queen nehmen, oder in meinem Fall vielleicht doch eher Prinz Philipp. Man hat wohl mehr Gedankenfreiheit, wenn man einem Volk angehört, das Opfer von irgendetwas war. Dann darf man sich so richtig ungehemmt über alles lustig machen. Ich lächele Lilly zu: »Gut, dann gehen wir zu Elizabeth. Da wollte ich mich schon immer mal umschauen. Ich hole nur kurz meine Jacke.«

»Holst du meinen dicken Mantel auch noch? Dann muss ich nicht Treppen steigen, und der Fahrstuhl macht immer so komische Geräusche.« Sie drückt mir ihren Zimmerschlüssel in die Hand. »Ich möchte den lilafarbenen, bitte.«

»Na klar.«

Auch Lillys Zimmer riecht nach den leckeren Veilchenpastillen. Auf ihrem Bett liegt ein schwerer Überwurf aus orangefarbenem Samt, darauf viele pinke Kissen aus Wildseide. Es sieht zugleich farbenfroh und elegant aus – trotz der gewagten Farbkombination. Ich widerstehe der Versuchung, einen Blick in ihren Kleiderschrank zu werfen und schnappe mir nur schnell die lila Wolljacke vom Garderobenständer.

»Fein.« Lilly klatscht in die Hände, als ich mit der Jacke zurückkomme. Sie streift sie flink über und hakt mich unter: »Dann brauche ich den blöden Stock nicht!«, erklärt sie.

In der Tür rennt uns fast ein gedankenversunkener Lothar um, ohne uns zu bemerken.

»War das etwa ein Geigenkasten in seiner Hand?« Lilly ist ganz aus dem Häuschen.

»Sieht ganz so aus«, sage ich und schaue ihm hinterher.

»Seltsam.« Sie sieht nachdenklich aus.

❀

Im Laden von Lillys Freundin brennt noch Licht, und eine ältere Dame räumt in hohen Regalen herum. Lilly klopft an die Scheibe, und Elizabeth zuckt kurz zusammen. Als sie Lilly erkennt, strahlt sie aber übers ganze Gesicht und kommt auf die Tür zu. Offenbar sind wir wirklich willkommen. Sie schließt die Ladentür auf und reißt Lilly beherzt in ihre Arme.

»Elizabeth, das ist Tanja. Ich habe dir schon von ihr erzählt.«

»Ah, die Beinahe-Inderin?«

»Genau.« Beide grinsen.

Ich mag es nicht sonderlich, wenn Leute über mich reden, als wäre ich nicht anwesend. Ich finde es auch befremdlich, wenn Menschen, von deren Existenz ich bislang nicht einmal etwas geahnt habe, so einiges über mich zu wissen scheinen. Ich folge den beiden trotzdem in den Laden.

Elizabeth runzelt die Stirn, während sie Lilly und mich auf ein altmodisches Sofa mit bestickten Kissen dirigiert. »Das Einzige, was ich euch anbieten kann, ist ein Kräutertee. Oder soll es lieber Chai sein?« Sie zwinkert mir zu.

Also wirklich!

»Kräuter«, sage ich vehement. Sie schaut zu Lilly.

»Kräuter, wenn du nichts Anständiges hast.«

Selbst wenn ihr Getränkelager nicht gut sortiert sein sollte, scheint sie an Büchern alles gesammelt zu haben, was es gibt. Ein dunkles Regal reiht sich bei Elizabeth, ich weiß ihren Nachnamen nicht, an das nächste. Im schwachen Licht einer altmodischen Bankerlampe mir goldenem Sockel und grünem Schirm kann ich nicht alles entziffern. Aber an den Regalen sind goldene Beschläge angebracht. Darin sind die jeweiligen Themen eingraviert. »Schiffe«, »Länder«, »Astrologie«, »Astronomie«, »Romane« etc. Die Schiffsecke ist ziemlich groß.

»Mein Mann war Seefahrer«, sagt Elizabeth auf einmal, als hätte sie meine Gedanken gelesen.

Ich schaue überrascht und dann bedrückt und will gerade anheben, Beileidsbekundungen zu äußern, da grinst sie auch schon:

»Nein, er ist nicht tot, nur kein Seefahrer mehr. Er sitzt vermutlich gerade zu Hause vor dem Fernseher.«

»Du solltest mal das obere Stockwerk sehen. Bücher über Bücher gestapelt. Ein Chaos. Trotzdem kann dir Elizabeth zu jedem Thema jedes Buch rausziehen. Sie weiß, wo jeder einzelne Titel steht oder liegt. Probier es aus, überleg dir ein Thema.«

Ich möchte zu später Stunde wirklich keine ältere Dame durch Treppenhäuser scheuchen.

»Vielleicht etwas Indisches?« Elizabeth lächelt schon wieder anzüglich. Bevor sie gleich mit dem »Kamasutra« zurückkommt und ich mit den beiden Vor- und Nachteile der Liebesverrenkungen durchdiskutieren muss, treffe ich doch lieber eine eigene Wahl.

»Nun, die Eltern von meinem Freund kommen bald zu Besuch. Sie sind Hindus und nehmen das ernst. Und eigentlich weiß ich gar nicht wirklich viel darüber. Nur das, was man aus den Bollywood-Filmen kennt.«

Beide Frauen schauen mich fragend an.

»Na, diese knallbunten Filme, wo immer alle singen und tanzen und ständig die Kostüme wechseln«, versuche ich unbeholfen den Laien die Kunstwerke näherzubringen.

»Sie meint die, die mit den noch schrecklicheren Werbeunterbrechungen immer vier Stunden lang laufen. Dabei schlafe ich immer ein. Ich bin eben alt«, sagt Lilly entschuldigend in meine Richtung.

»Ich glaube, ich habe genau das Richtige für dich.«

Elizabeth verschwindet.

»Und wenn sie sagt, sie hat genau das Richtige für dich, dann hat sie auch genau das richtige Buch für dich.«

Mir wird ganz warm vor Aufregung. Ich hatte ganz vergessen, was es für ein befriedigendes Gefühl ist, einem Kunden etwas auszusuchen und damit genau seinen Geschmack zu treffen. Bis vor Kurzem habe ich an den Wochenenden noch Souvenirs in der Kunsthalle verkauft, weil ich mich für Kunstgeschichte eingeschrieben hatte.

Das Verkaufen an sich hat mir wirklich Spaß gemacht, so wie mir alle Verkaufsjobs bislang Spaß gemacht haben. Wieso habe ich eigentlich noch nie in einem Buchladen gearbeitet? Wegen der miesen Bezahlung vermutlich. Aber hier könnte es mir wirklich gefallen. Vielleicht sollte ich …

Nein, du solltest nicht, Tanja! Auf dieses Kribbeln, das sich wohl Bauchgefühl nennt, ist bei mir kein Verlass. Ich dachte auch, es sei Bestimmung, als ich mich für Schiffbau eingeschrieben habe, obwohl ich in Mathe immer eine Niete war. Nur weil ich mich in die hübschen Bötchen in einem griechischen Hafen verliebt habe. Oder als ich als Geisha verkleidet in einem Restaurant gejobbt habe, einfach, weil ich dachte, Sushi-Rollen seien die einzig wahre Nahrungsform des neuen Jahrtausends und ein wunderbares Kunsthandwerk. Oder als ich in den Semesterferien wochenlang in einer Garage Gartenzwerge bemalt habe, weil ich dachte, ich hätte vielleicht doch ein künstlerisches Talent, mir aber sonst niemand einen Pinsel in die Hand drücken wollte. Meine Freunde nennen es romantisch, aber ich fürchte doch manchmal, dass ich eigentlich ein ernsthaftes Problem habe. Und das lässt sich nicht dadurch lösen, dass ich über einen Job im Buchladen nachdenke.

»Kann Elizabeth davon überhaupt leben?«

Ich deute auf die ganzen Bücher.

»Reich ist sie nicht. Aber es genügt. Außerdem hat sie eine echte Gabe. Es hat irgendetwas mit der Aura der Kunden und der Bücher zu tun, die zusammenpassen müssen. Das fragst du sie aber lieber selbst. Sie hat Dutzende von zufriedenen Stammkunden.«

Ich höre Elizabeths Schritte auf der knarrenden Treppe. Ich bin wirklich gespannt. Bestimmt etwas in Leder Eingebundenes mit Goldschnitt. Mit einem Titel wie »Indische

Traditionen vom Altertum bis zur Postmoderne«. In der Hand hält sie aber einen unscheinbaren gelb-schwarzen Einband. Den drückt sie mir in die Hand.

»Das ist perfekt. Mehr brauchst du nicht!«

O.K., sie hat vermutlich recht. Ich will mir ja nur schnell so viel wie möglich aneignen. Dennoch werde ich »Hinduismus für Dummies« vor Hrithiks spöttischen Augen verstecken.

»Ist meine Aura eher einfach gestrickt?«, will ich nur halb scherzhaft wissen.

»Ach, hat Lilly dir das erzählt? Nein, die Wahl hat mit deiner Aura nichts zu tun. Du hast gesagt, du weißt nichts darüber, und dies ist eine leicht zu lesende Einleitung. Das ist alles.« Nun, für eine Aura-Leserin macht Elizabeth einen äußerst vernünftigen Eindruck.

»Was kostet das denn?«, frage ich verlegen. Geld-Themen sind doch immer irgendwie peinlich.

»Ein Geschenk des Hauses«, sagt Elizabeth so bestimmt, dass ich gar nicht erst anfange zu verhandeln, obwohl ich dabei kein gutes Gefühl habe.

Wir sitzen noch eine Weile friedlich zusammen und trinken Tee. Die alten Damen tauschen Neuigkeiten über ihre Enkel aus. Und ich versuche, nicht jedes Mal angewidert das Gesicht zu verziehen, wenn dabei die Rede auf den süßen kleinen Oscar kommt.

»Wir wollten eigentlich am Wochenende zu unseren Enkeln fahren. Aber ich habe keine Vertretung für den Laden gefunden.« Elizabeth seufzt schwer.

»Das ist schade«, sagt Lilly und schaut traurig. Ich weiß nicht, ob es Mitleid ist oder weil sie keine Einladungen von ihren Enkeln bekommt.

»Ja, wirklich«, sage ich, um überhaupt etwas zu sagen.

Wir schauen in unsere Tassen, und ich nehme mir wirklich fest vor, den Mund zu halten. Jetzt auf keinen Fall das sagen, was mir durch den Sinn geht.

»Ich könnte einspringen. Ich habe am Sonnabend noch nichts vor!« Weil ich mich so bemüht habe, die Worte zurückzuhalten, mussten sie sich sehr abkämpfen, um den Weg über meine Lippen zu finden. Deswegen kommen sie etwas abgehetzt und aggressiv heraus. Lilly kippt sich vor Schreck etwas Tee auf ihren Mantel. Auch Elizabeth sieht überrascht aus.

»Ich meine ja nur. Die Leute bekommen dann vielleicht nicht die gewohnte Beratung, aber ich habe schon in so vielen Läden gearbeitet, dass am Ende zumindest die Kasse stimmen wird.«

Elizabeth denkt nach.

»Nimm sie, die ist gut«, bietet mich Lilly an, als sei ich ein Pferd.

»Warum eigentlich nicht. Ich kann allerdings nicht sehr viel zahlen.«

»Ich will gar kein Geld. Für die paar Stunden können Sie mich in Büchern bezahlen.« Das Stöbern wird Spaß machen, und Hrithik ist das ganze Wochenende über geschäftlich in Frankfurt.

Jetzt strahlt Elizabeth übers ganze Gesicht. »Ja, ich glaube, Lilly hat recht. Du bist genau richtig. Aber so arm bin ich auch wieder nicht. Das bekommen wir schon hin.« Wir verabreden uns für Freitagnachmittag, damit sie mich schon mal ein wenig einarbeiten kann.

❀

Oh, oh«, sagt Juli nur, als wir uns anschließend im Weinstein treffen. Toni ist da – wie immer – ein wenig rabiater: »Aber glaub nicht, dass du dich dann gleich wieder für Literaturwissenschaft einschreiben kannst.«

Das trifft mich, wenngleich ich das wohl verdient habe. Ich habe auch das mal zwei Semester studiert. Zum Glück, andernfalls hätte ich Toni und Juli nie kennengelernt.

»Jetzt hört aber auf, ich arbeite dort nur einen einzigen Tag als Aushilfe. Was ist eigentlich mit Peter?«

»Stress mit Liu, sie will, dass er sich einen vernünftigen Job sucht«, erklärt Toni knapp.

Liu ist seine Freundin, in die er sich in einem Chinaurlaub verliebt hat. Da prallen häufiger mal die Kulturen aufeinander. Sie kollidieren sogar noch häufiger, seit Liu richtig gut Deutsch spricht und jedes Wort versteht, was er sagt. Und er redet wirklich viel, die meiste Zeit allerdings in merkwürdigen Zitaten.

Juli und ich kichern. Ich habe dabei ein schlechtes Gewissen, an der Jobfront kann ich genauso wenig wie er als Vorbild dienen. Aber so haben wir zumindest etwas, was wir ausdiskutieren können. Seit wir alle in überwiegend glücklichen Beziehungen stecken, können wir dummerweise nicht mehr stundenlang das grausame und völlig unverständliche Verhalten der Männer in unserer Umgebung zerlegen. Dass Hrithik und ich ein ernsthaftes Problem haben könnten, mag ich noch nicht so richtig in Erwägung ziehen, deshalb zähle ich uns einfach mal immer noch zu den glücklichen Pärchen. Und so angenehm eine funktionierende Beziehung auch ist, so fatal ist sie für Frauenfreundschaften. Da zähle ich Peter einfach mal mit rein. Man hat viel weniger zu erzählen und trifft sich viel seltener, weil man gerade im Winter eingekuschelt mit seinem Partner auf dem Sofa in ekliger Pärchengemütlichkeit verharren möchte. Andererseits heißt das ja nicht, dass man nun ein völlig problemfreies Leben führt. Daran erinnert mich Juli mit ihrer Frage:

»Was ist denn nun eigentlich mit Indien. Fahren wir?«

Auch Toni sieht mich gespannt an. Wenn ich doch nur wüsste, was die richtige Entscheidung ist. Einerseits habe ich keine Lust, meinen Vater in seiner Hippie-Sekte zu treffen. Andererseits habe ich das Gefühl, dass er sonst immer wie ein dunkler Klumpen durch meinen Kopf wabern wird. Die ungeklärte Frage: Ist es vielleicht mein Fehler, dass wir keinerlei Kontakt haben? Hätte ich großmütiger sein sollen à la: Auch wenn er zufällig mein Vater ist, bleibt er auch nur ein Mensch, und wenn er ein Fremder wäre, fände ich sein Verhalten vielleicht einfach nur amüsant? Der Klumpen ist bestimmt auch Schuld daran, dass ich herausplatze: »Na klar, ich fahre auf jeden Fall!«

Ich hoffe, dass sich als Belohnung das viel leichtere Magengrummeln, das ich in Bezug auf meine Hochzeit empfinde, abschalten lässt. Hrithik ist hoffentlich immer noch die Zukunft, mein Vater höchstwahrscheinlich nur meine Vergangenheit. Da nehme ich doch dieses Unbehagen in Kauf, wenn ich dafür mit einem reinen Gefühl vor den Altar, oder wo auch immer wir heiraten, treten kann.

»Weißt du schon, wann?«

Ich überlege kurz: »In einem Monat, denke ich. Dann ist Hrithiks Familie abgereist, und ich kann mich um meine eigene kümmern. Aber auf keinen Fall länger als zwei Wochen.«

»Fein, das passt. Ich bin dabei«, sagt Juli. Sie schreibt Bücher und kann sich ihre Zeit frei einteilen.

»Ich muss schauen, ob ich Urlaub bekomme. Aber falls ja, bin ich auf jeden Fall dabei.« Toni schaut auf ihre Fingerspitzen.

»Hey, Toni, du bist mit deinem Chef zusammen. Du wirst ja wohl Urlaub kriegen?« Juli stößt ihr in die Rippen. Bis vor Kurzem war Tonis Chef nämlich auch noch ihrer. Dann hat sie, um ihren Verleger-Freund zu beeindrucken, ein Buch geschrieben. Das dann tatsächlich so gut war, dass es gedruckt wurde. Mit vollem Erfolg. Deswegen konnte sie den alten Job an den Nagel hängen.

»Nun ja, wir versuchen, Beruf und Privatleben zu trennen. Deswegen will ich keine Vorteile herausschlagen. Versteht ihr?« Toni druckst herum. Und sie druckst eigentlich nie herum.

»Nicht so ganz, ehrlich gesagt«, beharrt Juli.

»Es läuft gerade nicht so gut.«

Wir schauen Toni beharrlich weiter an.

»Seine Exfrau macht Probleme.« Oh, Mann, sind wir alt geworden. Wo ist die Zeit hin, in der man mit den Jungs noch unbefangen herumtollen konnte, als wir alle noch keine schwerwiegende Vorgeschichte hatten. Auf einmal gibt es nicht bloß eine blöde Ex, sondern eine waschechte Ex-Ehefrau, die sogar Teil des Lebens bleiben muss, weil sie das gemeinsame Kind ausgetragen hat. Ich stelle es mir auch nicht ganz unkompliziert vor, immer den lebenden Beweis einer vergangenen Liebe mit allem Drum und Dran, sprich Sex, vor Augen zu haben. Brrr … der Gedanke, dass Hrithik mit Melanie geschlafen hat. Sie dabei mit so verhangenen Augenlidern angesehen hat wie mich. Grauenhaft. Bin echt froh, dass ihre Liebe keine Früchte getragen hat. Außerdem war es bestimmt gar keine echte Liebe. So!

»Sie hat ihn für einen anderen verlassen, kurz bevor wir zusammengekommen sind. Jetzt hat es mit dem anderen nicht geklappt. Natürlich sagt sie nicht direkt, dass sie ihn zurückhaben will. Und Männer sind so bescheuert. Paul denkt wirklich, dass sie nur jemanden braucht, mit dem sie reden kann, wenn sie nachts um zwei anruft. ›Sie ist die Mutter meines Kindes und macht eine schwere Zeit durch.‹ Immer wenn ich durchscheinen lasse, das sei doch nur so eine Masche, stehe ich als Zicke und sie als reines Opfer da.« Toni sieht betrübt in ihr Glas.

Oh je, Männer sind in manchen Dingen echt doof. Keine Frau würde auf diese Nummer reinfallen. Kann mir lebhaft vorstellen, wie die Kuh ihm im Morgenmantel aufmacht, weil sie vor lauter Kummer die Last der Kleidung nicht mehr erträgt, ein Gläschen Rotwein einschüttet und ihn bittet, sie in den Arm zu nehmen »einfach nur so als Freund«. Wobei der Morgenmantel sich natürlich ein Stück öffnet und den Blick freigibt auf einen perfekt geformten Schweißtropfen, der langsam zwischen ihren Brüsten hinunter läuft. Bis der arme Mann vor lauter aufgewühlten Emotionen, die durch den Raum schwirren, gar nicht mehr weiß, wo ihm der Kopf steht. Und natürlich stößt Paul eher Toni vor den Kopf, die immer Stärke ausstrahlt, als die dumme Schnepfe, die ihn vorher wie einen Blödmann behandelt hat. So etwas ist beim Anblick eines Fräuleins in Nöten offenbar ganz schnell vergessen. Insgeheim fühlt er sich bestimmt auch geschmeichelt, dass sie nun wieder angekrochen kommt. Juli und ich schütteln ob so viel missverstandener Ritterlichkeit nur angewidert den Kopf. Klar, dass Toni in so einer Situation nicht unbedingt zwei Wochen nach Indien abdüsen und der Exfrau freie Hand lassen will.

»Ehrlich gesagt, frage ich mich, ob er sie vielleicht insgeheim immer noch liebt. Schließlich war es nicht seine Entscheidung, nicht mehr mit ihr zusammen sein zu wollen.«

»Da kannte er dich eben noch nicht«, sage ich überzeugt.

Toni verdreht die Augen.

»Nein, im Ernst, Tanja hat recht«, sagt Juli, die Paul besser kennt. »Er hat sich so sehr um dich bemüht und schaut dich immer noch ganz verliebt an. Ich würde mir keine Sorgen machen. Und es kann ja nicht ewig so weitergehen. Irgendwann wird sie merken, dass sie keine Chance auf mehr als freundschaftliche Zuwendung hat.«

»Eigentlich will ich auch mit nach Indien fahren«, sagt Toni unbestimmt. Eigentlich will sie nicht. Aber das geht ihr nicht über die Lippen. Hat sie uns doch jahrelang gepredigt, dass wir die Männer zu ernst nehmen, wo sie doch angeblich zu kaum mehr als Triebbefriedigung taugen. Bis sie sich ernsthaft in einen verliebt hat und, tja, nun auch Opfer unerklärlicher Emotionen ist. »Und ich weiß nicht, ob es nicht vielleicht sogar das Beste für alle wäre … die Familie sozusagen wiedervereint.«

»Das ist doch Blödsinn! Menschen haben Sex. Und sie trennen sich. Der einzige Unterschied ist, dass es hier ein Kind gibt. Aber überlegt mal, bei wie vielen Männern ihr euch schon eine gemeinsame Zukunft mit Familie ausgemalt habt. Da hätte doch auch etwas passieren können. Aber würdet ihr einen von den Typen heute noch wollen? Und wäre es für das potenzielle Kind echt von Vorteil, wenn ihr heute noch ein Paar wäret?« Juli klopft auf den Tisch. Toni sieht immer noch besorgt drein. Sie ist meine Freundin. Ich will es ihr nicht schwer machen.

»Vergiss es. Du bleibst hier und passt auf deine Beziehung auf«, sage ich bestimmt.

Ein erleichtertes Lächeln huscht über ihr Gesicht. Immerhin ist sie so ehrlich, nicht noch mehrmals Dinge wie »Ganz sicher?« oder »Macht es dir wirklich nichts aus?« zu fragen.

»Du musst übrigens auch nicht mitkommen«, sage ich zu Juli und fühle mich erbärmlich. Warum sagen wir Frauen so oft das Gegenteil von dem, was wir denken. Genau wie bei Toni die Bitte mitgeschwungen hat, nicht fahren zu müssen, meine ich natürlich in Wahrheit »Bitte, bitte, komm doch mit.«

Juli grinst: »Ich will aber dabei sein. Klingt nach einem Vater, den man gesehen haben muss.«

Ich seufze.

Julis eigener Erzeuger ist ein äußerst väterlicher Rentner und ehemaliger Professor für Physik. Ein niedlicher, etwas zerstreuter älterer Herr. Ganz so, wie Väter sein sollten.

Toni sieht noch unglücklicher aus als vorher, weil sie sich nun wohl ein wenig ausgeschlossen fühlt. Die verflixten Kerle!

»Wir fahren auf keinen Fall länger als zwei Wochen, und du musst uns per E-Mail auf dem Laufenden halten«, sage ich noch einmal bestimmt.

»Was liest du denn da?«, fragt Hrithik, nachdem ich mich neben ihm aufs Sofa gekuschelt habe. Die Knie habe ich so angewinkelt, dass ich den Umschlag des Buchs dagegen pressen kann, damit man ihn nicht erkennt.

»Oh, nur so ein Buch.«

»Das habe ich mir fast gedacht. Ist es was Unanständiges?« Er grinst.

»Quatsch.«

»Gib mal her«, da hat er mir das Buch schon aus der Hand gerissen. Er liest den Titel und prustet los.

»Warum liest du das denn?«

»Vorbereitung auf den Besuch deiner Eltern«, nuschele ich vage.

»Na, dann bist du am Ende sicher besser vorbereitet als ich. Und auch wenn meine Eltern es vielleicht gerne sehen würden, werde ich nicht mit einem Turban auf dem Kopf auf einem Elefanten reiten, klar? Und sie müssen sich auch damit arrangieren, dass sie wohl kein Hindu-Mädchen als Schwiegertochter bekommen. Du musst jetzt also nicht sämtliches Wissen über Götter und Kasten inhalieren.«

Das ist wirklich sehr beruhigend. Ich werde aber nicht zugeben, wie erleichtert ich bin, sondern schnappe mir mein Buch wieder und schlage ihm damit gegen den Arm.

»Ich finde aber, es ist schon eine Frage der Höflichkeit, zumindest ein bisschen was über die Kultur deiner Eltern zu wissen.«

Mir kommt ein Gedanke. Ich bin ja nicht Hrithiks erste Freundin.

»Wie war es denn mit Melanie. Haben deine Eltern die kennengelernt?«

»Melanie wollte ich ja nie heiraten«, sagt Hrithik schnell abwehrend. Das ist absolut keine Antwort auf meine Frage. Trotzdem schlägt mein Herz erfreut höher. Nicht nur, weil Melanie keine Heiratskandidatin war. Bei seiner Aussage schwingt ja wohl mit, dass er mich immer noch heiraten möchte. Ich lasse ihn dennoch nicht mit der knappen Antwort davonkommen. Wenn ich weiß, wie seine Eltern auf Melanie reagiert haben, bekomme ich vielleicht schon mal eine Ahnung, was mich erwartet.

»Also, haben sie sie kennengelernt?«

»Na klar, wir waren ja ein paar Jahre zusammen.«

Kurz zieht sich mir doch der Magen zusammen, wenn ich daran denke, dass ich noch lange nicht so viel Zeit mit ihm verbracht habe wie sie. Aber bestimmt die Zeitdauer über die Intensität und Nähe? Wohl kaum, wenn ich an die ganzen schweigend nebeneinander her lebenden Pärchen denke.

»Und, wie sind sie mit ihr klargekommen?«

»Sie mochten sie sehr gern.« Himmel, muss man ihm denn alles aus der Nase ziehen. Er sieht aus, als suche er nach einem Notausgang. In meinem Magen grummelt es schon wieder.

»Also hat es sie nicht gestört, dass sie Deutsche ist?«

Hrithik windet sich. »Nein, hat es nicht.«

»Warum nicht?«

Dämliche Frage. Wieso nur kann ich nicht aufhören zu bohren.

»Sie mochten ihren gepflegten Stil.« Mir ist klar, dass er das jetzt sehr vorsichtig ausgedrückt hat. Reflexartig ziehe ich meine angewinkelten Knie noch enger an meine Brust.

»Ach so, klar, erfolgreiche Anwältin und so …«, bringe ich knapp hervor und versuche, mir nicht anmerken zu lassen, wie sehr mich das trifft. Alles das, was ich nicht verkörpere, hat Hrithiks Eltern von Melanie überzeugt. Gepflegter Stil? Mist. Die meinen doch die Aura des Erfolgs und diese ganze Gucci-Kiste. Nun, seine Eltern sind wohl ganz moderne Hindus. Ich dachte, die ideale Ehefrau in Indien ist devot und anschmiegsam. Das will ich nun auch nicht unbedingt sein, aber …

Hrithik durchschaut mich sofort und presst mich lachend

an sich. »Ich liebe dich, Tanja. Und was Eltern bei einem kurzen Blick einnehmend finden, ist ja nicht unbedingt das, was man sein ganzes Leben haben möchte. Und ich will eben dich. Und mir ist völlig egal, was du wie erfolgreich tust. Hauptsache du tust, was du wirklich willst und bist glücklich dabei.«

Er fängt an, mich zu kitzeln, so dass ich auch glucksen muss. Ich schmiege mich fest an ihn und hoffe, dass ich zumindest meinem Glück mit ihm trauen kann. Aber für den Moment fühlt sich alles zwischen uns wieder so herrlich geborgen und vertraut an wie früher. Ich mag auch gar nicht wirklich daran zweifeln, dass wir am Ende heiraten und glücklich bis ans Ende aller Tage werden. Ich muss nur noch eine Situation finden, ich der ich ihm das überzeugend vermitteln kann. Eine Frage bleibt aber: Bin ich glücklich bei dem, was ich tue? Eigentlich habe ich immer darauf gewartet, dass ich irgendwann irgendetwas anfange und spüre: Genau das ist es. Dieses Gefühl hatte ich aber bislang bei allem, was ich angefangen habe – für jeweils drei Monate. Ist das nicht sowieso alles ein Luxusproblem? Mal ehrlich, wie viele Arbeitnehmer kennt man denn, die morgens pfeifend zur Arbeit gehen, zwischendurch keine Zeit bei Facebook verdaddeln, um sich von ihrem eigentlichen Job abzulenken, und abends mit einem erfüllten Lächeln zu Hause den Schlips lockern, statt ihn aggressiv in die Ecke zu werfen? Dass wir jetzt auch noch dem Druck ausgesetzt sind, bei der Arbeit Spaß zu haben, liegt doch nur daran, dass wir plötzlich so viele Wahlmöglichkeiten haben und nicht einfach mehr von Geburt an dazu bestimmt sind, als Leibeigene das Feld zu beackern, um dann abends erschöpft auf unseren Ballen Stroh zu fallen und dort einzupennen, bis uns der erste Sonnenstrahl weckt. Möchte mal festhalten: Diese noch recht neuen Umstände sind Fluch und Segen zugleich.

❀

Am Freitagabend suche ich Elizabeth kurz vor Ladenschluss auf, um die Schlüssel abzuholen und um mich ein bisschen einarbeiten zu lassen. Sie begrüßt mich mit Begeisterungslauten und einer Umarmung. Nach einem Blick auf die Uhr schließt sie die Tür ab und dreht das altmodische Schild »Geschlossen« so, dass es von außen zu sehen ist. Sie deutet auf eine Chaiselongue, und ich setze mich hin.

»Ich bin gleich wieder da. Ich koche uns nur schnell einen Tee – oder magst du lieber eine heiße Schokolade.«

»Ich nehme das, was Sie auch nehmen.«

»Nenn mich ruhig Elizabeth und duz mich«, sie lacht und verschwindet.

Ich wüsste auch ihren Nachnamen gar nicht.

Ein paar Minuten später taucht sie wieder auf. Mit zwei hübschen Tassen mit Rosenblüten darauf – samt Deckel, der den Keramikfilter abdeckt. Der Tee duftet wunderbar, zugleich süß, blumig und herb.

»Was ist das?«

»Oh, eine Eigenkreation aus Anis, Thymian und Lavendel.«

Wir schweigen eine Weile, weil ich darauf warte, dass sie mit Erklärungen loslegt, sie sagt aber nichts. Sie betrachtet mich einfach nur.

»Was hat es eigentlich mit dieser Aura-Sache auf sich?«, frage ich – halb ernsthaft neugierig, halb, um das Schweigen zu durchbrechen. »Sehen Sie … Siehst du bunte Farben um alles herum?«

Sie lacht. »Ganz so, wie es immer dargestellt wird, ist es nicht. Die Aura ist nicht einfach ein purpurner oder aquablauer Strahlenkranz um einen Menschen herum. Interessiert es dich denn wirklich?«

Wenn ich ganz ehrlich bin: »Ja.«

Das würde ich natürlich vor meinen Freunden niemals zugeben, aber als Jugendliche habe ich begeistert mit Ouija-Brettern experimentiert und auf Botschaften aus dem Jenseits gewartet. Der ganze übersinnliche Hokuspokus fasziniert mich schon irgendwie. Ich will nur nicht als jemand wahrgenommen werden, der an solchen Blödsinn glaubt. Ich meine, man denkt doch dann immer gleich an einsame Katzenbesitzerinnen mit üblen Duftlampen, die einen so seltsam intensiv ansehen. Andererseits bin ich ja wohl kaum allein mit diesem Faible fürs Übernatürliche. Warum sonst wohl verkaufen sich die ganzen Fantasygeschichten so gut, und warum haben sogar Männer in Business-Nadelstreifen in Flughafen-Wartehallen »Harry Potter« verschlungen? Wohl nicht nur, um zu überprüfen, ob die Lektüre für ihre Kinder wirklich geeignet wäre. Im Allgemeinen halte ich mich für vernünftig, und ich glaube auch nicht an jeden Spuk, aber, ach, wäre es nicht wunderbar, wenn alles wahr wäre – der Wald voller Werwölfe und Gespenster? Und wenn jemand wie Elizabeth, eine offenbar sehr vernünftige und humorbegabte Frau, über Magie redet, verliert sie sofort jeden peinlichen Touch.

Elizabeth versucht, mir zu erklären, dass die Aura von jedem wahrgenommen werden kann, aber nicht von jedem über die gleichen Sinne. Dass sie sich auch tasten, hören und fühlen lässt. Je nachdem, welche Begabung der Auraleser hat.

»Mir fällt es am leichtesten, sie zu erkennen, wenn ich jemanden berühre. Deswegen lege ich bei einem Kundengespräch auch kurz meine Hand auf den Arm. So kurz und so beiläufig, dass es nicht aufdringlich wirkt. Aber ich sehe in der Tat auch Farben. Wenn ich die Aura eines Menschen erkenne und sie fühle, kann ich ganz schnell das richtige Buch finden.«

»Du musst nicht einmal mehr auf den Titel gucken?«

»Nun, es ist eine Mischung aus beidem. Es kommen meist mehrere Bücher in Frage, ich wähle dann das, was mir am besten zur aktuellen Situation zu passen scheint. So kann es sein, dass ich Impulse bei einem Buch über Schimpansen, einem über den Bau von Baumhäusern und bei einem Liebesroman bekomme. Weiß ich von dem Betreffenden, dass er handwerkliches Geschick und einen kleinen Sohn hat, würde ich wohl die Baumhäuser wählen. Ist es eine Frau, die sich mit Vorliebe in der Romantik-Ecke aufhält, würde ich eher zum Liebesroman greifen.«

Ich schaue mich im Laden um und kneife leicht die Augen zusammen, bis mein Blick verschwimmt. Wäre es nicht wunderbar, um jedes einzelne dieser Bücher herum, etwas leuchten zu sehen? Kein Wunder, dass der Laden mir beinahe wie ein magischer Ort vorkam.

»So geht es nicht. Aber ich kann es dir beibringen, wenn du willst.«

»An einem Abend?«

»Vielleicht. Vielleicht sehen wir uns ja noch öfter. Es könnte aber auch gleich klappen. Anis öffnet den Verstand für besondere Wahrnehmungen. Thymian kann ähnlich wirken.«

Mir wird tatsächlich ein bisschen duselig.

»Wie ist denn meine Farbe?«

»Im Moment? Ein helles, strahlendes Gelb.«

»Und was sagt das über mich?«

»Du bist Idealistin mit einer guten Intuition. Aber das ist eigentlich auch zu kurz gegriffen. Du bist nicht nur, was ich in diesem Moment in deiner Aura sehe. Es gibt auch dunkle, schmutzige Farben – manche Auraleser sind dann schnell dabei, diesen Menschen zu verurteilen. Aber Farben ändern sich. Und jeder hat mal einen schlechten Tag oder niedere Gedanken. Man kann Grundtendenzen erkennen. Aber die Gabe lebt von der Interpretation. Und eine halbwegs klare Aussage bekommt nur, wer sie mit dem festen Vorsatz einsetzt, dem anderen nur Gutes zu wollen. Es ist nichts anderes als Einfühlungsvermögen, das ein wenig tiefer geht …«

Ich kann meine Enttäuschung nicht verbergen. Elizabeth lacht. »Tut mir leid, das ist kein Allmachtsinstrument. Nur eine Wahrnehmungsmöglichkeit mehr und vielleicht eine etwas tiefere. Aber das können wir nicht an einem Abend abhandeln. Aber wir können ein paar Dinge ausprobieren, wenn du magst.«

Sie zeigt mir, wie man mit den Händen einen Energieball formt. Und tatsächlich glaube ich am Ende, als ich meine gewölbten Handflächen mehrmals aufeinander zubewegt habe, kurz etwas gespürt zu haben. So wie ich auch ganz kurz, leider eher farblose, Lichtblitze zu erkennen glaube, als sich Elizabeth vor eine weiße Wand stellt und ich die Umgebung ihres Kopfes fixieren soll, bis mein Blick verschwimmt. Zum Glück gibt sie mir auch noch ein paar praktische Hinweise zu der Ordnung in ihrem Laden und zum Umgang mit Kunden. Dann führt sie mich noch in die kleine Teeküche am Ende ihres Ladens, in der sie den Kunden Tee zur Ankurbelung der Entscheidungsfreudigkeit oder eine heiße Schokolade zur Stärkung der Glückshormone zubereitet. Ich höre aber dummerweise bei allem nur mit einem Ohr hin, so aufgeregt bin ich. In der Atmosphäre ihres Ladens glaube ich, tatsächlich ein reales Abenteuer zu erleben, dass es so etwas wie Magie und all die Dinge zwischen Himmel und Erde, die man nicht sehen kann, gibt. Als ich den Laden verlasse und durch den kalten Schnee stapfe, bin ich mir da allerdings nicht mehr so sicher. Eines ist jedoch klar: Elizabeth beherrscht die seltene Mischung aus pragmatischem Geschäftssinn und Hellsichtigkeit enorm gut.

❁

Hatte ich mal gesagt, Arbeitnehmer lächeln nie? Für meinen ersten Arbeitstag in einem neuen Job trifft das nicht zu. Da bin ich noch voller Elan. So auch an diesem Morgen. In meiner Tasche klimpern verheißungsvoll die Schlüssel, deren Verwalterin ich für einen Tag sein darf. Ich sinniere noch über Elizabeths einleitenden Worte über die Ordnung ihrer Regale und der sehr viel weniger verständlichen Sortierung auf dem Dachboden. Dort sind die Wälzer nicht nach Themen, sondern nach »Aura« geordnet. Auch wenn ich am Abend zuvor geglaubt habe, Momente der absoluten Klarsicht gehabt zu haben, fällt mir nun doch auf, dass ich die »Aura«-Ordnung nicht wirklich verstanden habe. Ich bin vermutlich aus Versehen in ihre Aura eingedrungen und hatte für wenige Sekunden ein paar ihrer Fähigkeiten. Aber einen Tag lang werde ich den Laden auch ohne Magie schmeißen können. Sicher gibt es auch Kunden, die wissen, was sie wollen – und die sogar in der Lage sind, es anhand der Regalbeschriftungen zu finden?

»Kunden wissen oft, was sie wollen, aber selten, was sie brauchen. Findest du das für sie, werden sie immer wieder Geld bei dir lassen«, hat Elizabeth gesagt. Na, wenn das keine gelungene Einstellung irgendwo zwischen Menschenfreundschaft und knallhartem Geschäftssinn ist. Wünschte, unser philosophischer Berater Peter wäre bei mir gewesen. Dem wäre bestimmt etwas dazu eingefallen.

Als ich den kleinen Laden aufschließe, scheint der Schlüssel in meiner Hand leicht zu vibrieren. Wahrscheinlich hat nur meine Hand vor Aufregung gezuckt. Ich habe noch nie einen Laden aufgeschlossen. Und den ganzen Tag über wird dies mein Reich sein. Nicht schlecht eigentlich. Morgen für Morgen in den eigenen kleinen Laden zu gehen. Kein Chef, dem man Rechenschaft für irgendetwas schuldet. Mit den Kunden plauschen … Hör auf zu träumen, Tanja! Nachdem ich mich ermahnt habe, trete ich brav den Schnee an meinen Schuhen ab und hole drinnen das Paar Ballerinas heraus, das ich zum Wechseln eingesteckt habe, um den Holzfußboden nicht zu beschädigen. Ich bin extra eine halbe Stunde vor Ladenöffnung gekommen, um die Umgebung noch ein wenig zu studieren, von mir aus auch, um die Aura der Gegenstände aufzusaugen. Elizabeths Händchen für Ästhetik ist wirklich bemerkenswert. Ihr Laden ist eine sinnliche Erfahrung. Nicht nur die Buchdeckel möchte man anfassen und genauer erkunden. Der Tisch mit den Abenteurer- und Entdeckergeschichten ist mit einem alten Kompass in einer Holzschatulle geschmückt. In den Regalen weisen – das fällt mir jetzt zum ersten Mal auf – nicht nur die Wörter auf den goldenen Beschlägen den Weg, sondern auch die Buchstützen. Es gibt handgeschnitzte zu fast jedem Thema. Im Schifffahrts-, Entdecker- und Abenteurer-Regal zum Beispiel halten Sextanten die Bücher an ihrem Platz, im Tiere-Regal sind es hölzerne Affenköpfe. Beim genaueren Hinsehen bemerke ich, dass das raffinierte Biest Elizabeth sogar mit Düften arbeitet. In die Buchstützen sind winzig kleine Terrakottaschälchen eingearbeitet, die einen ganz leichten Duft verströmen. So leicht, dass die einzelnen Aromen nicht miteinander konkurrieren. Bei den Abenteurern weht eine Brise Meer und Salz, bei den Liebesromanen ist deutlich Rose auszumachen, bei den Krimis wird es metallisch – wie Blut oder Knarren, aber nicht abstoßend. Verrückt oder genial? In einer Ecke entdecke ich noch eine Chaiselongue mit einer Palme, auf der man in den Büchern schmökern kann. Daneben eine altmodische Stehleuchte. Ein märchenhaftes Geschäft, das einem das Gefühl gibt, es könne einen ganz und gar verschlucken. Welche Geheimnisse es wohl noch birgt? Durch eine Lücke in einer Regalreihe fällt mein Blick auf die dahinter. Ein Buch zieht meinen Blick auf sich, ohne dass ich erklären könnte wieso. Eine Frage der Aura? Ich gehe um die Reihe herum und stehe vor dem Psychologie-Regal. Das Buch heißt »Väter – und wie man ihnen verzeiht«. Schnell schiebe ich das Buch ins Regal zurück. Das ist jetzt doch ein bisschen unheimlich. Wieso verfolgen einen immer Themen, an die man bis vor Kurzem nie oder lange nicht mehr gedacht hat? Dann plötzlich bedrängen sie einen aus jeder Ecke. Ich schaue auf meine Hand, die das Buch gegriffen hat, ob da nun irgendein auratischer Strahlenkranz zu sehen ist. Nichts dergleichen. Ich seufze, krame »Hinduismus für Dummies« aus meiner Tasche, lasse mich in die Chaiselongue fallen und beginne zu lesen. Viel Zeit für Muße bleibt nicht. Eine altmodische Bimmel an der Tür kündigt den ersten Kunden an. Ich stehe schnell auf und schaue nach.

Na toll. Er ist der Typ Professor-Doktor-Sowieso. Er stürmt in den Laden, bleibt irritiert vor mir stehen und blafft mich an: »Wo ist Elizabeth?«

Ich bin so perplex, dass ich ihm gar nicht antworten kann.

»Egal. Sind Sie hier bloß Verkäuferin, oder haben Sie Ahnung?«, fährt er da schon fort. Fühle mich von seiner stürmischen Art irgendwie an die Wand geblasen und möchte am liebsten in Deckung gehen. Das werde ich mir aber sicher nicht anmerken lassen.

»So wohl als auch«, antworte ich so hochmütig, wie ich kann und füge nur für mich in Gedanken das leise Stoßgebet »hoffe ich jedenfalls« hinzu.

»Ich suche ein Geschenk für meinen Sohn«, sagt er.

»Wie alt ist er denn, und was liest er üblicherweise?«, frage ich interessiert.

»Wieso wollen Sie das denn wissen?«, fragt er misstrauisch.

»Damit ich besser einschätzen kann, was ihm gefallen würde«, erkläre ich freundlich das Naheliegende.

Er sieht mich nachdenklich an.

»Bücher … über … 23.«

Und nun? Ist 23 nicht die Lieblingszahl der Verschwörungstheoretiker? So à la Julius Caesar wurde von 23 Messerstichen getötet, und der neue Bundestag hat eine 23 Meter hohe Glaskuppel, und deswegen wird die Welt an den Iden des März, ausgehend von Berlin, untergehen?

»Ach so«, murmele ich und stelle mich schon mal so zwischen die Regale, als wüsste ich, was ich tue und könnte mit seiner Information irgendetwas anfangen.

»Er liest eher wenig.«

Ah, dann war »23« wohl aufs Alter bezogen. Aber was lesen diese jungen Männer wohl? Plötzlich fühle ich mich alt. Wollen die nicht nur so viele Apple-Utensilien wie möglich besitzen, und lesen die überhaupt noch irgendetwas außer Blogs? Ich kneife meine Augen zusammen und starre den Typen an. Wenn nichts mehr hilft, bleibt ja vielleicht noch die Sache mit der Aura. Aber selbst wenn ich eine erkennen könnte, das Buch ist ja für seinen Sohn. Da habe ich eine Eingebung.

»Einen Moment, bitte.«

Ich gehe zum Thriller-Regal und schnappe mir einen Schutzumschlag, der ein wenig im Comic-Stil gehalten ist. Eine überzeichnete Schwarz-Weiß-Gestalt mit wutverzerrtem Gesicht, die eine Knarre mit übergroßer Öffnung auf den Leser richtet. Den tausche ich schnell mit dem Schutzumschlag des »Väter – und wie man ihnen verzeiht«-Buches und drücke meinem ungehobelten Kunden dann den Ratgeber im Comic-Gewand in die Hand. Schließlich werde ich ihn nie wiedersehen.

»Der ist gerade total beliebt in der Altersgruppe – wegen des postmodernen Stils und der ironischen Herangehensweise an das Sujet des Mordens …«

Laberrhabarberralaber.

Er verdreht die Augen. »Danke. Verpacken Sie es als Geschenk.«

Ich finde, er hätte zumindest »Bitte« sagen können. Deswegen habe ich kein allzu schlechtes Gewissen, als ich von der Rolle Geschenkpapier an der Kasse ein Stück abreiße und das Buch darin verpacke.

Ich versuche mit Worten von meiner Ungeschicklichkeit beim Verpacken abzulenken: »Was ist denn der Anlass?«

»Das geht Sie gar nichts … Ich habe seinen Geburtstag vergessen.«

Na, zumindest bemüht er sich um Manieren. Ich muss mir ein Grinsen verkneifen. Habe wohl instinktiv genau das richtige Buch gewählt. Ich bin ein Naturtalent. Und das ganz ohne Magie. Ich versuche, das Geschenkband so kunstvoll wie möglich mit der Kante einer stumpfen Schere zu kräuseln. Das Ergebnis sieht nicht überwältigend aus.

Aber meinem Professor-Doktor scheint es zu reichen.

»Haben sie noch eine Tüte?«

Ich nehme mir eine der reinweißen Tüten, die unter dem Tisch liegen, und lasse das Buch vorsichtig hineingleiten. Er nimmt sie mir aus der Hand und verschwindet. Uff, so romantisch ist es doch nicht, in einem Buchladen zu arbeiten. Dafür bin ich das dämliche Buch los, bevor es mich noch anschreit, darin zu blättern. Außerdem scheint es beim jetzigen Besitzer viel besser aufgehoben. Immerhin scheint der Junge mit seinem Vater zusammenleben zu müssen.

Egal, was man meinem Vater vorwerfen könnte, meinen Geburtstag hat er noch nie vergessen. Jedes Jahr steht vor meiner Tür ein Paket mit einer bunten Karte von dem Ort, an dem er sich aufhält, mit dem Vorschlag, ich könne ihn ja irgendwann mal besuchen – und irgendeinem Kunsthandwerker-Blödsinn. Zuletzt ein gebatikter Bettüberwurf. Aus irgendeinem Grund bewahre ich trotzdem alles auf und bunkere es in dem Kabuff, das von unserer Küche abgeht.

Was der 23-Jährige wohl mit seinem Buch macht? Ich schlage mir die Hand vor den Mund, als mir klar wird, was ich gerade getan habe. Elizabeth war so reizend zu mir und hat mir diesen schönen Laden anvertraut, und ich habe vermutlich gerade einen gut begüterten Kunden für immer vergrault. Mir wird ein wenig übel. Hoffentlich kommen noch so viele Kunden, dass ich diesen Fehler wieder ausbügeln kann. Vielleicht gelingt es mir mit etwas Anstrengung ja sogar ganz ohne magische Kräfte, ein paar neue zu gewinnen.

Als es kurz darauf das nächste Mal klingelt, bemühe ich mich um eine gerade, aber lässige Haltung und achte bei meinem Lächeln darauf, dass auch die Augen mitlächeln. Ein bisschen Herzlichkeit kann nicht schaden. Es ist Lilly.

Sie wirft mir ein Kusshändchen zu und lässt sich auf die Chaiselongue fallen. »Und, schon etwas verkauft?«

»Ja«, sage ich schnell, über die näheren Umstände muss sie ja nun wirklich nichts wissen. »Aber was machst du denn hier?«

»Elizabeth hat mich gebeten, ein bisschen auf dich aufzupassen.«

Zu Recht, denke ich und werde rot.

»Quatsch, ich wollte nur kurz bei dir vorbeischauen, muss aber gleich weiter. Ich habe beschlossen, heute einen weiteren Punkt auf meiner Liste anzugehen.«

»Und welcher wird es?«, frage ich bang. Hoffentlich hat es nichts mit Ladendiebstahl, S-Bahn-Surfen oder Ähnlichem zu tun.

»Oh, darüber spreche ich vorher nicht. Dann könnte es schiefgehen. Schlechtes Karma, weißt du?«

Sie lässt ihren Blick durch den Laden schweifen.

»Der Laden steht dir«, stellt sie dann fest.

Ich kichere ein wenig nervös, weil ich mich immer noch wie ein Fremdkörper fühle.

»Entspann dich. Eigne dir das Terrain an, dekorier einen der Tische um, bis er deinem Geschmack entspricht. Du wirst sehen, das wird dir gefallen.«

Ich bin nur einen Tag hier. Da werde ich sicher nicht den ganzen Laden auf den Kopf stellen.

»Vielleicht mache ich das«, sage ich dennoch, um einer längeren Diskussion mit Lilly auszuweichen.

»Stell dir dabei die Kunden vor, die du gerne in diesem Laden hättest. Dann werden Sie kommen«, erklärt Lilly überzeugt.

»Okay«, antworte ich schwach. Ich glaube nicht, dass es so funktioniert. Mir würde es außerdem schon genügen, wenn ich nicht noch mehr Menschen vergraule.

»Na ja, ich muss weiter«, flötet Lilly und verschwindet wieder.

Dann bin ich eine ganze Weile alleine im Laden. Ich schaue mich auf den Tischen um. Der Tisch mit dem Schwerpunktthema »Spione« sieht schon etwas leer und traurig aus. Auch die Nachbildung der Berliner Mauer zwischen dem Stapel amerikanischer und russischer Agentenliteratur hebt meine Stimmung nicht. Vielleicht könnte ich mich ja ganz vorsichtig an diesem Tisch versuchen. Aber welches Thema soll ich wählen? Erstmal räume ich die restlichen Bücher und die kleine Mauer vom Tisch. Dann hole ich schnell einen Karton vom Dachboden und packe alles sorgfältig hinein. Nun ist der Tisch frei für neue Inspirationen. Ich blicke durch den Raum und entdecke eine wirklich schöne, weiße Orchidee auf der Fensterbank. Sie scheint zu leuchten und meine Aufmerksamkeit erregen zu wollen. Damit werde ich anfangen, der Rest fügt sich dann schon. Ich stelle die Orchidee auf den Tisch. Danach ist alles ganz einfach: Wie von selbst fliegen mir passende Gartenratgeber zu. Das ist aber noch ziemlich langweilig und viel zu naheliegend, finde ich. Ich schaue noch mal in den Karton auf die aussortierten Spionagebücher. War da nicht …? Genau! Ich fische die drei übrig gebliebenen Exemplare von »Der ewige Gärtner« heraus. Mit schlafwandlerischer Sicherheit und einem wohligen Kribbeln in den Fingern greife ich mir noch einen psychologischen Selbstfindungsratgeber, geschrieben aus der Sicht einer Orchidee, einen Erotik-Bildband, und ich finde sogar noch etwas Passendes von Charles Darwin: »Über die Einrichtungen zur Befruchtung britischer und ausländischer Orchideen durch Insekten und über die günstigen Erfolge der Wechselbefruchtungen«. Nun funkelt der Tisch einladend in den Farben der Cover – lila, pink und purpurrot. Ganz begeistert von meinem neu entdeckten Talent, nehme ich mir noch den Tisch vor, auf dem ein hölzerner Elefant die Stellung hält. Um ihn herum sind Tier- und Reisebücher drapiert. Ich nehme ein paar davon weg und ersetze sie durch Romane und Gehirn-Trainings-Bücher, weil Elefanten doch nie etwas vergessen. Hoffe, das ist nun nicht zu weit um die Ecke gedacht. Aber streng nach Themen geordnet sind ja schon die Bücher in den Regalen, und ich glaube, Elizabeth hat sich gedacht, dass auf den Tischen gerne Überraschungen auf den Kunden warten dürfen. Ich schaue mich um und bin richtig stolz auf mein Werk. Ich wette, meine Aura leuchtet jetzt strahlend indigoblau oder violett. Das hat Spaß gemacht. Ich könnte mir glatt vorstellen, das jeden Tag … Stop, Tanja! Buchhändler verdienen sehr wenig Geld, und in drei Monaten willst du ja doch lieber Kinderärztin oder Kapitänin werden. Wobei ich eigentlich kein Blut sehen kann und schon bei leichtem Wellengang mein ganzes Essen dem Meeresgott als Opfer darbiete. Ich beschließe einfach, aus diesem Tag das Beste zu machen, ohne gleich wieder mehr darin sehen zu wollen. Es bimmelt wieder an der Tür, und ich bin gewappnet. Jetzt, wo ich meine eigene Note in die Dekoration gebracht habe, fühle ich mich schon viel heimischer und selbstbewusster. Vielleicht hatte Lilly recht, denn von da an läuft es wie geschmiert. Zwar versäumt kein Kunde mir zu versichern, dass er bald Elizabeth wiedersehen wolle und einige betonen unentwegt, sie wäre schneller, geschickter und origineller. Aber eigentlich schlage ich mich sehr tapfer und bin beglückt, dass viele Kunden den Laden mit einem Lächeln verlassen. Besonders freue ich mich über die, die zum ersten Mal hier stöbern und, dass tatsächlich ein paar Exemplare vom Orchideen- und Elefanten-Tisch weggehen. Es gibt viel zu erledigen. Als ich irgendwann erschöpft auf die Uhr schaue, ist es bereits halb sechs. In einer halben Stunde soll ich schon schließen. Schade eigentlich. Da bimmelt es auch schon wieder. Ein junger, etwas verhuschter Typ kommt rein und sieht mich unsicher an.

»Kann ich etwas für dich tun?«, frage ich. Aus irgendeinem Grund scheint es mir natürlich, ihn zu duzen.

Zögernd greift er in die Innentasche seines khakifarbenen Parkas, mit dem zerrupften Fellfutter. Dann hält er ein Buch hoch, das mir vage bekannt vorkommt. Schwarzweißes-Comic-Bild und blutrote Schrift. Auweia, mein letzter Kunde ist also der Sohn meines ersten Kunden. Der Kreislauf des Lebens – wie wunderbar.

Ich beiße mir angestrengt auf die Lippe. Meine Glieder fühlen sich steif an, und mir schießt das Blut in den Kopf. Die Situation ist mir so unangenehm, dass ich ihn nur verkrampft anstarre. Dann grinst er plötzlich über das ganze Gesicht – und sieht unerwartet nett, schelmisch und fast hübsch aus. Sein Lächeln deutet an, was er ohne die Unterdrückung seines schrecklichen Vaters sein könnte.

»War das Absicht?«, fragt er.

Ich leugne gar nicht erst, sondern nicke nur.

»Cool. Ich glaube nicht, dass sich irgendjemand schon mal erlaubt hat, meinen Vater so zu verarschen. Außerdem ist der Krimi viel teurer als das Psycho-Buch. Habe ich nachgesehen. Du hast ihm zehn Euro zu viel abgeknöpft.«

Er grinst wieder und scheint sein Glück kaum fassen zu können.

Ich beschließe: Dies ist der perfekte Zeitpunkt für eine heiße Schokolade.

»Setz dich hin«, sage ich bestimmt.

»Echt?«, fragt er glücklich. Freunde hat er offenbar auch nicht. Er lässt sich auf die Chaiselongue fallen, und ich verschwinde in die winzige Küche. Als ich mit der Schokolade wiederkomme, lümmelt er dort mit dem Vaterbuch in der Hand.

»Gar nicht mal so übel«, findet er.

Ich hole mir einen Stuhl und rücke zu ihm hin. Komme mir in meiner erhöhten Position ein bisschen wie eine Psychotherapeutin vor. Hm … für Psychologie war ich noch nie eingeschrieben. Schnell reiche ich ihm die Hand.

»Herzlichen Glückwunsch nachträglich zu deinem 23. Geburtstag!« Er verzieht das Gesicht.

»Es war mein 21.«

»Oh, dein Vater hat gesagt …«.

»Ja, kann ich mir vorstellen. Wahrscheinlich kommt ihm die Zeit mit mir schon viel länger vor.«

Wir sehen schweigend zu Boden. Das Gespräch nimmt eine unangenehme Richtung.

»Wohnst du noch zu Hause?«

»Ja«, sagt er verlegen.

»Warum?«

»Ich studiere hier in Hamburg Pharmazie. Mein Vater

hat eine Apotheke, die ich übernehmen soll. Eigentlich hat er sogar fünf. Aber eine läuft auf den Namen meiner Mutter, weil man in Deutschland nur vier haben darf.«

Er wird ja richtig gesprächig. »Egal, auf jeden Fall verdienen meine Eltern viel zu viel, als dass ich BAföG bekommen könnte. Aber mein Vater ist geizig und will mich nicht finanziell unterstützen. Ich könnte das Geld natürlich einklagen. Nur, will man echt gegen seine Eltern klagen?« Er zuckt resigniert mit den Achseln.

»Ich habe schon überlegt, mir einen Job zu suchen«, sagt er und schaut sich um. »Toller Laden übrigens. Du brauchst wohl nicht noch jemanden?«

»Leider nicht meiner. Ich bin hier auch nur Aushilfe für einen Tag.«

»Schade, der Laden steht dir.« Er grinst wieder. Wie gewinnend er aussehen kann. Das mit dem Laden habe ich heute doch schon mal gehört. Mist, das führt meine Gedanken echt in Versuchung, sich in gefährliche Bahnen zu begeben.

Ich denke nach. Gerne würde ich dem Jungen helfen. Ich glaube, er könnte ein echt guter Typ sein – mit einem vernünftigen Haarschnitt, nicht ganz so hängenden Schultern und losgelöst von der väterlichen Tyrannei. »Lass mir deine Telefonnummer hier. Ich arbeite nämlich eigentlich gar nicht hier, sondern in einem Altersheim, da werden oft mal Jobs für Studenten frei.«

»Ne, lass mal. Ich wische bestimmt nicht alten Leuten den Hintern ab.«

»Das machen die gelernten Kräfte, die würden dich da gar nicht ranlassen«, beruhige ich ihn. »Aber es gibt Hausmeistertätigkeiten und auch Jobs in der Küche.«

»Cool. Oh, und danke für das Geburtstagsgeschenk. Also

das Buch und den Kakao und das alles hier.« Er sieht verlegen in seine Tasse, als würde die ihm einen Grund nennen, noch nicht gehen zu müssen. Armer Junge.

»Wie ist dein Vater denn so?«, will er wissen.

Ich denke kurz nach. »Abwesend.« Das scheint mir die unverfänglichste Antwort zu sein.

»Cool.« Oh, Mann, er sollte sich nicht nur einen neuen Haarschnitt, sondern auch ein neues Lieblingswort zulegen.

»Na ja, ich weiß nicht.« Irgendwie nervt es mich, dass er alle Vatersorgen ganz dreist für sich pachten will und jeder andere Vater in seinen Augen nur »cooler« sein kann als der eigene.

»Genau genommen ist er Guru in einem Hippie-Camp in Indien«, sage ich bissig. Warum sollte ich meinen Erzeuger eigentlich schützen.

»Cooool!«

Ich habe glatt vergessen, wie jung mein neuer Freund ist.

»Wie heißt du eigentlich?«

»Stefan.«

»Fein, ich bin Tanja. Und jetzt muss ich langsam mal den Laden hier schließen. Aber ich melde mich auf jeden Fall, wenn ich etwas von einem Job höre.«

»Echt?«

»Na klar.«

Widerwillig steht er auf und schließt den Reißverschluss seiner Jacke.

»Ciao«, sagt er und schüttelt mir ungeschickt die Hand.

An der Tür dreht er sich wieder um. »Darf ich denn mal wieder vorbeikommen?«

»Na klar, dies ist ein Laden, weißt du. Wir lassen jeden rein.«

Mitleidig schaue ich auf Stefans hängende Schultern, als er vor dem Laden die Straße überquert.

Ich frage mich, wer von uns nun schlechter dran ist. Ist es besser, einen Vollidioten als Vater vor Ort zu haben oder lieber einen in weiter Ferne? Auf mein Leben hat mein Vater doch kaum Einfluss. Meine Entscheidungsschwäche und Wankelmütigkeit im Berufsleben kann ich ihm wohl eher nicht zuschieben. Man könnte höchstens sagen, dass mir insgesamt so eine Art Leitfaden fehlt. Aber zu viel Leitfaden ist auch keine Lösung – siehe Stefan, den ich ganz und gar nicht beneide. Aber wenn ich doch so Vater-emanzipiert bin, wieso kann ich meinen nicht einfach ganz gelassen zu meiner Hochzeit einladen, und worüber ärgere ich mich dann so, wenn ich an ihn denke? Und überhaupt: Haben Frauen mit Vaterproblem nicht eher Männerprobleme als berufliche Probleme? Aber ich laufe doch gar keinen älteren Männern hinterher, die mich ablehnen. Was ist also mein Problem? Mir schwant, dass das alles irgendwie mit der »Wer bin ich?«-Frage zusammenhängt. Und die fehlende Antwort damit, dass ich mich konsequent weigere, einen Blick auf diesen Teil von mir zu werfen, auf die Wurzeln, auf die Familie. Ich wünschte, ich hätte den Indienbesuch schon hinter mir. Hoffe, dort ohne große Anstrengung oder langwierige Meditation so etwas wie eine spontane Erleuchtung zu erleben, die Licht in alle meine Angelegenheiten bringt.

Ich gehe noch mal durch alle Regale und sortiere Bücher wieder ein, die Kunden einfach nur abgelegt haben. Darunter »Väter und Töchter«. Ich mache Feierabend.

❀

Pfui! Aus!«, ruft Juli lachend, als ich ihr am Telefon von meinem erfolgreichen ersten Tag – das Leben eines jungen Mannes verändert, Bücher verkauft, mich als Dekorateurin betätigt – berichte. »Du willst jetzt aber nicht Buchhändlerin werden, oder?«

»Natürlich nicht«, lüge ich beleidigt.

»Wir fahren übrigens allein nach Indien. Peter hat seiner Freundin versprochen, noch in diesem Jahr mit ihr für eine Weile nach China zu fahren. Und für zwei Fernreisen reicht das Geld nicht, hat er mir vorhin erzählt.«

»Macht nichts, ich freue mich, wenn du mitkommst.« Vielleicht ganz gut, wenn wir nicht gleich als ganz große Runde da einfallen. Und bei einem philosophischen Berater weiß man ja auch nie, ob er nicht Gefallen an dem ganzen Blödsinn findet und sich gleich als Zweit-Guru in der Kommune einnistet.

»Morgen ist Silvester«, sagt Juli plötzlich nachdenklich und ganz ohne Zusammenhang.

Da hat sie vollkommen recht. Es wird das erste Silvester, das wir nicht alle gemeinsam auf einer großen Party verbringen, sondern in gemütlichen Pärchenabenden in unseren jeweiligen Wohnräumen feiern. Ich weiß, dass ich dabei nichts versäume. Ich war schon auf zu vielen schlechten Silvesterpartys. Meistens habe ich den Barkeeper gespielt, spätestens eine Minute nach Mitternacht hätte ich mir jedes Mal ein Schild umhängen können, auf dem »Therapeut« steht. Entweder hat der begehrte Partner für den Abend um Mitternacht mit einer anderen geknutscht, oder die Beziehung oder gleich das ganze Leben wurden anlässlich des anstehenden Jahreswechsel in Frage gestellt, was für Zoff und Tränen gesorgt hat. Nein danke!

»Irgendwelche guten Vorsätze?«, fragt Juli.

»Nein, gar keine«, sage ich ehrlich. Ich habe nie geraucht, gehe zu Fuß oder fahre im Sommer mit dem Fahrrad zur Arbeit und esse verdammt viel frisches Gemüse, seit ich in einem Bioladen gejobbt habe. Oh, da wäre ja noch das Studium. Aber das werde ich sicher nicht mit einem guten Silvestervorsatz abschließen.

»Vielleicht mich exmatrikulieren«, sage ich, ohne darüber nachzudenken.

»O.k., gute Idee«, sagt sie leicht dahin.

Und plötzlich schwebt diese Möglichkeit im Raum. Einfach alles hinwerfen, nach über zehn Jahren Studium? Wo ich doch insgesamt mehr Scheine als alle anderen Studenten habe, die ich kenne, nur eben leider in völlig verschiedenen Fächern? Andererseits bin ich niemandem Rechenschaft schuldig, weder gibt es da besorgte Eltern noch irgendeine andere gesellschaftliche Instanz. Allein darüber nachzudenken, löst den Druck in meiner Brust. Ja, vielleicht sollte ich wirklich nicht mehr studieren. Aber wie bringe ich das Hrithik bei, der eher erfolgsverwöhnte Menschen mit Biss – siehe Melanie – gewohnt ist? Nimmt er mich dann noch ernst? Das muss ich sofort mit Juli besprechen.

»Ach, weißt du, wo ist der Unterschied, ob du nun weiter eingeschrieben bist, ohne hinzugehen, oder einen klaren Schnitt machst? Das wäre doch viel konsequenter. Das muss Hrithik einfach akzeptieren.«

Juli hat recht. Vielleicht sollte ich mir echt ein Herz fassen und aufhören, mir selbst und anderen vorzugaukeln, ich würde irgendwann einen Abschluss bekommen. Alles andere erinnert irgendwie an die Männer aus Fernsehdramen, die ihren Job verloren haben, das ihren Familien aber verschweigen und dann das ganze Geld in Spielhöllen versaufen – bis alles auffliegt. Nur, dass ich mich nicht in Spielhöllen vor meinem Studium drücke, sondern, ganz im Gegenteil, die Zeit mit ernsthafter Arbeit verbringe. Wenn ich wenigstens einen tollen Traumjob in petto hätte, mit dem ich einen Studienabbruch rechtfertigen könnte.

»Aber was mache ich dann?«, frage ich.

»Ich habe gerade einen Artikel in einer Zeitschrift gelesen, dass man auf Stellenausschreibungen pfeifen sollte. Du musst dir nur eine Liste mit deinen Stärken und Schwächen machen und dir daraus deinen Traumjob maßschneidern. Dann suchst du ganz gezielt nach Unternehmen, in die dein Profil passt. Und weil ihr euch dann wie Yin und Yang ergänzt, wirst du genau das richtige Auftreten haben, den Job bekommen und immer glücklich und zufrieden sein.«

Das klingt gar nicht so schwierig. Werde in nächster Zeit diese Liste anlegen. Und mich endlich intensiv mit dem Hinduismus auseinandersetzen. Aber erst im nächsten Jahr. Womit ich Knall auf Fall schon zwei gute Vorsätze hätte.

❁

Nach einem völlig entspannten Silvesterabend mit Käsefondue und anschließendem spontanem Anstoßen mit meinen Freunden und deren Partnern in der Innenstadt, kehre ich am Neujahrstag gestärkt und voller Pläne an meinen Platz in der Cafeteria des Altersheims zurück.

»Könntest du mir eine Traubensaftschorle machen?«, fragt Lilly mich, als sie auftaucht. »Frohes neues Jahr erst mal«, ergänzt sie und küsst mich auf die Wange.

»Dir auch ein schönes neues Jahr. Du nimmst keinen Kaffee?«, frage ich überrascht.

»Nein, in dieser Woche esse und trinke ich nur Rotes. Ich habe Fabian schon gesagt, er soll sich etwas einfallen lassen. Er war nicht begeistert.« Sie kichert.

Armer Fabian. Mir fällt auf Anhieb nur rohes Fleisch ein.

»Was hast du denn nun eigentlich am Sonnabend gemacht, als du aus dem Laden gegangen bist?«

»Gleich zwei Punkte auf einmal erledigt. Ich hatte plötzlich Angst, ich schaffe nicht mehr alle 100.«

Ich verspüre einen fetten Kloß im Hals. Aber zum Glück bleibt Lilly nie lange in niederschmetternder Lebensendstimmung, wie es viele andere ältere Menschen tun.

»Auf jeden Fall habe ich am Nachmittag eine spontane Demo ins Leben gerufen und abends in der Oper mitgesungen – mein Lieblingsstück. Aber erst ganz am Ende bei ›Teneste la promessa‹. Damit sie mich nicht rauswerfen, bevor ich den dritten Akt gesehen habe.«

Oh Gott.

»Was für eine Demo?« Ich versuche, ganz ruhig zu bleiben.

»Nun ich habe ein paar Schilder bemalt und bin dabei auf Nummer sicher gegangen: Gegen Castor-Transporte, gegen Krieg in Afghanistan, gegen Kapitalismus, gegen Nazis, eigentlich gegen alles. Und was soll ich sagen, es haben sich am Ende einige beteiligt. Bis wir aufgelöst wurden, weil wir nicht angemeldet waren.«

Und ich wette, Lilly bekommt das mit augenzwinkerndem Charme hin, ohne von den Passanten als lächerlich eingestuft zu werden. »Aber du wurdest nicht im Polizeiauto nach Hause gefahren, oder?«

Ich will lieber nicht darüber nachdenken, was passiert, falls Lilly hier echt noch rausfliegt. Natürlich müsste ihre Familie sie dann aufnehmen, solange sie kein Pflegefall ist. Aber ich möchte nicht erleben, wie ihr zwischen zwei Familien, die nur Widerwillen signalisieren, doch noch zum Ende hin die Flügel gekappt werden, um dann in irgendeine Pflegestation abgeschoben zu werden.

»Quatsch«, winkt Lilly lässig ab. »Die Polizisten waren ausgesprochen nett. Nachdem sie festgestellt haben, dass sie keine ›verwirrte Person‹ aufgegriffen haben, wie die immer so schön sagen, sondern ich noch sehr gut in Schuss und bei Sinnen bin, meinten sie sogar, dass sie in ein paar Punkten voll und ganz meiner Meinung sind.« Sie kichert wieder.

Es ist wohl bei spontanen Demos von Vorteil, eine aparte ältere Dame zu sein – kein renitenter Jugendlicher, der schwarze Kapuze und auch sonst alle Kennzeichen eines Autonomen trägt. Und Lilly weiß das und nutzt es schamlos aus. Wider Willen muss ich grinsen. Und bin unentschlossen. Sollte ich nun versuchen, sie vor sich selbst zu schützen? Andererseits: Warum soll sie nicht noch die anderen 95 Dinge tun, die sie getan haben möchte – solange sie dabei niemanden gefährdet, außer sich selbst. Dass sie damit dem Egoismus ihrer Familie in die Parade fährt, ist doch nur von Vorteil. Sollen denen doch die Knie ein wenig schlottern.

»Ich gehe nachher noch zu Elizabeth, um mein Geld abzuholen«, wechsle ich das Thema. »Kommst du mit?«

Sie schüttelt den Kopf. »Ich fühle mich heute ein wenig erschöpft«, sagt sie mit brüchiger Stimme. Dass wäre angesichts der vergangenen Ereignisse durchaus nachzuvollziehen. Aber ich habe so eine Ahnung, dass sie die gebrechliche alte Dame nur spielt und schon wieder irgendetwas plant.

Ich seufze halb belustigt und halb besorgt, gehe aber, ohne zu fragen, weiter meiner Arbeit nach. Sie ist ein erwachsener Mensch. Es scheint mir eine Frage des Respekts zu sein, die so viel Ältere nicht wie ein Kleinkind zu bevormunden, nur weil sie eigenwillig und weit über siebzig ist.

❁

Ich habe darüber nachgedacht, ob du vielleicht gerne häufiger hier arbeiten würdest.« Da kommen sie aus Elizabeths Mund – die gefürchteten, ersehnten Worte. Natürlich will ich, wäre aber trotzdem gerne von der Entscheidung verschont geblieben. Ich kann doch nicht schon wieder etwas Neues anfangen. Wenngleich ich dann natürlich Stefan den Fängen seines Vaters entreißen und ihn als Ersatz für ein paar meiner Schichten im Altersheim präsentieren könnte. Das wäre doch eine äußerst umsichtige, gute Tat für alle Beteiligten.

»Das ist durchaus ein Angebot mit Zukunft. Ich werde den Laden nicht mehr ewig führen können, weißt du?«, setzt sie nach, als ich nicht antworte.

Das wird ja immer besser – oder auch schlimmer. Ich weiß wirklich nicht, was ich jetzt sagen soll.

»Danke. Das ist ein tolles Angebot, aber …« Ich ringe nach Worten.

»Na gut, machen wir kleine Schritte«, sagt Elizabeth und lacht. »Könntest du dich wohl durchringen, hier gelegentlich auszuhelfen? Du wirst auch ganz sicher nicht in Büchern bezahlt.« Sie hält mir einen Umschlag mit dem vereinbarten Betrag hin, der nicht schlechter ist, als mein Stundenlohn im Altersheim.

Verlegen nehme ich ihn entgegen, und weil ich weiß, dass ich es bereuen würde abzulehnen, sage ich auch noch ehrlich: »Ja, sehr gerne.«

Elizabeth strahlt.

Prompt ist mein schlechtes Gewissen wieder da. »Erwarte bitte nicht zu viel von mir. Was meine Arbeit angeht, bin ich nicht sehr zuverlässig. Ich meine, ich klaue keinen Bürobedarf und bin pünktlich, aber ich bleibe meist nicht sehr lange in einem Job.« Ich bin selbst erschrocken darüber, dass ich das so brühwarm gestehe.

Elizabeth nimmt es gelassen: »Das ist wie mit Männern. Solange man den Richtigen noch nicht gefunden hat, irrt man eben ein wenig umher.«

Ich habe diese Frau schon richtig ins Herz geschlossen. Es wäre schön, wenn sie damit recht behält. Aber lässt sich aus meiner Männer-Vergangenheit irgendetwas über meine berufliche Zukunft schließen? Die ist eindeutig weniger aufregend und abwechslungsreich als mein Studienleben, denn eigentlich hatte ich vor Hrithik nur eine richtige, lange Beziehung. Wenn ich es mir jedoch genau überlege, war ich mir in den sechs Jahren zu keinem Zeitpunkt sicher, ob ich wirklich da bin, wo ich sein sollte. Nachdem ich mich euphorisch hineingestürzt hatte, wäre ich bei dem Mann sicher auch kaum mehr als drei Monate geblieben. Wenn es nicht so viel schwieriger wäre, sich von einem Menschen zu lösen und ihn vor den Kopf zu stoßen, als einem Betrieb den Rücken zu kehren. Deswegen wurden es dann eher sechs Jahre. Kein Drama, ich hatte ja eigentlich nichts Besseres vor.

Mit Hrithik war dann aber alles ganz anders. Da hatte

ich die Panikattacke bevor wir zusammengekommen sind, weil ich wohl geahnt habe, dass dies eine sehr, sehr ernste und endgültige Geschichte werden könnte. Nachdem ich die Furcht überwunden hatte, fühlte sich alles so leicht und selbstverständlich an, als könnte es gar nicht anders sein. Wäre ja schön, wenn es in meinem Arbeitsleben letztendlich genauso laufen würde. Ob man es als Indiz werten kann, dass mir hier im Buchladen gerade mehr als nur ein bisschen mulmig ist? Wenn starkes Unwohlsein bei mir der Vorbote für strahlendes Glück in der Zukunft sein sollte, dann könnte ich hier tatsächlich richtig sein. Und dann wären eigentlich auch meine anfänglichen Heiratsbedenken ein gutes Zeichen. Schon viel enthusiastischer vereinbare ich mit Elizabeth, dass ich sie zunächst an zwei Tagen in der Woche vollständig vertrete, damit ihr Mann nicht immer ganz allein zu Hause ist und sie öfter mal gemeinsam ihre Enkel besuchen können. Den Sonnabend wollen wir halbtags zusammen im Laden stehen, damit sie mir noch ein paar Kniffe beibringen und mich mit den Stammkunden vertrauter machen kann. Das klingt nach einem hervorragenden Plan. Ich hoffe nur, dass ich ihn auch Hrithik überzeugend vermitteln kann. Bei der Vorstellung plagt mich die Sorge, er könnte bald die Geduld mit mir verlieren, bei den vielen wichtigen Entscheidungen, die ich zurzeit spontan treffe.

❁

Wenn es dich glücklich macht …«, seufzt Toni resigniert bei meinem Beichte-Probelauf so ganz unter wohlmeinenden Freunden im Weinstein.

»Dann hoffe ich aber, dass meine Bücher ganz vorne in

der Auslage ein warmes Plätzchen bekommen und du sie vorrangig empfiehlst.« Juli kichert. Sie nehmen mich ganz offensichtlich nicht ernst. Ich bin ganz froh, dass ich ihnen nichts vom Auralesen erzählt habe.

»Peter, fällt dir nicht auch noch irgendetwas Wertvolles dazu ein?«, frage ich hoffnungsvoll. Wozu hat man schließlich einen philosophischen Berater in der Runde.

Er sieht grüblerisch drein, dann stößt er aus: »Glücklich, wer seinen Beruf erkannt hat, er verlangt nach keinem anderen Glück.«

So viel Bedeutung möchte ich dem schnöden Berufsleben nun auch nicht beimessen. Wäre natürlich schön, wenn einem das leidige Ackern für die Miete leichter gemacht würde, weil man dabei einer erfüllenden Tätigkeit nachgeht. Aber Arbeit als einziges Glück? Ich vermute mal, ihm ist auf die Schnelle einfach nichts Besseres eingefallen.

»Wann kommt eigentlich Hrithiks Familie?«, will Juli wissen.

»In zwei Wochen.« Ich seufze schwer. Nach mehr als einem dreiviertel Jahr Beziehung und potenzieller Eheschließung ist es wohl höchste Zeit, die Erzeuger meines Lieblingsmenschen kennenzulernen. Aber ich bin immer noch nicht dazu gekommen, mich ernsthaft auf die Zusammenführung der Neu-Familie vorzubereiten. Vorerst kann ich nur auf die zahlreichen Bollywood-Filme zurückgreifen, die ich gesehen habe. Aber so gern ich die auch mag, hoffe ich doch, dass die Realität etwas anders aussieht?!

»Ich frage mich nur, ob ich mich vor meinem angehenden Schwiegervater ernsthaft verbeugen und seine Füße berühren muss«, sinniere ich.

»Auf keinen Fall!«, entgegnet Toni sehr entschieden. »Sie besuchen euch in eurer gemeinsamen Wohnung. Da musst du das recht haben, nach deinen eigenen Traditionen zu leben. Ein kräftiges Händeschütteln sollte da wohl ausreichen. Oder glaubst du, dass Melanie in die Knie gegangen ist, um die Füße von Hrithiks Vater zu berühren?«

Das kann ich mir eigentlich nicht vorstellen. Es sei denn, ihr ist irgendeine Pose eingefallen, in der man auf Knien richtig gut aussieht. Vielleicht sollte ich Hrithik dazu noch mal befragen. Nur bekomme ich sicher keine Antwort, die über »Kein Grund zur Aufregung, sind doch nur meine Eltern« oder so ähnlich hinausgeht. Dabei muss ihm doch auch klar sein, dass es einen himmelweiten Unterschied zwischen dem eigenen Sohn, den man schon von Amts wegen bedingungslos lieben muss, und einer fremden jungen Frau gibt, die ihnen das Prachtexemplar wegschnappen will. Die werden mich sicher genauestens beäugen.

»Also, falls das nun unbedingtes Zeichen der Höflichkeit ist, finde ich es kein bisschen schlimm, wenn du seinem Vater an die Füße fasst. Aber vielleicht solltest du vorher rausfinden, ob das heutzutage echt noch üblich ist. Könnte sonst für Befremden sorgen«, Juli kichert wieder. Ich bin halb entschlossen, es mit einem »Namaste« und dem Berühren der Füße zu versuchen. Ich bin eine starke, selbstbewusste Frau. Ich vergebe mir nichts, wenn ich auf eine kulturelle Fremdheit eingehe, auch wenn sie mir fragwürdig erscheint. Basta. Außerdem besteht ja vielleicht die Chance, dass es am Ende so läuft wie in dem Film: »Khabi Kushi Khabi Gham«, in dem Kajol demütig die Füße von Amitabh Bachchan berühren will. Sie war der Grund, warum er seinen Sohn in die Londoner Verbannung geschickt hat, aber es ist viel passiert, und dann kann er den Gedanken nicht mehr ertragen, diese bezaubernde Schwiegertochter knien zu sehen. Er packt sie bei der ersten Andeutung einer Kniebewegung an den Armen und kennzeichnet sie als seinesgleichen. Es wäre allerdings gut, wenn wir den Teil mit der Verbannung überspringen und Hrithiks Vater mich gleich in seine Arme reißt.

»Der soll sich selbst an die Füße fassen«, zickt Toni mitten in meine Gedanken hinein in Julis Richtung.

»Kein Grund, sich so aufzuregen«, sagt Juli leicht eingeschnappt.

»Entschuldigung«, sagt Toni kleinlaut. »Ich bin im Moment einfach so genervt wegen der ganzen Paul-Geschichte.«

»Oh, nein, will seine Ex immer noch, dass er sie moralisch aufbaut, weil sie von dem Mann verlassen wurde, mit dem sie Paul betrogen hat? Das kann doch wohl echt nicht wahr sein!«, klinke ich mich in das neue Thema ein. Es scheint mir auch etwas schwerwiegender zu sein als die Fuß-Frage.

»Die spinnt doch«, stimmt Juli etwas versöhnt mit ein. »Und er hat ihr noch nicht gesagt, sie solle aufhören, eure Beziehung zu vermasseln?«

Endlich hat Peter auch wieder etwas zu sagen: »Die Frau versucht ihr Glück, der Mann riskiert seines – so sind die Menschen.«

»Sehr hilfreich«, schnaubt Toni. »Sie ist ja nicht doof, natürlich fängt es immer mit kleinen Vorwänden bezüglich des Kindes an. Ein Schnupfen oder eine vergessene Jacke, die er unbedingt noch vorbeibringen muss. Da kann er sich ja schlecht verweigern. Erst dann wärmt sie die wunderbaren, alten Zeiten auf.«

Schwierige Situation. Als Kindesmutter kann man sie nun schlecht aus dem Leben des Mannes verbannen.

»Dann sollte er ihr klipp und klar sagen, dass er ihr falsches Spiel durchschaut und er mit ihr wirklich nur noch über die Anliegen des Kindes sprechen möchte«, sagt Juli bestimmt. Wir stimmen überein, dass Toni ihm genau das sagen solle. Sehr gut, ein Problem zumindest hätten wir an diesem Abend gelöst. Bleibt nur noch die Frage mit den Füßen.

❁

Die zwei Wochen bis zur Ankunft der indischen Verwandtschaft vergehen wie im Fluge. Ich habe unter Anleitung von Elizabeth schon ein paar ganz ordentliche Energiebälle geformt, das ein oder andere Buch an den Mann gebracht, und manchmal erkenne ich sogar schon schwache Farben über den Köpfen der Menschen. Lilly hat sich derweil den harmloseren Aktionen auf ihrer Liste zugewandt – wie Heißluftballon fahren und eine Tarantel auf der Hand halten. Allerdings habe ich keine Ahnung, wie sie den Tierpfleger im Zoo dazu bekommen hat, das Tier aus dem Glaskasten herauszunehmen. Ich habe mich tatsächlich exmatrikuliert und verbringe nun viel Zeit im Buchladen – allerdings weiß Hrithik davon noch nichts. Schwierige Gespräche verschiebe ich auf die Zeit nach dem Besuch. Die Stimmung muss nicht noch angespannter werden, schon gar nicht, wenn Hrithiks Familie bei uns wohnt. Dank meines umsichtigen Streit-Vermeidungs-Plans gab es nur noch ein klein wenig Zank, als ich herausgefunden habe, dass Melanie nicht nur die Füße seines Vaters berührt hat – nein, sie hat sich für die Begrüßungszeremonie außerdem noch in einen sauteuren, türkisen Sari aus echter Seide geworfen, den sie bei einer vorherigen gemeinsamen Shopping-Tour mit Chadni aufgetrieben hat. Dieses anbiedernde Miststück! Was mache ich jetzt nur? Da ich auf so viel familiäre Unterstützung verzichten muss und mir meterweise echte Seide eh nicht leisten kann, müssen mich Hrithiks Eltern wohl oder übel in einer bestickten Tunika über meinen gewöhnlichen Jeans nehmen. Dafür werde ich mich dann aber den Füßen meines Schwiegervaters mit selbstverständlichem Charme zuwenden. Der gefasste Entschluss ändert aber nichts daran, dass ich am Abend vor der Ankunft der Eltern fast an einer Magenverstimmung zugrunde gehe. Was, wenn sie mich nicht ausstehen können? Ich kann mir kaum vorstellen, dass Chadni als beste Freundin von Melanie die Gelegenheit ausgelassen hat, ein wenig Gift gegen die unzulängliche Neu-Freundin zu verspritzen.

»Ich habe morgen meinen freien Tag, ich könnte mich also ein wenig um die Wohnung kümmern, bis du wieder da bist und wir deine Eltern abholen«, biete ich aufopferungsvoll an. Das Badezimmer müsste wirklich mal wieder geputzt werden.

Hrithik guckt verlegen auf seine Hände. Ganz und gar kein gutes Zeichen. Diesen Blick setzt er nur zu den seltenen Gelegenheiten auf, in denen er ein schlechtes Gewissen hat.

»Darüber wollte ich noch mit dir reden … Tanja.«

»Deine Eltern haben doch keine Zeit und kommen nicht?« Damit könnte ich leben.

»Nicht ganz. Ich kann mich morgen im Büro leider nicht frei machen.«

Wieso muss man ihm denn alles aus der Nase ziehen? »Und jetzt soll ich sie allein vom Flughafen abholen?«

»Nein, natürlich nicht. Ihr kennt euch ja gar nicht. Chadni kommt etwas früher mit dem Auto aus Hannover. Sie holt die beiden dann ab und bringt sie zu uns. Ich versuche, auf jeden Fall vor ihnen oder zeitgleich hier zu sein.«

Ich denke kurz nach, komme aber zu dem Schluss, dass ich ohnehin nichts dagegen unternehmen kann. Da kann ich auch gleich gute Miene zum bösen Spiel machen. »Ich kann ja mal gucken, ob ich etwas Kleines zum Abendessen vorbereite.«

»Das wäre toll, aber mach dir nicht zu viel Arbeit.«

»Keine Sorge, ich werde ganz sicher keine Kuh schlachten.«

Er guckt mich verdutzt an.

»Na von wegen heilige Kuh … Haha.« Mein Lachen hat auch schon mal weniger verzweifelt geklungen.

Jetzt sieht er besorgt aus.

»Mach dir keine Sorgen. Es wird sicher alles gut«, beschwichtige ich mehr mich selbst als ihn.

Wenn ich schon keinen Sari habe, dann tue ich eben das, was ich kann: kochen! Was für ein trauriges Resümee für ein Frauenleben im 21. Jahrhundert. Was würde bloß Alice Schwarzer dazu sagen? Höchstwahrscheinlich hätte sie so viel Mitleid, dass sie nicht mal eine Schmähschrift verfassen sondern mich direkt in den Emma-Knast stecken würde. Andererseits bringt mich mein besonderes Talent vielleicht der traditionellen, indischen Kultur näher, wo die Frauen sich meines Wissens auch immer noch überwiegend am Herd hervortun. Wenn Sie nicht gerade wie Kajol aussehen und sich in durchnässten Saris in grünen Bergen, die wie die Schweizer Alpen aussehen, räkeln dürfen.

Ganz anders als Sharukh und Kajol liegen Hrithik und ich an diesem Abend nicht in einem Bett aus Gras – von verzehrender, unerfüllbarer Leidenschaft gepackt, die sich noch keinen Weg bahnen darf. Auch wenn es insgesamt ähnlich züchtig, also berührungsfrei zugeht. Wir lesen ganz friedlich nebeneinander im Bett. Das ist keine Beschwerde.

Ich finde diese Phase in einer Beziehung viel schöner, als den anfänglichen Taumel, in dem man so glücklich, ängstlich und verrückt gleichzeitig ist, dass man nichts anderes wahrnehmen kann. Dass man auch einfach mal wieder ein gutes Buch lesen kann, so wie jetzt, mag ich sehr. Trotzdem rechne ich schnell mal nach: Wir liegen auch noch nicht unter dem Drei-mal-die-Woche-Sex-Durchschnitt. Gut, alles in Ordnung, würde ich sagen. Kein Grund, nicht doch noch zu heiraten.

Erwartungsgemäß bekomme ich in dieser Nacht kein Auge zu. Und wie ich so grübele und grübele und gleichzeitig denke, dass ich jetzt wirklich schlafen müsste, um am nächsten Tag frisch zu sein, kann ich natürlich gar nicht mehr schlafen. Erst recht nicht, als mir zum ersten Mal der Gedanke kommt, dass Schlaf und Träume doch eine sehr merkwürdige Erfindung sind. Völliger Kontrollverlust. Man schließt die Augen und weiß nicht, wo man als Nächstes landet, ob man über paradiesische Landschaften fliegen kann, Leichenteile vom Schlachtfeld sammeln oder vor irgendetwas weglaufen muss, es aber nicht kann und auch nicht schreien kann. Dass man all diese Dinge erlebt, während der Körper so ruhig daliegt. Es ist doch ein bisschen wie Sterben. Da weiß man auch nicht, ob meine Mutter mich von einem Strahlenkranz umgeben in ein Licht führt oder alles schwarz wird. Eine Zeit lang habe ich wie verrückt Berichte von Nahtoderlebnissen gelesen. Schade nur, dass sie alle nicht übereinstimmen. Und solange die Leute zurückkehren, sind sie wohl kaum richtig tot gewesen. Deswegen hat man zwar Grund zur Hoffnung, aber so richtig darauf verlassen möchte ich mich nicht. Das hinduistische System mit der Wiedergeburt gefällt mir auch nicht mehr so gut, seit ich in meinem schlauen Buch gelesen habe, dass dieses System für Frauen nur ein Gutes hat: Sie können darauf hoffen, als Mann wiedergeboren zu werden, um es im nächsten Leben ein bisschen leichter zu haben. Ich finde Männer wirklich toll! Aber ich möchte bestimmt keiner sein.

Am nächsten Tag wirbele ich durch die Wohnung und putze das Bad so gründlich wie nie, ziehe frische Bettwäsche auf unser Bett und über zwei alte Schlafsäcke, damit Hrithik und ich auf dem Sofa nicht frieren. Adieu, Intimsphäre. Wenn die Eltern mal nachts zum Bad stolpern, werden sie immer durchs Wohnzimmer kommen und uns da liegen sehen. Ob sie mich für ein liederliches Mädchen halten? Ich glaube ja eher nicht, dass immer noch eine Mehrzahl der indischen Frauen jungfräulich in die Ehe geht, aber sie wahren den Schein sicher besser. Andererseits, wenn ich ihre Füße berühre, kann ich ja wohl erwarten, dass sie sich auch ein wenig auf meine Kultur einstellen. Und zu der gehören glücklicherweise Unmengen an wunderbarem, vorehelichen Sex.

Nachdem ich sogar die Badezimmerfugen mit Backpulver geschrubbt, aber keine Verbesserung hinsichtlich der Kalkränder feststellen konnte, lasse ich mich wieder aufs Sofa fallen und verfluche Hrithik. Warum fühle ich mich eigentlich dafür verantwortlich, dass die Wohnung top aussieht, wenn seine Eltern kommen. Nur weil die einer Kultur entstammen, wo Schwiegertochter-Ausbeutung neben Kricket vermutlich zum Hobby Nummer eins gehört. Haben unsere Mütter dafür ihre BHs verbrannt? Nicht, dass Hrithik mich zu irgendetwas genötigt hätte. Er ist da sehr entspannt und würde seine Eltern auch in eine chaotische Wohnung lassen. Mir allerdings wäre das unangenehm. Zum Glück ist Juli Freiberuflerin und für ein spontanes Treffen zum Kaffee immer zu haben – ich brauche dringend eine Erholungspause von Schlafmangel, Putzfieber und ansteigender Nervosität. Ein kurzer Anruf und eine halbe Stunde später sitzt Juli schon im Weinstein.

»Deine Augen sehen klein aus. Hast du getrunken?«, fragt sie mich zur Begrüßung.

Na toll! »Nicht wirklich. Bloß gegrübelt. Hrithiks Eltern kommen nachher.«

»Kein Grund zur Sorge. Die mögen dich ganz bestimmt. Hast du Hrithik schon von deinem Ausstieg aus der Uni erzählt?«

Ich schüttele den Kopf.

»Hast du ihm schon von deinem neuen Job im Buchladen erzählt?«

Ich schüttele erneut den Kopf.

»Wieso denn nicht? Er ist doch kein Snob! Kein Mensch braucht einen Uni-Abschluss. Ich weiß jetzt schon gar nicht mehr, was ich in den ganzen Jahren da gemacht habe.« Das sagt sich natürlich leichter, wenn man so wie Juli einen in der Tasche hat. Ich schaue betreten auf meinen Cappuccino. Warum nur kann ich nicht irgendein eindeutiges Talent haben? So eins, das einem eine klare Berufung gibt. Ich kann vieles ein bisschen, aber eigentlich nichts richtig. Geknickt teile ich Juli diesen Gedankengang mit.

Sie sieht das entspannt. »Geht das nicht uns allen so? Manchmal glaube ich, die einen blenden nur besser als die anderen.«

»Du schreibst Bücher!«

»Und wollte als Kind Schauspielerin werden. Du weißt

doch selbst, wie zufällig ich da reingerutscht bin und keinesfalls schon als Kleinstkind die Notizblöcke meiner Eltern mit fantastischen Kurzgeschichten zugekritzelt habe.«

»Das ist wie mit Männern«, fügt Juli gleich altersweise hinzu, obwohl sie nur ein Jahr älter ist als ich. »Irgendwann hat man eben den passenden gefunden. Manche haben das Glück, dass es schon mit achtzehn passiert. Andere müssen erst älter werden. Unterschätze nicht den Zufall. Wäre dir so ein Abschluss wirklich ein innerstes Bedürfnis, würdest du ihn machen. Aber irgendwann wirst du sicher irgendwo stehen und vielleicht erst, wenn du mittendrin steckst, und denken: Hoppla, das ist es ja!«

Wie merkwürdig, fast das Gleiche hat Elizabeth auch gesagt, nur ein wenig knapper. Es erscheint mir zwar komisch, Beziehungen mit dem Beruf zu vergleichen, aber langsam bekomme ich das Gefühl, die beiden könnten recht haben. Je häufiger ich in Elizabeths Laden stehe, desto wohler fühle ich mich.

Jedes Mal, wenn mir ein wirklich guter Einfall für die Dekoration der Tische kommt oder ein Kunde zum wiederholten Mal um Rat fragt, weil er mit der letzten Empfehlung so zufrieden war, habe ich ein ganz warmes Gefühl in der Magengegend. Aber was Jobs angeht, traue ich meinem Bauchgefühl schon lange nicht mehr.

»Und, wirst du ihm an die Füße fassen? Kannst du ruhig sagen, ich sage Toni ganz sicher nichts.« Juli zwinkert mir verschwörerisch zu.

Ich muss laut lachen. »Ja, werde ich. Aber ich werde keinen Seidensari tragen.« Ich habe Juli von Melanies dreister Schleimerei bei den potenziellen Schwiegereltern erzählt.

»Verdammt, dann hast du keine Chance«, sie lacht wieder. »Aber darf ich beim Abendessen dabei sein? Ich liebe dein Tandoori und bin natürlich gar nicht neugierig auf Hrithiks Familie!« Sie reißt bittend die Augen auf.

Ich muss lachen. »Es wird kein Tandoori geben. Ich muss nicht gleich mit meiner Neu-Schwiegermutter in deren Landesküche konkurrieren. Ich dachte an etwas Mediterranes. Ein paar Gemüse-Vorspeisen, dann Spaghetti mit Garnelen vielleicht.« Das hätte ich glatt vergessen, einkaufen muss ich ja auch noch. Und wenn ich so über die Menüfolge nachdenke, kommen mir schon wieder Zweifel. Sollte ich doch Tandoori kochen, um mein ernsthaftes Bemühen um die andere Kultur zu signalisieren?

»Mach dir nicht so viele Sorgen«, sagt Juli. »Die können froh sein, dich als Schwiegertochter zu bekommen.«

»Und wenn sie doch lieber eine Melanie hätten?«

»Dann sind sie doof und brauchen uns nicht weiter zu interessieren.«

Freunde sind doch etwas Wunderbares. Ich schaue auf die Uhr. Ich muss noch einkaufen, und ich wollte noch Stefan anrufen, um ihm mitzuteilen, dass er ein paar meiner Schichten übernehmen kann. Dann habe ich mehr Zeit für den Buchladen. Und wenn ich in Indien bin, kann er sogar alle haben. Ich umarme Juli zum Abschied und wünschte wirklich, sie könnte bei dem Abendessen an meiner Seite sein.

❀

Nachdem ich eine Wagenladung Gemüse und Garnelen aus dem Supermarkt geschleppt habe, lasse ich mich aufs Sofa plumpsen, noch bevor ich die Einkäufe ausgepackt habe. Erst mal telefoniere ich mit Stefan und biete ihm meinen Job im Altersheim an. Der ist vor Begeisterung, dass ich ihn nicht vergessen habe, so aus dem Häuschen, dass ich glatt einen Heiligenschein um mein Haupt spüre, als ich auflege. Wette, meine Aura ist golden. Jetzt muss ich nur noch ein wunderbares Menü für Hrithiks Familie zaubern. Vielleicht sollte ich das Ganze doch positiver sehen. Bislang habe ich ja wie eine Waise gelebt, ist doch toll, nun eine Familie dazuzubekommen. Allerdings samt böser Stiefschwester, die Gott sei Dank nicht bei uns nächtigen wird. Und in zwei Wochen ist der ganze Spuk ja schon wieder vorbei. Womöglich sind sie mir bis dahin so ans Herz gewachsen, dass ich sie furchtbar vermissen werde, sobald sie wieder in Indien weilen.

Hrithik hat ihnen erzählt, ich studiere Kunstgeschichte. Das klingt ganz gut, finde ich, auch wenn ich ihn demnächst damit enttäuschen muss, dass ich diese Last – das Studium – von meinen Schultern abgeworfen habe. Das habe ich schließlich nur getan, um mich unbeschwert der großen Aufgabe zu widmen, meinen wahren Job fürs Leben zu finden. Wäre nur gut, wenn sich nicht, sobald ich ihn gefunden habe, herausstellt, dass man dafür ein Studium braucht.

Ich will doch eigentlich nur morgens lächelnd zur Arbeit gehen und mich dort gut fühlen. Mehr nicht. Das ist doch wirklich nicht zu viel verlangt. Allerdings möchte ich in dem Job, den ich mache, schon gut sein und immer wieder etwas Neues lernen. Bislang werden der Buchladen und Elizabeth diesem Anspruch gerecht. Ich lerne nicht nur die fragwürdige Kunst des Auralesens, sondern beim intensiven Beobachten auch etwas über die Menschen. Irgendwann wird es mir gelingen, jedem Kunden das Buch zu verkaufen, auf das er, ohne es zu wissen, schon immer gewartet hat. Vorher steht aber noch eine kleine Indienreise an. A propos – ich sollte mal anfangen, das Gemüse zu schnibbeln. Zwecks mentaler Vorbereitung höre ich mir dazu den Titel-Song von »Khabi Kushi, Khabi Gham« auf meiner Bollywood-Mix-CD an.

Aa aa aa aa aa aa, kabhi khushi gham
Na judaa honge hum, kabhi khushi kabhi gham
Aa aa aa, aa aa aa, aa aa aa aa

Dank der Untertitelung der Filme weiß ich, dass die Sängerin verspricht, dass uns in guten wie in schlechten Zeiten nichts entzweien wird. Das »Aa aa aaa aaaa« ist universal. Ich liebe Bollywood-Filme, weil die verwirrenden Dinge des Lebens darin immer ganz klar und einfach sind. Der Bösewicht laviert sich nicht durch einen Graubereich und hatte auch keine schwere Kindheit, er ist bloß böse und sagt auch ganz schlicht Dinge, wie: »Ich bin ganz böse und will die Weltherrschaft.« Das Mädchen ist aufopferungsvoll und anständig und bekommt den Kerl.

In »Khabi Khushi, Khabi Gham« ist es jedenfalls so.

Die Lage dort ist mit Hrithiks und meiner durchaus vergleichbar. In dem Film gehört Sharukh Khan einer oberen Kaste an. Er ist wahnsinnig erfolgreich und verliebt sich in eine Halbwaise aus den Slums. Die Eltern sind zunächst so entsetzt, dass die Liebenden nach England auswandern müssen. Am Ende liegen sich aber alle in den Armen. Natürlich spiegelt das unsere Situation nicht eins zu eins wider. Ich hätte zum Beispiel nichts dagegen, nach England auszuwandern. Aus den Slums komme ich auch nicht direkt, tippe aber, dass man als kastenloser Ausländer in Indien einen ähnlichen Rang hat wie die unreinen »Unberührbaren«.

Ich bin so in Gedanken versunken, dass ich nicht bemerke, wie rasend schnell die Zeit vergeht. Als es an der Tür klingelt, liegen die Gemüseteile noch frisch in ihrer Marinade und hatten noch keine Gelegenheit, ordentlich durchzuziehen. Ich hätte wirklich einen Tag früher mit den Vorbereitungen beginnen sollen. Mit zittrigen, aber frisch gewaschenen Händen eile ich zur Tür. Ich bin wirklich aufgeregt, deswegen dauert es eine gefühlte Viertelstunde, bis ich die Tür geöffnet habe. Und da stehen sie: Mutter, Vater und Tochter Raichand. Letztere sieht wie immer aus, als wäre sie einem trendigen Modekatalog entsprungen. Schwarze Lederjacke, eng anliegende dunkelblaue Jeans, ein paar hochhackige Boots. Das lange, geglättete Haar schimmert gepflegt. Offensichtlich hat sie die prachtvolle Mähne von ihrer Mutter geerbt. Die trägt dazu allerdings einen schicken, dunkelgrünen Sari. Ihre Züge sehen ein wenig streng, aber attraktiv aus. Der Vater hat sich für einen grauen Anzug mit wild gemusterter Krawatte entschieden. Mit seinem weißen Vollbart wirkt er angenehm gemütlich. Beide sind ganz eindeutig die Eltern ihrer schönen Kinder. Vor Aufregung kann ich nur noch reflexartig meinem Instinkt folgen und strecke Herrn Raichand, der direkt vor mir steht, die Hand entgegen. Er macht gerade Anstalten, sie zu ergreifen, als mir einfällt, dass ich die Begrüßung ja ganz anders geplant habe. Ich bücke mich, mit dem Ergebnis, dass seine Hand, die gerade meine schütteln wollte, ziemlich hart mit meiner Wange kollidiert. Chadni kichert laut. Blöde Kuh! Meine Wange brennt, und meine Gelenke knacken bedenklich, als ich in die Knie gehe. Dumm nur, dass Hrithiks Vater nach der versehentlichen Ohrfeige erschrocken einen Schritt zurückgewichen ist. Meine Hände greifen ins Leere, und ich verliere das Gleichgewicht. Wo ich schon mal in der Bauchlage bin, tippe ich trotzdem kurz seine Fußspitzen an. Als ich mich wieder aufgerappelt habe, sehe ich, dass Chadni immer noch schadenfroh grinst und ihre Eltern ein wenig irritiert wirken. Meine Wangen brennen – die eine vor Schmerz, die andere vor Scham. Mit so fester Stimme wie möglich bitte ich sie hinein und platziere sie schon mal rund um den Esstisch im Wohnzimmer. Während ich die Vorspeisen und Getränke auftische und dabei natürlich mit der Hüfte gegen die Tischplatte knalle, bedaure ich innerlich, dass keiner von ihnen Alkohol trinkt. Dann werde ich ihn mir auch verkneifen müssen, obwohl ich einen Gimlet gerade bitter nötig hätte. Wenn doch wenigstens Hrithik endlich käme. Fast bin ich Chadni dankbar dafür, dass sie in einem fort auf Englisch mit Hindi-Versatzstücken plappert. Ich setze mich einfach dazu, stochere appetitlos in meinem eigenen Essen rum, und versuche, so auszusehen, als würde ich ihr gebannt zuhören.

Plötzlich schauen mich alle erwartungsvoll an. Ich habe wohl eine Frage verpasst. »Verzeihung?«, frage ich höflich.

Uma Raichand sieht für eine Sekunde etwas ungeduldig aus.

»Ich sagte, ich habe gehört, du studierst Kunstgeschichte. Was macht man damit?«

Betreten schaue ich auf den Tisch und rette mich mit einem Blick auf die leeren Teller aus der misslichen Lage.

»Ihr seid ja schon lange fertig. Ich mache jetzt die Pasta, einverstanden?«, sage ich und springe auf.

»Pasta?«, fragt Chadni und sieht entsetzt drein. Oh, nein, ich hätte das Indienbuch doch ausführlicher lesen sollen. Bestimmt habe ich nun doch irgendeinen Nahrungs-Fauxpas à la heilige Kuh begangen.

»Ich esse abends keine Kohlenhydrate«, sagt sie bestimmt. Und ich dachte, dieser Trend sei längst abgeebbt. Bei ihr scheint er zu wirken. Wäre sie noch schlanker, wäre sie nicht vorhanden. Eine leichte Verzweiflung überfällt mich, weil wir nicht viele Alternativen zur Pasta im Haus haben. Hrithiks Eltern verdrehen grinsend die Augen, nehmen den Spleen der Tochter also nicht so ernst. Das beruhigt mich etwas.

»Was gibt es denn zu den Nudeln?«, fragt Chadni.

»Garnelen und Frühlingszwiebeln.«

»Dann nehme ich nur davon ein wenig.«

Problem gelöst. Ich gehe wieder zur Küchenzeile und mache mich ans Werk. Noch bevor ich alle Zutaten in die Pfanne geworfen habe, höre ich den Schlüssel in der Haustür. Hrithik. Erleichtert lasse ich meinen Atem fließen, den ich bis gerade eben angehalten habe. Nachdem er seine Familie begrüßt hat, kommt er sofort zu mir und drückt mir einen Kuss in den Nacken. »Das riecht fantastisch, Tanja!«, sagt er gut vernehmlich, dann etwas leiser »danke«.

»Kein Problem«, flüstere ich lässig zurück, jetzt, wo alles überstanden ist. »Setz dich hin, ich komme gleich.«

Als ich mit den Nudeln wiederkehre, ist Chadni gerade dabei, Hrithik über Melanies großartige Leistungen der letzten Zeit zu unterrichten, die vor allem beinhalten, irgendwelche Leute über den Tisch gezogen zu haben. Meine Abneigung wächst. Wenn sie so weitermacht, sehe ich schwarz für unsere Zukunft als Schwägerinnen.

»Die schafft es nach ganz oben, ich sag's dir«, ruft Chadni begeistert.

Hrithik nickt höflich, hat aber immerhin den Anstand, mich dabei ein wenig entschuldigend anzusehen.

»Nettes Mädchen«, brummelt Raghav. Für eine Sekunde denke ich doch glatt, er meint mich, weil ich ihm gerade einen dampfenden Teller vor die Nase stelle. Aber sein Kommentar gilt natürlich Melanies grandiosen Erfolgen. Dann sieht er zu mir hoch. »Was machen Sie noch gleich?«

Sie haben die unbeantwortete Frage also nicht vergessen – und müssen sie nun ausgerechnet an einer Stelle platzieren, an der es richtig wehtut: im direkten Vergleich mit Melanie.

»Ich studiere Kunstgeschichte.«

»Und was macht man damit?«

»Nun, man kann in Museen oder Galerien arbeiten, mit viel Glück sogar eine eigene eröffnen«, sage ich vorsichtig.

»Ist es das, was du machen willst?«, fragt Uma mit mildem Interesse.

»Ja … nein …vielleicht. Ich bin mir noch nicht ganz sicher.«

Jetzt sehen beide Eltern etwas überrascht drein.

»Aber bist du denn nicht bald fertig? Wie alt bist du denn?«

Verzweifelt auf Hilfe hoffend, schaue ich zu Hrithik. Der verputzt aber ganz entspannt sein Essen. Merkt er denn gar nicht, auf was für eine Katastrophe wir gerade zusteuern?

»Dreiunddreißig«, hauche ich.

Die Überraschung auf Umas und Raghavs Gesichtern geht übergangslos in aufrichtiges Entsetzen über. Die blöde Chadni kichert wieder. Um mich ein wenig zu entspannen, male ich mir aus, wie ich sie an ihren Stuhl fessele und mit Pasta knebele. Nein, ich würde sie damit richtig abfüttern, bis sie um Gnade winselt und der Anzeiger ihrer Waage ein unerträgliches Kilo nach oben schnellt.

»Das wäre dir mit Melanie nicht passiert. Da hättest du

jetzt schon ein Ferienhaus auf Mallorca und …«, Chadni redet munter weiter.

Das gibt es doch gar nicht. Ich mag meine Fehler haben, aber wie haben es diese Eltern geschafft, einen so tollen Mann wie Hrithik und gleichzeitig ein Gör wie Chadni großzuziehen? Offenbar hat sie jetzt auch für Hrithik den Bogen überspannt. Ich wusste gar nicht, dass er so vorwurfsvoll gucken kann. Und es wirkt auch noch.

»Aber das willst du ja alles gar nicht«, beendet Chadni kleinlaut ihre Wunschfantasien von einem Bruder, der auf Mallorca den Gastgeber in Segelschuhen mimt.

»Stimmt genau. Und würdest du wie ein normaler Mensch essen, müsstest du zugeben, dass niemand so gut kocht wie Tanja.« Aufmunternd berührt Hrithik meine Hand … Der ist ja doch genauso blöd wie seine Schwester. Ich fühle mich geohrfeigt. Das Bemerkenswerteste an mir sind meine Kochkünste? Nicht, dass ich nicht schon selbst mit diesem niederschmetternden Gedanken kokettiert hätte. Aber es aus Hrithiks Mund zu hören, ist eine ganz andere Geschichte. Wenn das der Grund ist, warum er mich Melanie vorzieht, bin ich mir nicht ganz sicher, ob das wirklich die richtige Basis für eine moderne Ehe ist.

»Ich arbeite übrigens auch«, sage ich. Damit seine Eltern nur nicht denken, ich würde ihrem Sohn auf der Tasche liegen. »Ich koche in einem Altersheim«, ergänze ich trotzig.

»Die können sich freuen. Es schmeckt wirklich sehr gut«, sagt Uma Raichand beschwichtigend – und wächst mir ein kleines Stückchen ans Herz. Ich entspanne mich wieder ein wenig, bin aber trotzdem froh, als der Abend endlich vorbei und Chadni aufgebrochen ist. Hrithiks Eltern ziehen sich sehr bald ins Schlafzimmer zurück. Kein Wunder nach dem langen Flug. Erschöpft setze ich mich neben Hrithik aufs Sofa, und wir sehen schweigend noch ein wenig fern, bevor wir auch ins Bett fallen. Der Verlauf des Abends wurmt mich aber immer noch so sehr, dass es eine Weile dauert, bis ich endlich seliges Vergessen im Schlaf finde. Vielleicht sollte ich allein nach London auswandern?

❀

Am nächsten Morgen werde ich durch lautes Klappern in unmittelbarer Nähe meines Ohres wach. Uma macht sich in unserer Mini-Küche zu schaffen. Schlagartig bin ich bei Bewusstsein – und merke, dass ich auf der kleinen Liegefläche des Klappsofas ziemlich verkeilt mit Hrithik daliege und die Bettdecke so verrutscht ist, dass man unsere ineinander verschränkten Beine gut erkennen kann. Ich richte mich auf. Was macht Uma da? Es ist noch ganz dunkel. Und hätte ich verschlafen, wäre Hrithik schon bei der Arbeit. Ich taste mit der Hand auf dem Fußboden nach meinem Handy.

»Guten Morgen«, sagt Uma gut gelaunt und perfekt frisiert, als sie meine Bewegung bemerkt.

»Guten Morgen«, entgegne ich, so gut gelaunt es mir um sechs Uhr an einem völlig lichstrahlfreien Wintermorgen gelingt.

»Kann ich dir helfen?«, frage ich besorgt, als mir mein Quasi-Gastgeber-Status wieder bewusst wird. Umständlich klettere ich über Hrithik, der mit sehr gesunden Tiefschlafphasen gesegnet ist. Er zuckt nicht mal mit der Wimper, als mein Ellenbogen etwas unsanft in seiner Magengrube landet.

»Ich suche den Tee.« Uma klappert ungerührt weiter.

»Warte, ich mache das.« Ich öffne die Schublade, in der ich alle Tee-Utensilien bunkere.

Genau diese Reaktion wollte Uma vermutlich provozieren. Zumindest setzt sie sich mit einem zufriedenen Lächeln an den Esstisch.

»Habt ihr gut geschlafen?«, murmele ich. Was man seine Gäste halt so fragt.

»Sehr gut, danke.« Was höfliche Gäste halt so erwidern. Zum Glück pflegt Hrithik zumindest eine indische Tradition: den morgendlichen Schwarztee mit einer widerlichen Menge an Milch darin. Deswegen haben wir immer beides im Haus.

»Steht ihr immer so früh auf?«, will ich von Uma wissen.

Uma lacht. »Sicher. Ich weiß, ihr im Westen glaubt, früh aufzustehen wäre furchtbarer Stress. Wir hingegen sagen: Früh zu schlafen und früh zu erwachen macht gesund, reich und weise.«

Das Lachen seiner Mutter muss in Hrithiks Gehör gedrungen sein, er fängt an, sich zu bewegen, und richtet sich auf. Noch etwas tapsig taumelt er in meine Richtung. Ungelenk macht er Anstalten, mir zu helfen, indem er das heiße Wasser in die Tassen schüttet und dabei die Hälfte vergießt.

»Setz dich hin«, sage ich streng. »Das mache ich. Das ist schließlich meine Aufgabe.« Das sollte humorvoll klingen, aber selbst ich höre meinen zickigen Tonfall. Mein Unterbewusstsein hat nicht vergessen, dass ich gestern von ihm zu einer »guten Köchin« degradiert wurde. Mein Bewusstsein auch nicht. Aber das werde ich nicht vor seinen Eltern ausdiskutieren. Für die Mischung: keine Karriere UND keine Lust auf Hausfrauendasein hätten sie wohl kaum

Verständnis. Und da kommt auch schon Raghav aus dem Schlafzimmer. Wie seine Frau ist auch er vollständig bekleidet. Kein Haar steht ab. Ich bin froh, dass ich so einen züchtigen, hochgeschlossenen Pyjama mit weiß-blauen Streifen trage. Den habe ich noch schnell gekauft, damit seine Eltern nicht auf meine kaum den Hintern bedeckenden Schlafshirts starren müssen.

Ich stelle allen den Tee hin.

»Was habt ihr denn für heute geplant?«, frage ich freundlich.

»Wir werden uns nachher mit Chadni treffen und ein wenig durch die Stadt schlendern, um zu schauen, was sich so alles in den letzten Jahren verändert hat«, sagt Raghav. Höflich wünsche ich ihnen allen viel Spaß und bin insgeheim dankbar, dass ich arbeiten gehen darf – ein Stadtbummel mit Chadni, das schaffen weder meine Nerven noch mein Geldbeutel.

❀

Nach einer knappen Verabschiedung von Hrithik, der sich einen Tag frei genommen hat, um seine Eltern durch Hamburg zu führen, gehe ich meinem Job im Buchladen nach. An diesem Tag steht mir ein volles Programm bevor. Bis zum frühen Nachmittag werde ich Elizabeth helfen, dann trete ich eine Schicht im Altersheim an. Den Buchladen zu betreten, fühlt sich für mich immer noch so an, wie sich am Ende eines anstrengenden Tages in eine warme Badewanne legen zu können. Alle Anspannung und Sorgen fallen von mir ab. Es macht noch mehr Spaß, seit die Kunden anfangen, sich an mich zu gewöhnen und meine Anwesenheit akzeptieren. Elizabeth wartet schon mit einer warmen Tasse Kräutertee auf mich, und wir setzen uns auf die Chaiselongue. Ich bin froh, dass sie da ist.

»Na, wie läuft es mit Hrithiks Eltern?«

»Sie scheinen ganz nett zu sein.«

»Das ist doch toll.«

»Ich glaube, seine Schwester mag mich nicht so.«

»Ist das wichtig?«

»Genau genommen ist sie ein richtiges Miststück!« Erbost sehe ich Elizabeth an. Ich liebe ihre Gabe, die Dinge weniger kompliziert erscheinen zu lassen, aber jetzt brauche ich gerade mal etwas moralische Unterstützung. »Und könnte ich ihre Aura sehen, wäre die sicher schwarzgrau.« Ich verschränke meine Arme abwehrend vor meiner Brust.

Elizabeth lacht. »Ich verstehe. Nun, dann mach ich lieber noch ein wenig Zimttee, sonst nimmt deine Aura auch noch diese Farbe an.«

»Hmpf«, gebe ich trotzig von mir. »Außerdem ist sie sehr eng mit Hrithiks Ex-Freundin befreundet. Eine langhaarige, langbeinige Super-Anwältin, von der sie ihrem Bruder ständig vorschwärmt.« Ich sehe Elizabeth hoffnungsvoll an, doch sie nimmt meine Empörung äußerst gelassen und schenkt den Tee ein.

»Aber er ist doch jetzt mit dir zusammen.« Damit ist das Thema für sie beendet. Vielleicht hat sie ja auch recht. Ich weiß noch, wie ich in Hrithiks und meiner Anfangszeit fast die schönsten Momente verpasst hätte, weil ich so beschäftigt war, mir Melanies Foto auf deren Firmen-Homepage und auf anderen Internetseiten anzugucken und sie mir dann an Hrithiks Seite vorzustellen. Was für ein perfektes, glamouröses Paar. Ob er es wohl bisweilen vermisst, durch diese lange Mähne zu greifen, an die kein Friseur Hand anlegen darf, der unter 300 Euro für einen Schnitt nimmt?

Natürlich habe ich mich nicht pausenlos mit solchen Ideen beschäftigt. Das wäre ja krank. Aber in den schwachen Momenten schon. Danach habe ich mich meist furchtbar geschämt. Denn so tief empfunden und quälend sie auch gewesen sein mögen, musste ich doch zugeben, dass ich nicht viel Anlass dazu hatte. In Hrithiks Armen zu liegen war immer reines, pures Glück – ohne offene Fragen. Es ist auch jetzt reines, pures Glück, korrigiere ich mich. Und ärgere mich über jede Sekunde, in der ich es nicht voll und ganz genossen, sondern den Moment mit obskuren Ängsten vergiftet habe. Er will mich heiraten. Was soll ein Mann darüber hinaus noch tun, um zu beweisen, dass er keine Zweifel hat?

»Du grübelst ja immer noch.« Elizabeth lacht.

»Entschuldigung«, sage ich zerknirscht. »Lass uns loslegen.«

So gut es geht konzentriere ich mich auf den Freiraum zwischen meinen Händen, bis er sich nicht mehr ganz so leer anfühlt. Ich bin so weit, dass ich mich nicht mehr frage, ob ich wirklich einen Energieball zwischen den Händen spüre. Ich spüre ihn einfach. Begeistert strahle ich Elizabeth an – und schon entgleitet er mir.

»Oh«, sage ich und schaue betrübt zu Boden, als könne ich das unsichtbare Ding dort wiederfinden. Aber immerhin klappt es immer wieder für einen kurzen Moment. Ich ziehe natürlich in Erwägung, dass ich mir das alles nur einbilde. Aber ich versuche, meine kleinen Erfolge nicht zu sehr in Frage zu stellen. Fängt man damit erst mal an, könnte ich meine Sitzungen hier auch gleich bleiben lassen. Und ich muss zugeben, dass mir der Gedanke eines für nicht jedermann sichtbares »Mehr« gefällt. Dass Menschen vielleicht wirklich eine Seele haben und nicht alles, was stirbt, für immer tot ist. Ich stelle mir immer gerne vor, wie ich mit meiner Mutter auf einer paradiesischen Wiese im Sonnenschein sitze und mit heiterer Gelassenheit von all dem Schönen und Schrecklichen, all dem Verrückten und Banalen erzähle, das mir auf Erden widerfahren ist. Ich stelle mir vor, wie sie ihre langen Haare schüttelt und lacht. Ich gehe nie auf den Friedhof. Das hat nichts mit Verdrängung oder Lieblosigkeit zu tun. Aber ich sehe und spüre sie dort einfach nicht, zwischen den gleichförmigen, klar umzirkelten Rechtecken und dem ganzen Stein. Irgendwo unter der Erde. Ich sehe sie immer nur lachend in der Sonne, um sie herum wunderbares Chaos. Wäre doch schön, wenn ich sie irgendwann so wiedersähe. Das mag alles übersinnlicher Blödsinn sein. Aber so viele Menschen glauben an Blödsinn – daran, dass Ocker das neue Schwarz ist oder dass ein kalter Sommer bedeutet, dass der Klimawandel wohl doch kein so großes Problem sei. Man muss sich eben einfach für den Blödsinn entscheiden, mit dem man am komfortabelsten lebt. Und dann damit leben. Ich werde es trotzdem nicht an die große Glocke hängen. Würde ich mit dem Auralesen hausieren gehen, hätten die Leute gleich ein Bild von mir, in dem ich mich nicht wiederfände. Wäre Elizabeth nicht so eine elegante und humorvolle Frau, sondern besäße sie zwanzig stinkende Katzen, Räucherstäbchen und ein unwirksames Deo, hätte ich mich ganz sicher nicht auf diese Aurageschichte eingelassen. Wir sind voreingenommen, so ist das nun mal. Beweise gefällig? Nun, wer würde nicht folgende Assoziationen sofort mit mir teilen, ganz ohne die betreffenden Personen zu kennen:

1. Lange blonde Haare, Goldohrringe, große Sonnenbrille = Tussi (siehe Melanie).

2. Bionade + Holzspielzeug für die Kleinen + Kleid über Hose = das neue Spießertum, das sich als hippe Szenemutter in einem verfallenen, aber dennoch völlig überteuerten Stadtteil tarnt.

3. Jeans + Jackett + bunte Turnschuhe + hippe Kastenbrille = Werbe-Fuzzi, dessen Slogans der Grund sind, dass man erst am Ende der Werbung das Kino betreten mag.

Diese Vorurteils-Algebra ließe sich beliebig weiterführen und vermutlich sollte ich mich ergeben und mir die Haare passend zu meinen neuen magischen Fähigkeiten hexenrot färben. Aber ich möchte das Bild immer noch mitbestimmen, das man von mir hat, und nicht nur die Summe winziger Aspekte sein, die hervorragend in eine einzige Schublade passen. Deswegen erzähle ich nicht mal meinen Freunden von den Sitzungen bei Elizabeth. Obwohl das sicher einen ungerechten Mangel an Vertrauen meinerseits offenbart. Sicher würde ich für die Jungs und Mädels immer Tanja bleiben – und nie nur die sein, »die so gut kocht« oder »die den Indienknall hat«, »die sich nie entscheiden kann«, »die mit dem tollen, erfolgreichen Freund« oder nun »die durchgeknallte Esoterikerin«. Sie würden mich doch hoffentlich immer als Mensch mit einer wahnwitzigen Mischung aus Eigenschaften und teilweise sogar widersprüchlichen Vorlieben sehen und ihre Sympathie oder das Gegenteil nicht an ein einziges Attribut hängen. Deprimiert denke ich an Hrithiks fragwürdiges Kompliment vom Vorabend.

Als ich Elizabeths Blick auf mir ruhen sehe, erhebe ich meine Hände wieder, als würde ich einen Tennisball darin halten. Diesmal spüre ich aber rein gar nichts.

»So kann ich mit dir nicht arbeiten«, sagt Elizabeth. »Du hast den Kopf nicht frei.«

»Tut mir leid«, erwidere ich zerknirscht. »Soll ich ein wenig aufräumen?«

»Trink erst mal in Ruhe deinen Tee aus. Bist du nachher noch bei Lilly? Dann grüß sie doch von mir.« Elizabeth benutzt nie das Wort Altersheim, wenn sie vom Aufenthaltsort unserer gemeinsamen Freundin spricht. Ich ahne warum. Zu Lillys quirligem Leben passt ein Heim genauso wenig wie zu meiner Mutter ein Friedhof.

»Gerne«, sage ich und nippe an meinem Tee.

»Hoffentlich hat sie das Haus noch nicht in die Luft gejagt.« Ihr Grinsen straft ihr schweres Seufzen Lügen.

Kichernd stelle ich mir die Heimleiterin mit einem verrußten Gesicht auf den Trümmern ihrer Prachtanlage vor.

❀

Wie ich später feststelle, hat Lilly im Heim noch keine Bombe hochgehen lassen, aber sie wirkt sehr bedrückt, als ich ihr in der Cafeteria den Kaffee hinstelle.

»Danke«, murmelt sie geistesabwesend.

»Schöne Grüße von Elizabeth. Sie macht sich Sorgen, du könntest hier mittlerweile echtes Chaos angerichtet haben.«

Lilly lächelt nur müde.

»Ist mit deiner Familie alles in Ordnung?« Nicht, dass ihr Vielfraßenkel Oskar noch auf Diät gesetzt wurde. Das würde ihn so umwerfen, dass er sich sicher nicht mehr mit einer Computerspielknarre begnügen würde.

»Ja, natürlich ist mit denen alles in Ordnung.« Sie zuckt gleichgültig mit den Achseln.

»Was ist es dann?«

Sie schaut auf den Zettel in ihrer Hand. »Schwimmen mit Haien, das wäre mein nächster Punkt auf der Liste.«

»Oh, aber müsstest du dafür nicht weit fliegen? Warum überspringst du den Punkt nicht einfach und nimmst erst mal einen anderen.«

Lilly schaut mich verständnislos an. »Welchen denn? Unter freiem Himmel schlafen? Im Februar? Ich bin doch nicht verrückt!«

Ich sehe ein, dass sie vor einem echten Problem steht.

»Außerdem müsste ich gar nicht weit fliegen.« Schmollend verzieht sie das Gesicht. »An der Ostsee hat ein neues Riesenaquarium aufgemacht. Da bieten die an, mit den Haien zu schwimmen. Aber ich bekomme sicher nicht mal das ärztliche Attest, das man dort vorzeigen muss. Und selbst wenn, die Ostsee ist zwar nicht weit weg, aber allein kann ich nicht mal diese lächerlichen 150 Kilometer zurücklegen. Es hilft nichts, sich etwas vorzumachen. Ich werde alt.«

Lillys Optimismus schwinden zu sehen, ist mehr als ich ertrage. Ich grübele und grübele. Eigentlich möchte ich sie ja nur ungerne aktiv bei ihren wahnsinnigen Vorhaben unterstützen. Aber ich will auch nicht schuld sein, dass sie am Ende bereuen muss, irgendetwas nicht gemacht zu haben. »Hör zu, schau, ob du noch einen anderen Punkt auf der Liste erledigen kannst. Diese Woche ist Hrithiks Familie da, und wenn sie weg ist, bin ich erst mal in Indien, aber danach leihe ich mir Hrithiks Auto, und wir fahren an die Ostsee. Und nachher schreibe ich einer Freundin, deren Vater Arzt ist, wegen des Attests. Einverstanden?«

Diese Freundin, Louisa, lebt mittlerweile in Irland – genau wie ihr Vater. Aber der ist immerhin tatsächlich Arzt und für jeden Spaß zu haben.

Ihre Miene hellt sich für eine Sekunde auf. Aber wirklich nur für eine Sekunde. Heute will sie ihre gedrückte Stimmung nicht aufgeben. »Das ist ja noch mindestens vier Wochen hin. Wer weiß, ob ich das noch erlebe.«

»Wer weiß, ob ich das noch erlebe. Dieser Geburtstag wird mein letzter. Ob wir uns jemals wiedersehen?«, äfft da plötzlich Lothar den jammernden Tonfall nach, den Großmütter manchmal so gerne gegenüber ihren Familien anschlagen. Ich habe ihn gar nicht kommen hören. Vernichtend schaue ich ihn an. Aber aus irgendeinem Grund fangen Lillys Augen an zu funkeln. »Du hast ganz recht, Lothar, ich werde das noch erleben! Und du kommst mit – zur Strafe für deine Unverschämtheiten.«

Lothar schaut resigniert an die Decke. »Aber ich ziehe sicher keinen Taucheranzug an, sondern werde mir schön von draußen angucken, wie die scharfen Zähne aus dir ein Mittagessen machen.«

Lilly lacht. Offenbar ist die Stimmung wiederhergestellt, auch wenn ich nicht so ganz verstehe, was gerade passiert ist. Lothar fährt freiwillig mit Lilly und mir an die Ostsee? Und wieso gelingt es ihm, Lilly mit seinen Boshaftigkeiten viel besser aufzuheitern, als ich mit meinem weiblichen Einfühlungsvermögen? Irgendetwas ganz Merkwürdiges ist im Gange.

❀

Als ich am Abend völlig erschöpft nach Hause komme, hat Hrithik schon das Abendessen vorbereitet. »Ich dachte, für heute hast du genug gekocht.« Er küsst mir zärtlich in den Nacken. Er ist eben doch ein Schatz. Es gibt Tandoori.

»Wir müssen noch etwas Wichtiges besprechen«, eröffnet Uma das Gespräch. Chadni kichert schon wieder. Vermutlich ahnt sie, was nun kommt – und es ist nichts Gutes.

Erwartungsvoll schaue ich Hrithiks Mutter an. »Um was geht es denn?«

»Wir haben eure Horoskope abgleichen lassen. Ihr passt sehr gut zusammen, ist das nicht wunderbar? Wir haben den Astrologen euren Hochzeitstermin ausrechnen lassen. Und festgestellt, dass ihr nur an einem einzigen Tag heiraten könnt, und zwar noch in diesem Jahr, am 21. März.«

Mist, ich hatte vergessen, dass Sternenkonstellationen in Indien so eine große Rolle spielen. Hrithik hat das offenbar auch verdrängt. Entgeistert sehen wir uns an.

»Wollt ihr etwa, dass eure Hochzeit unter einem ungünstigen Stern steht?«, fragt Uma entrüstet. Natürlich nicht. Ich muss an die Schauspielerin Ashwaria Rai denken, die den Sohn des Bollywood-Gottes Amitabh Bachchan geheiratet hat. Deren Horoskope passten kein bisschen zusammen. Aber die Astrologiegläubigen sind ja nicht blöd und finden auch aus den selbst auferlegten, rigiden Einschränkungen einen Ausweg: Das Mädchen wurde vorab erst mal mit einem Baum verheiratet, weil durch das Ritual wohl die miese Sternenkonstellation unwirksam gemacht wird. Mit diesem Beispiel vor Augen würde ich glatt einwilligen, am 21. März zu heiraten. Hauptsache, ich muss nicht erst mal eine Eiche ehelichen.

Nach einer Eingebung suchend, lasse ich meinen Blick durch den Raum schweifen und stelle fest: Die haben meine Kommode umdekoriert, auf der schöne Trockenblumensträuße und Bambusstäbe in bunten Ikea-Vasen standen. Stattdessen prangt dort nun in einem barocken Goldrahmen das kunterbunte Bild einer merkwürdigen Gottheit mit vier Armen. Uma folgt meinem Blick. »Wir haben in unserer Puja schon darum gebeten, dass es mit eurer Hochzeitszeremonie klappen würde.«

»Puja?«

Jetzt sieht Hrithiks Mutter echt sauer aus. Hätte ich mich doch nur besser vorbereitet.

»Gebet«, flüstert Hrithik mir zu.

»Du kannst ja nichts dafür. Unser Sohn hätte es dir erklären müssen. Bedeuten dir unsere Wurzeln gar nichts?«, faucht sie Hrithik an. Chadni kichert schon wieder, und Raghav widmet sich hingebungsvoll den Linsen auf seinem Teller.

»Sag du auch mal was!«, zischt Uma ihm zu.

Wie schön, dass sich Familien weltweit kaum unterscheiden, auch wenn sie über andere Themen streiten.

Raghav zuckt lässig mit den Achseln. »Die Frau ist die Seele der Familie. Unser Wohlergehen liegt in deinen Händen, Uma«, sagt er charmant und piekst wieder ein paar Linsen vom Teller.

»Der 21. März klingt doch fantastisch«, rufe ich schnell, bevor die Situation peinlich wird. Hoffentlich versteht Hrithik das nun nicht als Nötigung zu einer Hochzeit, die bis eben gerade ganz und gar nicht mehr ausgemachte Sache war.

Wohlwollend schaut Uma mich an. »Raghav hat natürlich wie immer recht. Manche Dinge müssen Frauen untereinander ausmachen.«

Jetzt verkneift sich Hrithik ein Lachen. »Schauen wir mal.«

In dem Moment knallt es, wir fahren alle erschrocken zusammen. Hrithik hatte es besonders gut gemeint und ein Dessert vorbereitet. In der Mikrowelle. In einer verschlossenen Schüssel. Schlieren irgendeiner Creme laufen die Glasscheiben entlang.

»Das ist passiert, weil du dich den Sternen versperrst«, sagt Uma überzeugt.

❁

Bemerkenswerterweise vergeht die restliche Zeit mit Hrithiks Familie wie im Flug, ohne größere Zwischenfälle. Ich glaube, sie haben sich mit mir arrangiert. Heikel wurde es nur einmal ganz kurz, an dem Morgen nach der zerstörten Mikrowelle, als Uma im ganzen Wohnzimmer Milch verspritzte. Ein Ritual, das böse Geister vertreibt, die offenbar auch Küchengeräte zu Bruch bringen. Aber ich habe einfach darauf verzichtet, darauf hinzuweisen, dass Milch in allen möglichen Ritzen nach einer Weile für unangenehme Gerüche sorgt. Die wahre Katastrophe ereilt uns ausgerechnet am Tag vor ihrer Abreise, genau drei Tage vor meiner eigenen Abreise mit Juli. Dabei fing alles so harmlos an, mit einem weiteren schönen Tag in Elizabeths Buchladen. Wir quatschen, verkaufen und arrangieren gerade so schön vor uns hin, als ich auf einmal schallendes Gelächter höre, das mir vage vertraut vorkommt. Ich blicke hoch und entdecke … Melanie und Chadni. Ihr Lärmen kann nicht mir gelten, sie haben mich nämlich ganz offensichtlich noch gar nicht wahrgenommen. In Schockstarre denke ich darüber nach, mich hinter einem Regal zu verstecken, aber ausgerechnet da sieht Chadni mir direkt in die Augen. »Hallo, was machst du denn hier?«

Ich erwäge zu lügen, bringe es aber vor Elizabeth nicht übers Herz. »Ich arbeite hier«, sage ich leise. »Aber noch nicht sehr lange.«

»Ich dachte, du jobbst im Altersheim?«, fragt Melanie. Wieso mischt die sich jetzt eigentlich ein? In meinem Kopf rattert es, als ich anfange, die möglichen Ausmaße dieser Begegnung abzuschätzen. Hrithik wird erfahren, dass ich wieder den Job gewechselt habe – und das nicht von mir. So war das eigentlich nicht geplant. Ich dachte, jegliches Aufeinandertreffen mit Chadni und Melanie wäre eine Katastrophe. Ich habe mich geirrt. Es kann immer noch schlimmer kommen. Die beiden haben es geschafft, den allermiesesten Zeitpunkt und Ort für ein kleines Geplänkel mit mir abzupassen.

»Im Altersheim helfe ich gelegentlich auch noch aus«, krächze ich mit einem Kloß im Hals.

»Kein Wunder, dass du mit deinem Studium nicht fertig wirst, du Arme.« Mitleid von Melanie ist echt das Letzte, was ich brauche. Es klang aber auch eher nach versteckter Häme. Dabei hat sie leicht reden, ich glaube nicht, dass sie während ihres Studiums einen Finger für ihr Geld rühren musste. Soweit ich weiß, haben alles ihre Eltern bezahlt. Um nicht durchzudrehen, rufe ich mir die wichtigste Regel für Servicekräfte ins Gedächtnis: Der Kunde ist König. Auch wenn er ein Vollidiot ist. Ich setze ein Lächeln auf. »Wie auch immer, was kann ich für euch tun?«

Melanie merkt wohl, dass an der Zickenfront vorerst nicht mehr viel zu holen ist und wirkt plötzlich sehr geschäftig. »Ich suche ein Geschenk für einen Freund. Und man hat mir gesagt«, sie schaut über meine Schulter hinweg zu Elizabeth, »dass Sie für jeden das Passende fänden.«

»Ich bin mir sicher, Tanja wird etwas finden, das Sie absolut zufriedenstellt«, sagt Elizabeth ruhig. Sie verschwindet in der Teeküche, und Melanie sieht ihr ratlos hinterher.

Warum tut sie mir das an? Diese Aufgabe hätte ich ihr nur allzu gerne überlassen. Ich versuche, einen professionellen Tonfall beizubehalten. »Erzähl mir ein bisschen etwas über deinen Freund. Hat er irgendwelche besonderen Interessen?«

»Er spielt am liebsten Golf. Aber falls du dich damit nicht auskennst, nehme ich lieber einen Roman oder so, bevor ich etwas Unsinniges anschleppe.«

»Das wird nicht nötig sein, ich denke, ich habe da etwas«, behaupte ich und folge Elizabeth in die Teeküche. Dort zische ich meiner Chefin ein leicht verzweifeltes »Golf?« zu. In Wahrheit fällt mir dazu nämlich gar nichts ein.

»Schau mal bei den Büchern von John Updike. Der hat ein Buch übers Golfen geschrieben, das kaum jemand kennt. Und ein Pulitzer-Preisträger, der übers Golfen schreibt, gefällt den Männern, die deine Freundin kennt, ganz sicher.«

Sie zwinkert mir zu.

»Sie ist nicht meine …«, fauche ich, werde aber prompt unterbrochen.

»Das war ein Scherz.«

Dankbar für den Tipp eile ich zu den Regalreihen mit den Romanen und finde tatsächlich den Band »Golfträume«. Zufrieden bringe ich ihn Melanie. »Alles, was Golfen so schön macht. Aus der Sicht eines Pulitzer-Preisträgers«.

Melanie nimmt das Buch in die Hand. »Also, ich weiß nicht …«

»Klingt doch gut«, fällt da überraschenderweise Chadni ein. Ich sehe, dass sie sich verlegen auf die Lippe beißt.

Würde sie an dieser Stelle auch anfangen, direkt vor meinen Augen ein paar Weißmehlprodukte zu essen, könnte ich sie glatt doch noch in mein Herz schließen.

»Na gut, ich nehme es.« Melanie seufzt gönnerhaft. »So groß ist die Auswahl hier ja nicht. Hast du vielleicht einen Stift? Ich will noch etwas hineinschreiben.«

Nachdem ich ihr einen Kuli gereicht habe und sie etwas in den Einband gekritzelt hat, gehen wir gemeinsam zur Kasse.

Ich kassiere ab und verpacke das Buch als Geschenk, während Melanie mir ungeduldig dabei zusieht. »Wir haben es ein bisschen eilig.«

»So eilig nun auch wieder nicht«, flüstert Chadni.

»Wir wollen deine Eltern doch nicht warten lassen.«

Ihr überraschender Schlag in die Magengegend sitzt. Klar, dass sie sich den größten Trumpf für zuletzt aufgehoben hat.

Sie trifft sich gleich mit Hrithiks Eltern? Wenn Hrithik auch noch dazustößt, wird es ja so wie in alten Zeiten, als die Reichen und Schönen noch ganz unter sich waren. Wunderbar. Moment mal, er wird doch nicht wirklich dazustoßen? Mein Stolz verbietet es, die Frage zu stellen, die mir gerade ein wenig die Luft abschnürt.

Eine leichte Röte überzieht Chadnis Teint. »Ich dachte, wenn ich schon bei Melanie übernachte, und sie kennt meine Eltern ja auch …«

Das ist leider keine Antwort auf die nicht gestellte Frage, zeigt aber, dass Chadni unter ihren strassbesetzten Fingernägeln doch ein wenig Scham besitzt. Wenn ich es richtig verstanden habe, will sie mir doch wohl mitteilen, dass Melanie nur in ihrer Funktion als Chadnis Freundin mitkommt und nicht etwa als Hrithiks Ex-Freundin. Ein schwacher Trost, für den ich mich bei Chadni mit einem kleinen Lächeln bedanke.

»Na klar, ist doch eine gute Idee.« Ich bin eine schreckliche Heuchlerin, aber das hier fällt ja wohl unter Notwehr.

»Wir sehen uns dann heute Abend, ja?«, sagt Chadni und lächelt mich freundlich an. Ich nicke knapp. Ich weiß nicht, ob ich Hrithik an die Gurgel gehen möchte, nur falls er bei dem Treffen dabei sein sollte, oder ob ich lieber gar nicht erscheinen möchte, nur falls er bis dahin über meinen neuen Job informiert sein sollte. Ich will mir gar nicht vorstellen, wie die illustre Runde gleich fröhlich plaudernd an Chai Lattes nippt und feststellt, wie viel besser sich Melanie in der aufgebrezelten Runde macht. Als die beiden endlich den Laden verlassen, nachdem Melanie mir noch ein boshaftes »Bis bald mal« über die Schulter zugerufen hat, lasse ich mich völlig fertig in die Chaiselongue fallen. Riechsalz wäre jetzt nicht schlecht.

»Alles in Ordnung?«, fragt Elizabeth.

»Das war die Ex-Freundin von Hrithik.«

»Keine Gefahr«, sagt sie bestimmt.

»Das hast du an der Aura erkannt?«, frage ich und versuche, nicht zu hoffnungsvoll zu klingen, sondern es eher wie einen Scherz rüberzubringen.

Elizabeth lacht: »In diesem Fall reine Lebenserfahrung. Zickig, arrogant, langweilig. Ein Mann, der dich heiraten will, würde sicher nicht mit so einer Frau durchbrennen.«

Das tröstet mich für gerade mal eine Nanosekunde. Sie kennt Hrithik ja nicht einmal.

»Bring doch deinen Freund mal mit«, sagt sie, als könne sie Gedanken lesen.

»Vielleicht«, nuschele ich unbestimmt. Vielleicht, falls er noch mit mir redet, wenn er von der Sache hier erfährt. Oder falls ich noch mit ihm rede, sobald ich herausgefunden habe, ob er ernsthaft Melanie zu einem Familientreffen eingeladen hat.

Es ärgert mich, dass noch keiner da ist, als ich wieder nach Hause komme. Ich will wissen, was da heute Nachmittag eigentlich Merkwürdiges gelaufen und wie groß der entstandene Schaden ist. Nervös zerknautsche ich die Sofakissen, während ich durch schwachsinnige Doku-Soaps im Fernsehen zappe. Ich bin gerade dabei, mich zu fragen, ob es schon manisch depressiv ist, mit leerem Blick auf die Glotze zu starren, als ich Geräusche an der Tür höre. Mein Herz klopft schnell, während ich versuche, einen Blick auf Hrithik zu erhaschen und ein betont fröhliches »Hallo zusammen« in die Runde werfe. Es wundert mich wenig, dass sich Hrithik nicht gerade vor Freude überschlägt, mich zu sehen. Ich bin mir immer noch nicht sicher, ob mein Bammel vor seiner Reaktion größer ist oder meine Wut: Dass er mit den anderen hier auftaucht heißt doch wohl, dass der verräterische Mistkerl tatsächlich in trauter Familienrunde inklusive Melanie unterwegs war. Für ein Treffen mit der Ex kann er früher Feierabend machen, nicht aber wenn er seine Eltern zum ersten Mal auf seine eigentliche Freundin loslässt?

Chadni sieht immer noch verlegen aus. Hrithik und ich begrüßen uns mit einem knappen Wangenkuss. Dann erst entdecke ich, was unter seinem Arm klemmt. Es steckt noch halb in dem Geschenkpapier, in das ich es eigenhändig eingewickelt habe: das Golfbuch.

Da hatte die gute Melanie doch glatt noch ein Ass im

Ärmel. Sie konnte zwar schlecht wissen, dass sie ausgerechnet mich in Elizabeths Laden antreffen würde, aber ich wette, die Situation hat ihre Freude noch gesteigert. Was für ein merkwürdiger Zufall. Und seit wann spielt Hrithik eigentlich Golf? Weiß Melanie mehr als ich?

Eines muss ich dem Mann aber lassen. So achtlos und mit so finsterer Miene hat noch niemand ein Buch auf ein Sofa geworfen. Das sollte mich vielleicht beruhigen, tut es aber nicht. Mittlerweile bin ich stocksauer. Wieso bekommt er von Melanie ohne ersichtlichen Anlass Geschenke? Wieso trifft er sich mit ihr und seinen Eltern?

Mir ist mulmig, als mir klar wird, dass ich noch den kompletten Abend mit Hrithik und seiner Familie verbringen muss. Nichts ist anstrengender, als gute Laune zu heucheln, wenn man weiß, dass ein zermürbender Streit unmittelbar bevorsteht.

»Ich wollte mich nur noch von dir verabschieden«, sagt Chadni unvermittelt. »Ich fahre heute schon wieder nach Hannover und bleibe nicht zum Abendessen. Ich muss morgen ganz früh im Büro sein.« Sie reicht mir die Hand und sieht mich bittend an. Langsam übertreibt sie es. Sie hat doch gar keinen Grund, so schuldbewusst zu wirken, schließlich konnte sie nichts für die blöde Situation. Sehr seltsam, dass dieses Mädchen heute Abend meine einzige echte Verbündete zu sein scheint. Verdutzt reiche ihr die Hand, wir umarmen uns kurz, und schon ist sie weg.

»Zeit für die Puja«, ruft Uma gut gelaunt.

Hrithik und ich haben uns seit ihrer Rückkehr noch kein Mal richtig in die Augen geschaut. Wir werden es auch nicht mehr tun, bis wir am nächsten Tag seine Eltern gemeinsam zum Flughafen gebracht haben.

Im Auto geht es dann los. Fast möchte man sagen: endlich. Die Anspannung war wirklich nicht mehr zu ertragen. Und weil ich die schon seit dem vorherigen Abend mit mir rumtrage und deshalb unter akutem Schlafmangel leide, breche ich beinahe in Tränen aus.

»Musst du heute noch arbeiten? Soll ich dich in den Buchladen bringen?«, fragt Hrithik mit eiskalter Höflichkeit.

Ich quittiere dieses typisch männliche Verhalten mit einem genervten Blick aus dem Fenster.

»Wieso erfahre ich neuerdings erst von Chadni und Melanie, wenn du dir einen neuen Job suchst?«

Dieser Kommentar war eindeutig ein Fehler. Er gibt meinem Zorn wahres Kraftfutter: »Gute Frage. Seit wann erfährst du eigentlich überhaupt Dinge von Melanie? Ich dachte, ihr hättet keinen Kontakt mehr. Oder ist sie etwa zufällig zum Tee mit dir und deinen Eltern gestolpert?«

»Chadni hat sie mitgebracht. Ich wusste ehrlich nicht, dass sie kommt. Außerdem versuchst du abzulenken.«

»Sie hatte ein Geschenk für dich dabei, ›Golfträume‹. Das habe ich für sie verpacken müssen – ›für einen guten Freund‹. Weißt du, wie ich mich gefühlt habe, als es unter deinem Arm klemmte?«

»Dafür kann Melanie doch nichts! Sie wusste schließlich nicht, dass du in einem Buchladen arbeitest. Genauso wenig wie ich!«

»Dieses Biest, sie hat noch eine Widmung reingeschrieben. Sie wusste doch genau, dass ich es wiedererkennen würde. Mann, muss ihr das Spaß gemacht haben, zu wissen, dass du es in unsere Wohnung trägst.«

»Sei nicht unfair, sie war selbst ganz überrascht und überfordert von der Situation. Das hat sie mir selbst erzählt. Sie hat dich sogar noch in Schutz genommen.«

Gott, sind Männer blöd!

»Was hat sie gesagt?«

»Dass es doch sehr schwer für dich sein muss, wenn man keinen Plan im Leben hat und nicht weiß, was man will.«

In Schutz genommen, nennt er das ... Warum sind Männer so naiv, wenn es um Frauen geht? Sie wollte doch nur den Blick darauf lenken, dass es bei ihr ganz anders aussieht, dass sie eine Frau mit einem Plan ist, die immer genau weiß, was sie will.

»Vielleicht hat sie ja recht. Aber du hättest es mir trotzdem sagen können.« Jetzt sieht er fast ein wenig geknickt aus. Wie ein Mann, der Ehrlichkeit verdient hat. Hat er gerade gesagt, dass sie recht hat? Ich atme tief durch und beschließe, mich aufs Wesentliche zu konzentrieren, ohne auf Melanies Seitenhiebe einzugehen.

»Ich habe mich nicht getraut und wollte den richtigen Zeitpunkt abwarten. Ich wollte es dir sagen, wenn deine Familie abgereist ist. Ich war so unglücklich mit der Situation und einem Studium im Nacken, das ich nie abschließen werde. Ich fühle mich so befreit, seit ich mich exmatrikuliert habe. Das musste sein.«

»Du hast was?« Er bremst abrupt.

»Das wollte ich dir auch noch sagen. Ich überlege, in dem Buchladen zu bleiben. Da habe ich so ein Gefühl von – ich weiß auch nicht, was es ist. Ich fühle mich da irgendwie zu Hause.«

»Sagst du das nicht jedes Mal?«, fragt er müde.

»Diesmal ist es wirklich anders.«

»Ach ja?«

Es fühlt sich wirklich anders an, auch wenn ich nicht weiß, wie ich ihm das vermitteln soll. Ich versuche, meine Zukunft mit seinen Augen zu sehen: eine Frau, die immer nur von einem Gelegenheitsjob zum nächsten taumelt. Ich will nicht, dass er mich so sieht. Ist es denn so wichtig, welchen Job ich habe oder ob ich studiere oder nicht? Er steht doch in beiden Fällen nicht daneben, während ich es tue. Was macht es da für einen Unterschied, ob ich im Buchladen, im Altersheim oder hinter einem altehrwürdigen Pult als Professorin doziere?

»Ist es nicht die Hauptsache, dass ich zufrieden bin, bei dem, was ich tue. Egal, was es ist?«, frage ich trotzig.

»Bist du denn zufrieden?«

»Im Moment schon.«

»Aber für wie lange denn?«

Ich bin traurig und wütend zugleich. »Na, dann bist du dir ja mit Melanie herrlich einig, dass ich ein bemitleidenswertes, lebensuntüchtiges Geschöpf bin. Wunderbar, noch eine eurer vielen gemeinsamen Eigenschaften. Gehört der Spaß beim Golfspielen auch dazu?«

Er sieht genervt aus. »Wir reden jetzt gerade nicht über Melanie oder mich, wir reden über dich. Ich mache mir ein wenig Sorgen.«

Ich würde ehrlich gesagt lieber mehr über das Melanie-Thema erfahren.

»Danke, sehr nett, aber das brauchst du wirklich nicht.«

Ich schaue wieder aus dem Fenster, er fixiert die Fahrbahn.

Nach einer Weile lenkt er ein. »Ich weiß auch nicht genau, was das sollte. Ich war ein- oder zweimal mit ihr auf einem Golfplatz, und es war ganz o.k. Aber ich bin vor Begeisterung auch nicht umgefallen. Und falls du dir darum ernsthaft Gedanken machen solltest: Selbst wenn ich morgen beschließen sollte, meine Zeit hauptsächlich auf Golfplätzen zu verbringen, ist das ganz sicher keine Gemeinsamkeit, auf die man eine Beziehung aufbaut.«

»Und wir haben solche Gemeinsamkeiten?«, frage ich. Als er nicht sofort antwortet, steigen mir die Tränen in die Augen.

»Was hat sie hineingeschrieben?«

Er schaut mich betreten an. »Die Selbstverleugnung ist eine Methode, durch die der Mensch sein Wachstum hemmt.«

Damit meint sie wohl, Hrithik sollte keine Freundin haben, bei der er seine wahren Interessen wie das Golfspiel, Rauten-Pullis oder rahmengenähte Budapester-Schuhe nicht vollends ausleben kann. An dieser Stelle: Ich hasse es, wenn Leute es für besonders tiefsinnig halten, Zitate wiederzugeben, die so abgestanden sind, dass man sie vermutlich schon als Wandtattoos und Tassengravur kaufen kann. Glaubt Melanie wirklich, dass das aus dem Zusammenhang gerissene Zitat eines großen Geistes sie selbst zu einem solchen macht oder sie zumindest so wirken lässt. Bei Peter stört mich das nicht, aber der ist ja auch darüber hinaus ein guter Freund und hat es zur Kunstform erhoben, fast nur noch in Zitaten zu sprechen. Und er kennt eben auch welche, die nicht wöchentlich auf den bunten Seiten eines Magazins abgedruckt werden. Wütend und traurig stiere ich vor mich hin.

»Und, verleugnest du dich selbst? Würdest du nicht vielleicht doch lieber Golf spielen, eine Frau an deiner Seite haben, mit der du in irgendwelchen Elite-Clubs angeben kannst?«

»Das ist doch Blödsinn, Tanja«, er klingt mittlerweise

auch verzweifelt. »Ich bin nur ins Grübeln gekommen, weil du mir nichts gesagt hast.«

»Offenbar war das auch ganz gut so.«

Heute wird keiner von uns mehr nachgeben.

»Lass mich vor dem Buchladen raus. Ich zeige dir, wo er ist«, murmele ich erschöpft, obwohl ich heute gar keinen Dienst habe.

Wir fahren schweigend zu Elizabeths Laden.

»Ein schönes Geschäft«, sagt Hrithik müde. »Lass uns heute Abend weiterreden.«

»Da muss ich Koffer packen und mich von den anderen verabschieden«, entfährt es mir, und ich hasse mich selbst dafür. Eigentlich möchte ich viel lieber einlenken, mich in seine Arme werfen und alle Probleme auslöschen. Gleichzeitig möchte ich ganz für mich alleine sein und erst mal meine Gedanken sortieren.

»Wie du meinst«, sagt er. »Ich werde heute Abend eher nicht mitkommen.«

Ich steige aus und verschwinde im Laden.

»Tanja, ich habe gerade aus dem Fenster geschaut. Wirklich hübsch dein Freund, das muss ich schon sagen. Ein bisschen ernst vielleicht«, begrüßt mich Elizabeth fröhlich plappernd. Dann schaut sie sich mein Gesicht genauer an.

»Setz dich hin«, befiehlt sie streng. »Ich mache gleich heiße Schokolade.«

Ich flitze an dem einzigen Kunden im Laden vorbei und warte, bis sie ihn bedient hat. Als sie kurz darauf mit der Schokolade zurückkehrt, fange ich einfach mal direkt an zu heulen.

Sie setzt sich und legt einfach nur den Arm um mich. Das fühlt sich wunderbar an. Es ist auch schön, wenn Freunde sich um einen kümmern. Aber aus irgendeinem Grund ist es noch tröstlicher, wenn ein mütterlicher Typ das in die Hand nimmt.

»Möchtest du darüber reden?«

Ich schüttele den Kopf. »Darf ich einfach ein wenig mit anpacken? Ganz unbezahlt? Bitte!«

Sie schaut mich noch einmal prüfend an.

»Gut, aber dann suchst du dir nachher noch ein richtig schönes Buch aus. Schließlich brauchst du in Indien irgendetwas Gutes zu lesen. Fährst du nicht schon morgen?«

Ich nicke mit dem Kopf.

»Ich akzeptiere, dass du nicht darüber reden willst. Aber eines rate ich dir doch: Versöhnt euch, bevor du abreist.«

Ich heule schon wieder.

❁

Später, als ich mit den anderen im Weinstein sitze, bin ich völlig fertig. Meine Koffer sind gepackt, aber ich habe keine Ahnung, wo Hrithik steckt. Er war nicht zu Hause, als ich zum Packen heimgefahren bin. Deswegen kann ich unser kleines Abschiedstreffen gar nicht richtig genießen. Aber zumindest eine von uns hat gute Nachrichten von der Beziehungsfront zu melden.

»Paul hat seiner Ex-Frau jetzt gesagt, er werde weiterhin mit ihr sprechen, wenn es um Belange des Kindes geht und sei dann auch gerne bereit, mit ihr persönlich über Dinge zu verhandeln, wenn er die Kleine abholt oder vorbeibringt. Sonst würde er aber nur noch vorbeikommen, wenn seine Tochter krank ist und ihn verlangt. Sie müsse endlich einsehen, dass er nun eine neue Partnerin habe und ihre Freundinnen sicher bessere Ansprechpartner seien, wenn es um persönliche Dramen geht.«

»Wunderbar«, sagt Juli.

Und Toni lächelt so erleichtert und zufrieden, dass ich ausgesprochen neidisch bin.

»Das ist sehr schön«, sage ich dennoch und meine es auch so. Mir bricht es trotzdem fast das Herz, dass ich morgen für mindestens zwei Wochen aufbreche, ausgerechnet in dieser Situation. Natürlich könnte ich Indien auch sausen lassen. Vielleicht heiraten wir ja gar nicht. Und die Hochzeit war ja überhaupt nur der Anlass, der mich auf die Idee gebracht hat, mich mit meinem Vater aussöhnen zu müssen.

»Wie gerne würde ich jetzt mit euch fahren, aber es ist wohl zu spät, mich jetzt noch einzuklinken.«

»Ich wäre natürlich auch gerne dabei«, sagt Peter. »Aber es ist finanziell einfach nicht drin.«

Ich nicke stumm.

»Mach dir nicht so viele Sorgen«, sagt Juli, die gewittert hat, dass irgendetwas mit mir nicht stimmt. »Falls es ganz schrecklich wird, haben wir am Ende doch ein Abenteuer erlebt, an das wir uns erinnern können.«

»Heute mache ich mir ausnahmsweise mal keine Sorgen um das Aufeinandertreffen mit meinem Vater.«

Ich fasse kurz die jüngsten Ereignisse zusammen. Aber auch im Gespräch mit meinen Freunden komme ich zu keiner konstruktiven Lösung, allein schon, weil alle unterschiedlicher Meinung darüber sind, was nun zu tun sei.

Toni ist erbost über Hrithiks Verhalten und dass er Melanie ins Spiel gebracht hat und sich von ihr als Waffe gegen mich benutzen lässt und würde ihn zu Kreuze kriechen lassen. Ganz ihrer Meinung.

Peter hat volles Verständnis für Hrithik und sagt, er mache sich halt Sorgen um mich, und ich solle nicht so zickig sein. Er verstehe auch gar nicht, warum ich mich so aufrege, schließlich habe Hrithik gar nichts getan und könne auch nichts dafür, dass ihm auf einmal ein bescheuertes Golfbuch geschenkt werde. Ganz seiner Meinung.

Juli findet zwar auch, er hätte Melanie gar nicht zuhören, schon gar nicht mit ihr über mich reden dürfen. Und das Buch mit der bescheuerten Widmung hätte er als fiesen Affront gegen mich erkennen müssen, statt geschmeichelt zu sein. Aber er sei eben auch nur ein Mann. Sie meint, ich solle von selbst noch einmal das Gespräch suchen. Ihn drum bitten, mir Zeit zu lassen. Dann könnte ich ihm und mir beweisen, dass es mir mit dem Buchladen ernst sei. Und dass ich Indien ja auch nutzen könne, um noch mal über mich und meine berufliche Zukunft nachzudenken. Ganz ihrer Meinung.

»Sie muss ihm gar nichts beweisen«, zischt Toni. War ja klar, jetzt, wo Paul wieder spurt, hat sie wieder eine große Klappe, was die Verurteilung männlichen Fehlverhaltens angeht.

Am Ende schwirrt mir der Kopf von all diesen Wahrheiten. Muss nur noch herausfinden, wo meine liegt. Wahrscheinlich wieder mal irgendwo in der Mitte.

»Holst du mich dann morgen früh mit dem Taxi ab?«, frage ich Juli erschöpft. Sie nickt. Dann umarmen wir uns alle, und ich habe Tränen in den Augen, als würde ich die anderen mindestens ein Jahr nicht mehr sehen. Und auch weil ich denke, dass Hrithik und ich bei meiner Rückkehr vielleicht schon kein Paar mehr sind. Bitte, bitte, lass Hrithik nicht zu Melanie gefahren sein, um von ihr noch mehr tiefgründige und unheimlich verständnisvolle Analysen über mich zu hören. Bitte, so mein Stoßgebet, lass es nicht zu, dass er sich von Melanie trösten lässt.

Gib ihr Aufträge, die sie ans andere Ende Deutschlands führen.

Als ich nach Hause komme, wartet Hrithik dort auf mich. Wir sind beide ein wenig befangen.

»Wo warst du denn?«, will ich wissen und versuche, es nicht zu besorgt klingen zu lassen.

»Spazieren«, sagt er abweisend.

Erleichterung durchströmt mich. Leider habe ich für solche Situationen kein besonderes Talent. Eigentlich würde ich ihn jetzt gerne umarmen und mich versichern, dass unsere kleine Welt noch in Ordnung ist. Auf der anderen Seite könnte er das so deuten, als wolle ich ihn um Verzeihung bitten. Und dazu bin ich nicht bereit. Deswegen warte ich mal, was er für einen Lösungsvorschlag hat.

Nach einer langen Schweigepause, ich habe mich mittlerweile neben ihn gesetzt, fährt er sich nervös durch die Haare. »Vielleicht ist es ja ganz gut, wenn du nach Indien fährst. Dann kannst du endlich mal in Ruhe über alles nachdenken, wie wir es geplant haben.«

Und über was alles genau soll ich nachdenken? Über meine Jobsituation? Oder über unsere Beziehung? Dass ich mit ihm zusammenbleiben will, muss ich nicht mehr großartig entscheiden. Das weiß ich auch so. Allerdings möchte ich, dass er mich so nimmt, wie ich bin.

Ich verstehe ja, dass er sauer ist, dass ich ihm nichts erzählt habe. Aber er könnte seinerseits auch verstehen, dass ich mich gescheut habe, von einem weiteren Jobwechsel und dem endgültig hingeschmissenen Studium zu berichten – solange er von Anwalts-Ex-Freundinnen Golfbücher geschenkt bekommt. Meine Situation scheint ihn tatsächlich zu beunruhigen, seit Melanie ihn darauf gestoßen hat.

Und das ist es, was mich wirklich stört. Warum lässt er sich von so offensichtlichen Manipulationsversuchen aus solch fragwürdiger Quelle beeinflussen? Bis dahin hat er es wohl mehr als süße Macke gesehen, sich ein bisschen über mich lustig gemacht oder mir auch mal Ratschläge gegeben. Denn er weiß ja, dass ich mir ständig Gedanken über meine Zukunft mache. Leider komme ich immer wieder zu anderen Ergebnissen. Ob er wirklich mit mir leben kann?

»Vielleicht solltest du die Zeit auch noch mal nutzen, um über alles nachzudenken«, sage ich sehr traurig und erschöpft, als mir klar wird, dass wir uns an diesem Abend nicht mehr in den Armen liegen werden. Ich halte den Auftrag absichtlich so vage, wie er es getan hat.

»O.k.«, sagt er ruhig, und ich würde am liebsten aufschreien. Er ist sich also auch nicht mehr sicher.

»Ich denke dabei ja auch nur an dich«, sagt er. »Diese dauernde Ungewissheit kann dich einfach nicht glücklich machen. Melanie hat gesagt …«

Jetzt schreie ich doch. Es ist nur ein kurzer, aber lauter Schrei, bei dem ich mit Tränen in den Augen vom Sofa aufspringe. »Wenn dich so interessiert, was Melanie sagt, dann geh doch zu ihr. Sie hat sicher nichts dagegen. Mich interessiert es aber überhaupt nicht. Also, bitte, verschone mich mit guten Ratschlägen von dieser blöden Kuh.«

Ich schlüpfe ohne ein weiteres Wort ins Bad, schminke mich ab, putze mir schnell die Zähne und verschwinde dann ins Schlafzimmer, um mich auf dem Bett zusammenzurollen. Komisch, vor einer Woche dachte ich noch, bei meiner Abreise wäre meine einzige Sorge die bevorstehende Begegnung mit meinem Vater. Stattdessen steht plötzlich meine ganze Beziehung in Frage.

Als Hrithik sich zu mir gesellt, stelle ich mich vorsichtshalber schlafend. Er liegt eine gefühlte Ewigkeit stumm neben mir. Dann dreht er sich um und legt vorsichtig den Arm um mich. Ich schmiege mich fest an ihn. Ich liebe ihn ja und er mich doch hoffentlich auch. Ich wünschte, er würde es aussprechen, ich würde es gerne noch einmal hören, bevor ich abreise. Aber ich bringe es auch nicht über die Lippen. Erstaunlicherweise schlafe ich trotzdem irgendwann ein.

Als ich aufwache, steht Hrithik mit Anzug und Krawatte vor mir. Er räuspert sich: »Ich könnte mir einen halben Tag frei nehmen und dich zum Flughafen fahren.«

Das klingt nach einem Friedensangebot. Aber ich bin noch zu angespannt, um einzuschlagen.

»Das brauchst du nicht. Juli kommt nachher vorbei, und wir nehmen uns ein Taxi«, sage ich ein wenig abweisend.

Ganz Herr der Lage lässt er sich von meinem Tonfall nicht aus der Ruhe bringen, setzt sich auf die Bettkante und küsst mich sanft. »Genieß die Reise. Du wirst mir fehlen.«

Mir steigen schon wieder Tränen in die Augen. Aber ich halte sie zurück, so gut ich kann.

Er küsst mich noch einmal und steht auf und geht. Ich schluchze in mein Kissen, bis Juli an der Tür klingelt.

❀

Das kann doch nicht wahr sein«, rufe ich entgeistert, als wir in der Ankunftshalle des Hamburger Flughafens eintrudeln.

»Was ist denn los?« Juli sieht sich ratlos um und kann nichts entdecken, was meinen Aufruhr rechtfertigen würde. Ich aber: Da steht eine große, schlaksige Gestalt vor unserem Schalter. Sie trägt einen funkelnagelneuen Trekkingrucksack, an dem noch das Preisschild hängt und strahlt über das ganze Gesicht, als sie mich erkennt. Das Schlimmste ist die alberne Mütze mit dem Inkamuster und den Ohrenklappen.

Ich fauche Stefan sofort an: »Was zur Hölle machst du hier? Fährst du in den Urlaub? Aber du sollst doch meine Schichten im Altersheim übernehmen.«

»Habe ich abgesagt.« Er sieht verlegen zu Boden und scheint immerhin etwas zerknirscht zu sein. Da greift sofort wieder der Welpenschutz, und ich frage etwas freundlicher. »Wohin soll es denn gehen?«

»Na, nach Indien natürlich!«

»Waaaaas?« Dafür, dass ich sonst als eher ruhig verschrien bin, werde ich im Moment erstaunlich oft laut. Aber man kann eben nur begrenzt viel ertragen. Und meine Grenze wird gerade massiv überschritten.

»Ich habe deinen Nachnamen und verschiedene Orte in Indien gegoogelt, und dabei bin ich auf die Internetseite deines Vaters gestoßen. Sieht echt spannend aus. Wie eine Erfahrung, die ich unbedingt gemacht haben muss.«

Oh Gott, ich habe ihm von der Indiensache erzählt, als ich ihn gebeten habe, meine Schichten zu übernehmen. Natürlich habe ich nur in abgewandelter Form davon berichtet. So als sei es ganz normal, meinen Vater in Indien zu besuchen und als würde ich das ständig tun. Ich habe nicht wenig Lust, Stefan zu erwürgen.

»Und woher wusstest du, welchen Flug wir nehmen würden?«

»Ins System gehackt«, sagt er lässig.

Verdammter Freak.

»Ihr kennt euch?«, fragt Juli halb entsetzt und halb kichernd, den Blick auf Stefans Ohrklappen gerichtet.

»Lange Geschichte«, fauche ich und füge dann sanfter hinzu. »Entschuldigung, Juli. Erkläre ich dir gleich.«

So wütend ich auch auf Stefan bin, ist es mir doch ein bisschen peinlich, dass er besser vorbereitet ist als ich. Wieso bin ich nicht auf die erstaunlich simple Idee gekommen, meinen Vater einfach zu googeln? Stattdessen habe ich seine letzte Karte im Gepäck und den vagen Vorsatz, an diesen Ort zu fahren und ihn dort einfach zu suchen.

»Also, Juli und ich geben jetzt unser Gepäck auf und gehen danach noch einen Kaffee trinken …«, sage ich zwischen zusammengepressten Zähnen.

»Au ja, etwas Koffein könnte ich auch vertragen.« Stefan klatscht in die Hände.

»… und dabei besprechen wir Mädchenkram. Ohne dich. Verstanden?«

Als wir ein paar Meter zurückgelegt haben, fragt Juli fast ein wenig entrüstet. »Woher kennst du den? Wird der uns jetzt etwa die ganze Zeit begleiten?«

Das wird er wohl tun, ob wir wollen oder nicht.

»Es tut mir so leid«, sage ich zerknirscht zu Juli, nachdem ich beim Kaffee alles erklärt habe.

»Du kannst ja nichts dafür«, entgegnet sie wenig überzeugt.

»Aber ist das nicht schon Stalking? Vielleicht kann die Flughafenpolizei ihn verhaften.«

»Gute Idee«, sage ich matt.

Aber Juli hat schon weiter gegrübelt: »Andererseits kommt er mir für einen Stalker viel zu harmlos vor – gar nicht so wie in ›Weiblich, ledig, jung sucht …‹.« Juli wäre nicht Juli, wenn sie nicht einen Filmvergleich parat hätte, an dem sie das echte Leben misst.

Aber sie hat recht. Stefan ist wohl kaum gemeingefährlich. Er ist nur ein einsamer Junge ohne Freunde, der noch nie etwas außerhalb der Aufsicht seines Vaters erlebt hat. Wenn er sich nun auch noch unbedingt in die Hände meines Erzeugers begeben will, bitte schön! Ich wasche meine Hände in Unschuld.

»Nun ja, mir scheint wirklich, du wirst auf meine moralische Unterstützung angewiesen sein«, sagt Juli und kichert. Das ist das Wunderbare an ihr, schlechte Laune ist selten und wird nie länger als zwei Minuten durchgehalten. »Nach allem, was du erzählst hast, werden sich dein Vater und dein Ziehsohn blendend verstehen.«

»Er ist nicht mein …«

»Pscht, nicht wieder aufregen. Wir schaffen das schon. Viel blöder finde ich, dass du mit Hrithik so auseinandergegangen bist. Aber ich werde alles tun, um dich abzulenken. Ich bin mir ganz sicher, am Ende liegt ihr euch in den Armen, und alles wird gut.«

»Ich hätte ihm von dem neuen Job erzählen sollen, oder?«

»Ja.« Eine knappe, ehrliche Antwort. Hätte Juli die nicht etwas verständnisvoller verpacken können?

Traurig schaue ich auf die verbliebene Kaffeepfütze auf den Boden meines Styroporbechers.

»Aber ich finde es auch saudämlich, dass Melanie bei einem Treffen mit seinen Eltern aufgekreuzt ist, und dann noch die Sache mit dem Geschenk. Das hätte er echt in den nächsten Altpapiercontainer werfen sollen. Es muss ihm doch klar gewesen sein, dass das totaler Mist dir gegenüber ist.«

Heißt das, zwischen Hrithik und mir herrscht damit auf

eine ungewöhnliche Art Gleichstand? Das wäre zwar sehr angenehm, aber noch keine Lösung für das schwelende Problem. Ich vermute ja insgeheim, er denkt, auf mich sei kein Verlass und ich sei nicht die Frau, mit der man eine gemeinsame Zukunft planen könnte. Sonst hätte Melanie ihn doch nicht so schnell mit ein paar winzigen Andeutungen nachdenklich gestimmt. Dabei betrifft meine vermeintliche Planlosigkeit doch nur den Job. Na gut, ich habe den Heiratsantrag nicht sofort angenommen – aber das war doch nur den dramatischen Umständen geschuldet.

»Ein Gutes hat es ja, dass ich gestern Abend noch unsere Sitzplätze im Internet gebucht habe«, wechselt Juli das Thema.

»Bestimmt«, murmele ich immer noch geistesabwesend.

»Dein kleiner Psychofreund bekommt ganz sicher keinen Platz mehr neben uns, und wir können noch ein paar Stunden in Ruhe plauschen.«

Das ist tatsächlich von Vorteil. Man muss eben immer im Schlimmen das Gute sehen. Schlimm, dass er überhaupt mitkommt. Gut, dass wir erst mal noch unsere Ruhe haben.

Die Freude währt aber nicht lange. Als wir endlich alle Kontrollen hinter uns gelassen haben und unsere Namen unter denen der anderen Zuspätkommer für den ganzen Flughafen hörbar aufgerufen wurden, kommen wir japsend an unseren Plätzen an. In der Mitte sitzt – wie könnte es anders sein – Stefan und strahlt übers ganze Gesicht.

»Ich dachte, ich bin großzügig und überlasse euch die guten Plätze. Gang und Fenster. Das ist es doch, was Frauen wollen? Schnell auf die Toilette und die Landschaft betrachten.«

Wow, einmal ist der Junge jetzt auf einem internationalen Flughafen gewesen, und schon gibt er sich ganz weltmännisch.

»Woher wusstest du, wo wir sitzen?«

»Ich habe mich …«, weiter kommt er nicht, da unterbricht ihn schon Juli mit verzweifeltem Grinsen: »… in den Computer gehackt? Schon klar! Und jetzt mach Platz, Kleiner. Rück ans Fenster. Genieß die Aussicht und lass uns nebeneinandersitzen.«

Diesmal weigere ich mich, ein schlechtes Gewissen aufkommen zu lassen, nur weil Stefan enttäuscht dreinblickt.

»Ich fliege übrigens zum ersten Mal, hoffentlich wird mir nicht schlecht«, unterbricht er nach fünf Minuten kleinlaut das Gespräch, das Juli und ich gerade wieder aufgenommen haben. Er hat genauestens die Anweisungen für den Notfall studiert, die in der Tasche des Sitzes vor ihm klemmen. Die haben ihn fertiggemacht. Juli und ich seufzen schwer und lassen unsere Köpfe zurück auf die Lehnen fallen. Schlafend stellen bringt aber rein gar nichts.

»Wusstet ihr, dass man in Indien wegen Prostitution verhaftet werden kann, wenn man unverheiratet in einem Hotelbett schläft?« Stefan liest irgendeinen Reiseführer, der anscheinend so richtig in die Tiefen der Landeskultur vordringt.

»Hörst du das, Tanja? Wie schade, Stefan, dann können wir uns ja gar nicht zu dritt ein Hotelbett teilen. Darauf hatte ich mich doch schon so gefreut.«

Ich muss lachen. Stefans versonnene Miene, die sich kurz darauf in einen enttäuschten Blick verwandelt, deutet darauf hin, dass er sich gerade das von Juli beschriebene Szenario ausgemalt hat. Um dann festzustellen, dass er sich selbst die Chance auf eine Nacht mit uns beiden mit seiner Warnung vermasselt hat. Fast schmeichelhaft, dass so einem jungen Mann eine gemeinsame Nacht den Aufenthalt im Knast wert zu sein scheint. Trotzdem möchte ich jetzt lieber schlafen, als von Stefan zugequatscht zu werden.

»Wusstet ihr, dass die indische Armee eine Chili-Granate entwickelt hat, deren beißender Geruch den Terroristen die Luft nehmen und sie aus den Verstecken treiben soll? Ist das nicht cool? Die feurigste Granate der Welt.« Er lacht. Lieber als Tränengas wären mir ein paar K.o.-Tropfen. Stefan liest fast den kompletten Reiseführer vor. Er nimmt sich zwischendurch immer nur mal wieder kurz Zeit, um den Klingelknopf an seinem Sitz zu betätigen, damit die Stewardess kommt und ihm Getränkenachschub bringt. Erstaunlich, wie viel Cola in seinen schmalen Körper reingeht. Vielleicht genießt unser entzückender Kleiner es auch einfach nur, dass erwachsene Frauen für ihn springen.

»Ob wir wohl eine Witwenverbrennung oder Sativerbrennung, wie sie im Indischen genannt werden, sehen?«, fragt Stefan mit angeekelter Begeisterung. Ich denke, jetzt wird es doch langsam Zeit, ihm das Koffein wegzunehmen. Er ist nicht zu bremsen. »Ich meine, die sind natürlich streng verboten. Und irgendwie auch unethisch, so wie Stierkampf oder so …«

»Halt die Klappe!«, rufen Juli und ich gleichzeitig.

»Ich weiß gar nicht, was ihr habt. Das sichert die Monogamie.«

»Wie bitte?«

»Na, Frauen leben doch sonst länger als Männer. Beseitigt man die Witwen, rennen nicht so viele Alleinstehende rum, die anderen die Männer abspenstig machen oder sich ihr Geld mit Prostitution verdienen müssen, weil niemand mehr für ihren Unterhalt aufkommt.«

»Gleich wird mir übel«, sagt Juli entgeistert. »Und das gibt es da noch?«

Ertappe mich dabei, dass ich für einen Sekundenbruchteil darüber nachdenke, ob das nicht auch für unsere Kultur eine Lösung wäre. Vielleicht nicht nur beim Tod des Mannes, sondern direkt, wenn die Beziehung in die Brüche geht. Das würde die Menschen einerseits von voreiligen Trennungen abhalten, andererseits gäbe es keine Ex-Freundinnen. Meine Freundinnen und ich wären dann allerdings auch schon lange tot. Irgendwie sind wir ja alle Ex-Freundinnen von irgendjemandem.

Juli seufzt schwer, lässt eine der Frauenzeitschriften sinken, mit denen sie sich eingedeckt hat und nickt weg. Ich folge ihrem Beispiel. Als wir endlich – nach einem kurzen Zwischenaufenthalt in Mumbai – in Cochin landen, bin ich am Ende: Stefans Endlosarien, der lange Flug, schmerzende Glieder, ausgetrocknete Haut, Albtraumszenarien, die Hrithik und Melanie sowie meinen Vater betreffen. Würde mich allzu gerne in einem klitzekleinen Bett verkriechen und erst mal vierundzwanzig Stunden schlafen. Noch besser: Aufwachen mit Gedächtnisverlust und feststellen, dass es eigentlich schon ein Monat später ist und sich alle Probleme wie durch ein Wunder gelöst haben. Sogar Stefan ist schweigsam geworden und entledigt sich seiner Klamotten. Am Zielort sind es tropische dreißig Grad.

Als wir schweigsam das Flughafengebäude verlassen, ist noch nichts davon zu merken, dass wir in der Stadt der Gewürze gelandet sind. Es scheint eher das Land der tausend gewöhnungsbedürftigen Gerüche zu sein. Ein bisschen alter Schweiß, ein Hauch Fäulnis, jede Menge Abgase. Zu dritt drängen wir uns in eine Motorrikscha, ein merkwürdiges dreirädriges Gefährt, auf dessen überdachten Hinterbänken nur zwei Leute bequem sitzen können. Stefan, der halb zwischen uns, halb auf unserem Schoß sitzt, verhandelt eifrig mit dem Fahrer. Wir lassen ihn gewähren, auch als er nach einer Unterkunft fragt. Inzwischen ist mir schon ganz egal, was am Ende dabei rauskommt. Hauptsache, wir finden ein halbwegs akzeptables Bett, das wir idealerweise nicht zu dritt teilen müssen. Über den weiteren Verlauf der Fahrt, darüber, wie wir zu meinem Vater kommen, entscheide ich morgen.

Neben mir kreischt plötzlich Juli. Ich öffne die Augen und sehe auf Stefans Hände, die sich leicht angespannt in seinem Schoß verkrallen. Mir ist immer noch alles egal. Die sollen sich nicht so haben. Dass der Straßenverkehr in Indien leicht chaotisch ist, weiß man doch. Kein Grund zur Aufregung, nur weil wir auf einer dreispurigen Einbahnstraße als Einzige in die Gegenrichtung fahren. Mulmig wird mir erst, als ich eine umgekippte Rikscha am Straßenrand sehe. Ich habe aber Dokumentationen über Mumbai gesehen, dagegen erscheint mir der Trubel dieses Sechs-Millionen-Einwohner-Städtchens noch recht überschaubar. Ich lehne mich wieder zurück. Juli quietscht noch ein paarmal, was unser Fahrer immer ganz ruhig mit »No problem. It's okay« kommentiert. Schließlich gibt sie auf und schließt ebenfalls die Augen. Ab und zu stößt uns Stefan in die Rippen, um uns auf etwas echt Sehenswertes aufmerksam zu machen. Morgen werde ich auch Begeisterung zeigen – und wenn sie sich nicht gleich von allein einstellt, so haben wir ja das Glück, die Welt durch die Augen dieses jungen Mannes miterleben zu dürfen.

»Du weißt nicht zufällig, wie wir ins Tikki-Hain gelangen?« So heißt die Anlage, in der mein Vater sich niedergelassen hat.

Dies ist Stefans große Stunde. Darauf hat er gewartet. Stolz wirft er sich in die Brust, strahlt übers ganze Gesicht und kramt in dem Rucksack, den er zwischen seine Beine geklemmt hat. Nach einer Weile hält er einen knittrigen Zettel hoch. Den Ausdruck einer Google-Maps-Karte mit lauter handschriftlichen Notizen versehen. Er sieht den Plan liebevoll an und steckt ihn dann wieder in den Rucksack.

»Ich weiß sogar genau, wie wir dahin kommen.«

Mit geschlossenen Augen lehnt er sich zurück und signalisiert so, dass das Gespräch hiermit für ihn beendet ist. Der kleine Mistkerl lässt mich zappeln. Als Revanche für unsere mangelnde Begeisterung vermutlich. Aber diesen Nervenkrieg gewinnen Juli und ich. Länger als eine halbe Stunde hält er es ja doch nicht aus, über seinen genialen Plan Stillschweigen zu bewahren.

Endlich lässt der Fahrer uns vor einer Herberge heraus. Ich habe keine Ahnung, wo wir sind. Vielleicht hätte man sich einen Stadtplan besorgen sollen. Aber das Haus ist erstaunlich hübsch, ich hätte eine üble Absteige erwartet, weil unser Fahrer immer wieder wiederholte, wie »cheap« die Unterkunft sei. Es ist ganz sicher kein Palast, aber ein niedliches weißes Wohnhäuschen mit Fensterläden aus dunklem Holz und kleinen Balkonen, die von verschnörkelten goldenen Gittern umgeben sind. Der Taxifahrer strahlt und sagt »beautiful«. An der Tür hängt kein Schild, vielleicht werden die Gäste immer von Taxifahrern hierher geschleift. Er begleitet uns nach drinnen und stellt uns die Frau des Hauses, Aninda, vor. Sie ist in den Fünfzigern, ein wenig mollig, aber immer noch sehr hübsch – mit einem langen geflochtenen Zopf. Sie steckt in einem eleganten pinken Sari mit Goldborte und wirbelt geschäftig herum.

Es wird nach Geschlechtern getrennt, erklärt sie uns mit einem strengen Blick auf Stefan. Ich versichere ihr, dass wir keinesfalls zu dritt ein Zimmer wollen, sondern mir ein Doppelzimmer mit Juli vollkommen ausreiche. Stefan schaut etwas beleidigt drein. Für ihn bleibt dann nur noch ein Schlafplatz in einem Vier-Mann-Raum. Aber das soll nicht Julis und meine Sorge sein. Aninda sieht immer noch misstrauisch aus. Mir fällt die Geschichte mit der Prostitution wieder ein, deswegen beeile ich mich zu erklären: »Wir würden dann schon mal in unser Zimmer gehen. Mein Bruder nimmt gerne einen Schlafplatz im Vierbettzimmer.«

Jetzt kennt ihre Begeisterung keine Grenzen mehr, sie schnattert auf Stefan ein, der uns noch einen letzten hilflosen Blick zuwirft, bevor Juli und ich verschwinden – nicht bevor uns der Taxifahrer eine kleine Vermittlungsgebühr abgeknöpft hat.

Selten kam mir ein Zimmer so schön vor. Das mag an der Erschöpfung liegen, denn außer einem riesigen Bett mit einer dünnen, harten Matratze steht in dem Zimmer nur noch ein Hocker zum Ablegen der Kleidung. Im winzigen Badezimmer muss man eingequetscht zwischen dem uralten Miniwaschbecken und der türkisen Toilette duschen – keine Abtrennung, kein Duschvorhang, sodass derjenige, der als Zweites duscht, auf jeden Fall einen völlig durchnässten Raum betritt. Aber das ist mir völlig egal.

»Ist doch nett und vollkommen ausreichend«, befindet auch Juli und lässt sich auf das Bett fallen.

»Autsch«, ruft sie dann und reibt sich den Rücken.

So gewarnt lege ich mich langsam neben sie auf die Matratze, die wirklich kein Stück nachgibt. Wir schauen friedlich nebeneinanderliegend an die Decke, bis wir einschlafen.

❁

Als es an unsere Tür klopft, habe ich erst mal keine Ahnung, wo ich bin oder was ich hier mache. Juli regt sich nicht und scheint sich noch im Tiefschlaf zu befinden, ein ganz zarter Speichelfaden fließt aus ihrem Mundwinkel.

Ich rüttele sie sanft wach. »Es hat geklopft.«

»Dann mach doch auf«, ächzt sie.

Stimmt, das wäre die übliche Reaktion. Ich wanke zur Tür und sehe Stefan, der mal wieder ganz aus dem Häuschen ist und uns Rakesh vorstellt.

»Das ist meine große Schwester und ihre beste Freundin«, erklärt er und zwinkert mir zu.

»Rakesh kommt aus dem Norden und macht hier ein Praktikum als Ingenieur.«

Wie schön, dass Stefan gleich Anschluss gefunden hat. Aber muss er ihn gleich in unser Zimmer schleppen? Ich bin noch gar nicht auf weltoffene Kommunikation eingestellt. »Hallo«, begrüße ich ihn auf Englisch. Mehr fällt mir in diesem Moment nicht ein. Rakesh ergreift erst meine, dann Julis Hand, die inzwischen auch an die Tür gekommen ist und sieht ein wenig verlegen aus. Vermutlich wurde er auch eher gegen seinen Willen in diese Situation geschleift.

Was ihn mir sofort sympathischer macht. Überhaupt sieht er freundlich aus – mit einer leicht überdimensionierten Nase und den ein wenig eng stehenden Augen.

»Rakesh meinte, man kann hier gegen einen winzigen Aufpreis zu Abend essen. Sollen wir das nicht machen, bevor wir uns die Stadt ansehen? Morgen sollten wir ja schon weiterziehen, damit du noch genügend Zeit für die Sache mit deinem Vater hast.«

Ich kann mich nicht entscheiden, ob ich es dreist finde, dass unser blinder Passagier dabei ist, die ganze Sache an sich zu reißen, oder ob ich ihm nicht irgendwie ganz dankbar bin. Nachdem ich mir mit bloßer Augensprache Julis Segen geholt habe, willige ich ein.

»Wir würden sehr gerne mit euch essen.«

Wir landen in einer Art Minikantine im Erdgeschoss. Die weißen Wände wurden mit kitschigen Plakaten dekoriert. An zwei langen Holztischen tobt schon das Leben. Alle starren uns an. Dieses Hostel scheint tatsächlich eher von Praktikanten und Studenten bewohnt, als von Touristen.

Rakesh grüßt die Menge freundlich. Stefan wirft ein lockeres »Hi« in den Saal, und auch Juli und ich murmeln ein wenig überwältigt von der Aufmerksamkeit eine Begrüßung. Dann setzen wir uns neben eine bunte indische Mädchengruppe an den Tisch. Sie tragen teils Saris, teils ausgewaschene Jeans mit dekolletierten Tops. Um die Kleiderordnung müssen wir uns offenbar nicht so viele Gedanken machen. Hatte schon gelesen, dass Kerala mit dem höchsten Bildungsgrad in Indien aufwarten kann und man sich insgesamt etwas aufgeschlossener gibt. Frage mich, ob Bildung und knappe Klamotten irgendwie zusammenhängen. Und wenn ja, wie? Werden mit mehr Geld die Klamotten knapper? Wenn ja, wieso? Weil man mit mehr Kohle mehr Zeit hat, den Luxuskörper ansehnlich zu pflegen?

Aninda stellt uns allen eine Schüssel vor die Nase. Ich fühle mich schlagartig ausgehungert. Allerdings sehe ich nirgendwo Besteck.

»Soll ich mal nach einem Löffel fragen?«, raunt Juli mir

zu. Wir schauen uns unauffällig um und stellen fest: Es wird selbstverständlich mit dem Händen gegessen – und das mit mehr Geschick, als ich mir selbst zutraue.

»So«, sagt Stefan und erklärt uns mit ausladenden Handbewegungen die Tischsitten des Landes.

»Irgendwann verhaue ich den noch«, knurrt Juli, folgt dann aber doch seinem Beispiel. Man muss den Reis mit der Soße mischen und dann kleine Bällchen formen, die sich leicht in den Mund befördern lassen.

Ein paar Leute schauen uns irritiert an. Zuerst denke ich, sie sind vielleicht von unserer Hautfarbe oder auch nur unserem Ungeschick fasziniert, tatsächlich sind es aber leider unsere schlechten Manieren, die Aufmerksamkeit auf sich ziehen.

»Ihr müsst die rechte Hand nehmen«, zischt uns Stefan zu. »Die linke ist unrein und für die Toilette gedacht.«

»O.k!«, sagt Juli. »Morgen kaufen wir Besteck und Klopapier! Im Zimmer war tatsächlich keins. Und ich nehme ganz sicher nicht meine linke Hand dafür her.«

Insgeheim pflichte ich ihr bei, frage mich aber, wenn ich Stefans unverfälschte Freude an allem, was nicht wie bei ihm zu Hause ist, so betrachte: Sind wir schon wie die schrecklichen Touristen, die man früher als korrekter Backpacker immer gehasst hat? Solche, die überall nur halbe Hähnchen futtern wollen und die heimischen Hygienestandards erwarten, während man selbst alles ganz wunderbar findet und sich sogar noch über unglaublich »authentischen« Dreck freut? Von diesem Rucksack-Ding bin ich ein wenig ab. Das liegt daran, dass man auf diesen Individualtrips immer so viele andere Individualreisende auf der Suche nach einer total authentischen Erfahrung trifft. Irgendjemand hat immer einen »Lonely Planet«-Reiseführer zur Hand, bei dessen hoher Auflage aber auch die einsamsten Planeten eher überfüllt sein müssten. Wie durch ein Wunder waren alle in der gleichen Insiderbar in Bangkok und haben auf der gleichen Plantage in Chile Setzlinge eingepflanzt. Und warum man diese Erfahrungen vorrangig in armen Ländern suchen und dann einen Wettbewerb daraus veranstalten muss, dort möglichst wenig Geld zu lassen, ist mir auch nicht ganz klar. Denn meist stammen diese Reisenden aus wohlhabenden Elternhäusern, oder sind selbst schon angehende Zahnärzte, Anwälte oder – falls sie aus einem Lehrerhaushalt stammen – Geografen. Hat das nicht ein bisschen etwas von Elendstourismus? Mir schwirrt der Kopf. Dennoch sind dies Fragen, die mich ein wenig vor der aufsteigenden Vater-Treff-Panik ablenken.

Ich teile Juli meine Gedanken mit, die unseren Wechsel auf die böse Seite der Macht gelassen nimmt.

»Vielleicht mit dreißig …«, bestimmt sie. »Vielleicht verliert man mit dreißig die Eigenschaft, sich über Durchfall zu freuen – das *zwangsläufige* Resultat«, sie zwinkert mir verschmitzt zu, »der Aufgeschlossenheit gegenüber jeder Art von fremden Speisen.«

Ich fühle mich trotzdem alt. Morgen werde ich an irgendeinem Straßenstand irgendetwas Außergewöhnliches und besonders Billiges essen. Am besten mit rohem, ungeschältem und ungewaschenem Gemüse garniert!

Das Indien, über das ich gelesen habe und das ich aus Filmen kenne, muss anderswo sein, stelle ich bei unserem Spaziergang nach dem Essen fest. Wir zumindest durchwandern ein zerfallenes Stück Europa. Wir entdecken eine Franziskanerkirche, in der einst die Gebeine Vasco da Gamas lagen, einen holländischen Palast, eine Synagoge und am Strand chinesische Fischernetze. Am Ende ist mir ein wenig übel – weil ich unbedingt alle Sorten der verlockend aussehenden Barfis probieren musste – kleine Rauten aus Kondensmilch und Zucker, die es mit Schokolade, Pistazien, Rosenwasser, Mandeln und Kardamom gibt. Sie sind göttlich.

»Ist es nicht irgendwie blasphemisch, dass die Mahatma-Ghandi-Road eine Fressmeile ist?«, kommt es mir in den Sinn.

»Wieso blasphemisch?«, will Juli wissen und steckt sich noch einen Barfi in den Mund.

»Ich meine ja nur … Ghandi mit seinem Hungerstreik gegen die Unterdrücker – und seine Nachfahren stürmen in amerikanische Burgerläden und hauen sich den Wanst voll.«

»Es gibt in Indien siebzehn Mahatma-Gandhi-Straßen, es wäre wohl schwierig, auf keiner einzigen davon etwas zu essen anzubieten«, sagt Stefan neunmalklug. Was ist denn das für eine Logik? Siebzehn Straßen auf drei Millionen Quadratkilometern Land kann man doch nicht gerade flächendeckend nennen.

Ich schaue mich um und bin nach einer Weile in einem ähnlichen Rausch wie unser junger Begleiter. Wie wunderbar das Gefühl ist, auf Reisen zu sein, hatte ich ganz vergessen. Schon die Aussage klingt toll: Ich bin auf Reisen. Ich verbringe die Nacht in einer anderen Klimazone. Eine Nacht, in der es einfach nicht kalt wird und die durch die fremden Schilder, Schriftzeichen, Gerüche und die eigene Müdigkeit ganz unwirklich, fremd und wunderbar erscheint.

»Das nächste Mal übernachten wir im Ritz«, ruft Juli und lacht. Ich folge ihrem Blick. Über einem winzigen Betonkasten hängt ein unprofessionell gepinseltes Schild

»Hotel Ritz«. Eine Form von Ironie gegenüber den europäischen Touristen, von denen es hier nur so wimmelt? Es gibt sogar gebratenes Rindfleisch, das sicher kein Hindu anrühren würde – aber hier tummeln sich eben auch viele Muslime. Und für die wäre es echt doof, wo sie schon kein Schweinefleisch essen dürfen, auch auf Rindfleisch verzichten zu müssen. Einen McDonald's scheint es hier noch nicht zu geben, dafür aber jede andere Fast-Food-Kette. Deswegen muss ich auch überhaupt nicht auf Durchfall und Co. warten, bis ich die Straßenstände durchprobiert habe. Nach einem wunderbaren Abend verbringe ich eine schreckliche Nacht in inniger Umarmung mit der Toilette. Ich habe stark die Salatblätter des Hähnchen-Burgers unter Verdacht, den ich während einer Heißhungerattacke verputzt habe.

Juli grinst jedes Mal müde, wenn ich sie so aus dem Schlaf reiße. »Und da soll noch einer sagen, Salat sei gesund.«

Aber ich habe Glück. Am nächsten Morgen geht es mir trotz Erschöpfung viel besser. Mein Magen fühlt sich etwas merkwürdig an – leer und leicht zusammengekrampft. Deswegen esse ich – als wir mit gepackten Rucksäcken am Frühstückstisch sitzen – nur die trockenen Roti-Brote und trinke einen Becher Schwarztee ohne Milch. Den Orangensaft lasse ich besser weg.

»Wir müssen in die Backwaters«, erklärt Stefan und klappt eine Karte auf, die er am Abend zuvor gekauft hat. »In Richtung Kottayam. Das Ashram liegt hier«, sagt er und zeigt einen Punkt auf der Karte.

»Aha, und wie kommen wir dahin?«, frage ich ihn.

»Mit der Fähre natürlich.«

Natürlich.

»Was hättet ihr nur ohne mich gemacht?«, fragt Stefan.

»Urlaub«, murmele ich.

»Na los, Scout, dann führ uns mal zur Fähre«, sagt Juli und klopft Stefan freundschaftlich auf die Schulter. Wir gehen noch einmal über den Fischmarkt und essen einen frischen Happen im Bananenblatt. Allerdings sind die Gerüche so extrem, dass wir uns schleunigst aufmachen, die Fähre zu erreichen. Dort angekommen, finden wir jedoch nur einen leeren Steg vor. Komisch, weil die Fähre laut einem Schild in einem rostigen Rahmen in genau zwei Minuten abfahren müsste. Sofort schart sich eine Traube hilfsbereiter Menschen um uns, Kinder zupfen an unseren Hosenbeinen, und ein Mann, der seine Kariesvorsorge über Jahre vernachlässigt haben muss, nuschelt durch Zahnlücken und Bart, dass die Fähre sicher bald komme.

»Wann denn genau?«

Er macht eine Wellenbewegung mit der Hand, die ich nicht recht deuten kann. Er sieht dabei fast ein wenig beleidigt aus, als sei es eine Zumutung, ihn auf eine präzise Uhrzeit festnageln zu wollen. Deswegen vermute ich, dass die Geste eher bedeuten soll: »Sie kommt, wann sie kommt« als: »Sie kommt in exakt fünfeinhalb Minuten.«

Ich zucke mit den Achseln, setze ein gleichmütiges Lächeln auf und antworte: »Okay.«

Hätten wir doch die teuren, aber so hübschen Hausboote genommen, die auf den Postern der Touri-Fang-Buden ausgehängt waren.

Anderthalb Stunden sitzen wir in der Hitze – umringt von Menschen, die alles über uns erfahren wollen. Erlösung kommt schließlich in Form eines wackligen Kahns. Und ganz plötzlich taucht aus dem Nirgendwo eine Horde Einheimischer auf, die uns fast überrennt, uns dabei aber mit auf das Boot drängt, das eigentlich nur für kleinere

Menschengruppen gemacht ist. Die Fähre legt sofort ab, der ganze Prozess war eine Sache von Sekunden, und ich frage mich etwas benommen, wie der Verkehr hier funktioniert. Wieso sind die anderen Passagiere exakt im richtigen Moment erschienen? Haben sie es im Blut? Schließlich müsste es doch – rein theoretisch – auch mal passieren, dass die Fähre pünktlich, zu den ausgeschriebenen Zeiten abfährt. Ein kleines Wunder.

Dicht an dicht gedrängt tuckern wir dahin. Vorbei an Frachtern, die bis oben hin mit Kokosnüssen gefüllt sind, mit Blick auf die Fischerbaracken und die Netze, geht es schließlich in die Kanäle, die mich daran erinnern, wie ich mir die Tropen immer vorgestellt habe. Schmale Wassergassen und alles verschlingendes Grün. Links und rechts biegen sich die Palmen, wir sehen Frauen, die im Wasser waschen, und vor uns überwuchern die Wasserhyazinthen zerfallene Kutter. Es ist so wunderbar wildromantisch – die Menschen, die man von Weitem aus Kokosfasern lange Fäden spinnen sieht, die emsigen Fischer. Ich würde nicht so weit gehen, davon als wunderbar »authentisch« zu schwärmen, schließlich sind wir zu Hause mit unseren Elektrogeräten doch auch authentisch, und ich glaube, dass die Menschen, die ich so begeistert beobachte, sehr viel dafür geben würden, in meiner authentischen Welt zu leben.

Juli neben mir schweigt und blickt ebenso andächtig wie ich auf das Wasser und das viele Grün. Die friedliche Stille währt nicht lange.

»Bei den Unmengen an Fäkalien und Chemikalien, die hier ins Wasser geleitet werden, sind die Krokodile und Fische längst ausgestorben«, gibt unser wandelnder Reiseführer zum Besten

»Igitt«, quietscht Juli, reißt ihm seine Lektüre aus der

Hand und wirft sie über Bord. Eigentlich müsste das Büchlein jetzt auf dem schuppigen Kopf eines fröhlich im Wasser planschenden Alligators landen, der die Miesmacherei des Reiseführers Lügen straft. Passiert natürlich nicht. Und ich muss zugeben, dass das Wasser tatsächlich etwas brackig aussieht.

Als Stefan sich von dem Schock erholt hat, gibt er ein lautes, erbostes »Hey« von sich, macht aber leider keine Anstalten über Bord zu springen, um das Buch zu retten. Na gut, irgendwie habe ich die nervige Quasselstrippe ja auch ins Herz geschlossen und würde mich wahrscheinlich gezwungen sehen hinterherzuspringen, um wiederum ihn zu retten. Anhand meiner Gedankenschleifen merke ich, dass ich langsam nervös werde. Während Juli und Stefan bald darauf wieder in einträchtiger Zen-Stimmung aufs Wasser und die umliegenden kleinen Dörfer starren, versuche ich, unser Ziel zu vergessen, schaue aber immer wieder besorgt auf die Uhr. Wir werden nicht einmal mehr eine Stunde unterwegs sein. Was passiert, wenn ich meinem Vater plötzlich gegenüberstehe? Warum nur habe ich ihn nicht wie Stefan einfach im Internet gesucht? Ich hätte ihm eine E-Mail schreiben können: »Kommst du zu meiner Hochzeit?« Und er hätte mit »Ja« oder »Nein« oder gar nicht antworten können. Das wäre so viel einfacher gewesen. Ich bin nicht einmal darauf gekommen, dass er immer – wie inzwischen fast jeder Mensch – nur einen Klick weit entfernt ist.

Ich schimpfe mich innerlich einen Feigling. Den simplen Mausklick hätte ich sicher nie über mich gebracht. Wir haben so viel Distanz zu überbrücken, und ich habe das Gefühl, dass diese Reise vielleicht der erste Schritt ist. Vielleicht brauche ich das Gefühl, den räumlichen Abstand überwunden zu haben und das hier als Abenteuer zu sehen. Aber was erwarte ich? Dass er mich begeistert in seine Arme schließt? Und würde mir das gefallen – oder ist er mir inzwischen zu fremd? Werden wir am Ende eine Vater-Tochter-Beziehung heucheln, die es nie gegeben hat? Damit er aus Höflichkeit für ein paar Tage nach Deutschland reist, um mich dort im Anzug zum Altar zu führen, um dann wieder aus meinem Leben zu verschwinden? Oder um mir sacht übers Haar zu streicheln und ein paar tröstende Worte zu murmeln, falls ich am Ende ohne Bräutigam dastehe? Ich habe keine Ahnung. Ich spreche leise, als ich Juli davon erzähle, weil ich von Stefan keine begeisterten Kommentare über coole Hippie-Väter hören will.

»Nun ja, egal, was du dir jetzt ausmalst, es wird sowieso anders kommen. Also kannst du dich auch entspannen und im Hier und Jetzt bleiben.«

Oh je, ganz im Hier und Jetzt also, offenbar wurde Juli bereits vom Indienfieber gepackt.

»Und wenn es doof wird, reisen wir einfach weiter. Ist doch super hier«, meint sie.

Je näher wir kommen, desto lieber würde ich gleich weitereisen. Was habe ich mir nur dabei gedacht? Aber egal, wie diffus das Gefühl war, war es doch so stark, dass es mich hierhergeführt hat.

Die Fähre hält in einem Dorf, von dem aus wir uns noch etwa eine Stunde durch die Wildnis schlagen müssen, bevor wir zum Ashram gelangen, wie Stefan es nennt. Ein paar kleine Kinder laufen uns noch eine ganze Weile neugierig hinterher und überreden uns, ein paar Rupien bei ihnen zu lassen. Auch wenn die Hitze eher trocken ist, kleben meine Oberschenkel an den Beinen meiner langen Baumwollhose.

Das Haus ist sehr lang, hat dafür aber nur ein Geschoss. Es ist knallpink mit blau gestrichenen Fensterläden aus Holz und einem flachen, nur ganz leicht spitz zulaufenden Reetdach. Es sieht erstaunlich gepflegt aus und liegt nur ein paar Meter vom Wasser entfernt. Eigentlich dürfte es nach mehreren Jahren Monsun nicht mehr so gut aussehen. Vor dem Haus sitzt ein Haufen Menschen – teils auf der Erde, teils in Campingstühlen. Schlagartig fühle ich mich in eine Siebziger-Jahre-Doku versetzt. Da gibt es den Typen, der lässig auf der Gitarre klimpert, die schon etwas älteren Mädels in gebatikten Wickelkleidern und Männer in dünnen weißen Leinenhosen mit knallbunten Hemden darüber. Einer steht sogar auf dem Kopf. Irgendwie scheinen auch alle an den gleichen Holzperlenkettchen-Verkäufer geraten zu sein, vielleicht werden die Dinger hier ja auch kostenlos verteilt – als eine Art Rosenkranz. Und statt Weihrauch sorgt hier immer noch Haschisch für Erleuchtung. Der muffig-süße Geruch in der Luft lässt keine andere Deutung zu. Dem Gitarrenspieler machen Sitar-Klänge Konkurrenz, die aus einem batteriebetriebenen CD-Player dröhnen. So ähnlich klang die Musik der Schlangenbeschwörer in Cochin. Schon da habe ich die Kobras darum beneidet, taub zu sein. Eine Dauerbeschallung mit den vibrierenden Melodien müsste ausreichen, um das Hirn so weit aufzuweichen, dass ich auch bald auf dem Kopf stehe. Ich fühle mich schuldig. Ich habe meine beste Freundin und unseren neuen Freak-Freund in einen fleischgewordenen Hippie-Albtraum verschleppt. Entschuldigend sehe ich zu Juli und sage nur »Auweia«.

Juli kichert: »Ich bekomme gleich einen Lachkrampf, aber einen richtigen.«

Von Stefan kommt nur »Cooooooool«.

Weniger voreingenommene Besucher könnten dies für einen friedlichen Garten Eden halten, aber ich bin nun einmal mit dem Herrn und Gott dieser Friedenstruppe verwandt. Die Jünger ignorieren uns, bis wir direkt vor ihnen stehen.

»Hi«, sage ich etwas unbeholfen in die Runde. Nur milde interessiert schauen ein paar von ihnen zu uns hoch.

»Nicht noch mehr Neuzugang«, zischt eine rot gelockte Frau ihrer grau gelockten Sitznachbarin zu. »Wo sollen wir die noch alle unterbringen?«

»Shanti und Preity haben bald die letzte Stufe erreicht und werden uns verlassen. Dann ist hier doch wieder Raum für Neues«, antwortet ihre Kollegin beschwichtigend und lächelt uns zu. »Hi. Wollt ihr zu uns?«

»Auf keinen Fall«, würde die ehrliche Antwort lauten. Etwas zurückhaltender sage ich. »Wir wollen zu Kurt.«

»Zu wem?«, blafft die Rothaarige.

»Zu Kurt?«, wiederhole ich, diesmal als Frage formuliert.

»Kenn ich nicht«, gibt sie knapp zurück und wendet sich ab. Sie streicht sich durchs Haar und lässt die vielen Armbänder klimpern. Ich hoffe doch, dass mein Vater nichts mit all diesen Frauen hat.

»Sei nicht so gemein«, sagt die Grauhaarige. »Wir waren alle mal neu hier.«

Auf ihre verschrobene Art scheint sie ganz nett zu sein. Aber irgendwie stört mich die entrückte Nachsichtigkeit in ihrer Stimme noch mehr, als die Zickigkeit der anderen.

»Ich bin seine Tochter«, sage ich und recke energisch mein Kinn empor. Das sollte mir doch wohl schlagartig ein wenig Respekt sichern.

»Das sind wir alle«, zischt die Rothaarige zurück. »Aber wir haben es uns verdient. Du kannst nicht hier ankommen und den Status gleich für dich beanspruchen.«

Jetzt werde ich echt sauer. »Bist du sicher, dass du beim Geburtsdatum nicht ein bisschen geschummelt hast? Mein Vater dürfte noch nicht zeugungsfähig gewesen sein, als du das Licht der Welt erblickt hast.«

Juli bekommt einen Lachkrampf. Stefan erstarrt, und meine mir bislang noch völlig unbekannte »Schwester« springt auf, als wolle sie mir an die Gurgel gehen.

»Wir haben uns sicher vertan«, sage ich zu Stefan und Juli. »Lasst uns gehen.«

Jetzt sieht Stefan enttäuscht aus.

»Meinst du echt?«, fragt auch Juli. »Das Haus sieht genauso aus, wie das, das Stefan mir auf seinem iPhone gezeigt hat.«

Tja, das kann ich nicht leugnen. Zu ärgerlich, dass die globale Vernetzung mittlerweile auch in der Pampa funktioniert.

»An der Furie kommen wir doch jetzt eh nicht vorbei. Lass uns zumindest warten, bis sie verschwunden ist. Vielleicht sind wir ja auch wirklich falsch.«

Juli sieht zweifelnd drein, Stefan beleidigt.

»Ganz sicher nicht.« Er betont jedes Wort extra deutlich.

Plötzlich packt mich jemand am Arm. Es ist der Typ, der bis gerade eben im Kopfstand verharrt hat. Seine lockigen Haare stecken in einem Zopf, durch seine runden Brillengläser sieht er mich eindringlich an.

»Hör nicht auf Ishika. Jeder hat das recht, hier zu sein.«

»Ishika? Ich hätte sie jetzt eher für eine Beatrix gehalten«, murrt Juli. Ich erinnere mich, dass Juli in der Schule neben einer doofen, streberhaften Beatrix saß.

»Das Erste, was wir hier ablegen, sind unsere Namen. Sie sind nur ein Wortgefängnis für unser wahres Selbst. Wir nehmen Namen an, die unserem Auftrag in der Welt entsprechen«, sagt der Typ in diesem nervig entspannten Tonfall, den man sich hier wohl irgendwann zulegt.

»Hä?«, frage ich ungeniert.

»Das Ablegen der Namen, die wir uns nicht selbst ausgesucht haben, versinnbildlicht das Ablegen aller aufgestülpten Attribute, hinter denen sich unser wahres, schönes Ich verbirgt.«

Stefan schaut den Typen ganz gebannt an, Juli kichert ungläubig, was dem Kopfsteher aber nicht die kleinste Gemütsregung entlockt.

»Ishika ist noch ganz am Anfang, noch sehr gefangen in ihren Zwängen.«

»Und wie heißt du?«, will Stefan wissen.

»Derzeit Aman.«

»Derzeit?«, frage ich entgeistert.

»Unsere Namen ändern sich mit unseren Aufgaben. Je nachdem, in welchem Wust von Trieben und Sorgen wir gefangen sind, müssen wir sie nach und nach abarbeiten. Unser aktueller Name richtet sich nach dem, was uns derzeit am dringlichsten beschäftigt.«

»Und was bedeutet Aman?«, frage ich nun doch neugierig nach, ohne es zu wollen.

»Ruhe. Ich denke, ich habe die letzte Stufe erreicht und werde bald weiterziehen.«

Wir Eindringlinge sehen betreten zu Boden, aber vermutlich aus verschiedenen Gründen. Während bei Juli und mir Fassungslosigkeit und Belustigung vorherrschen, senkt

Stefan seinen Blick aus Ehrfurcht. Jedenfalls deutet sein gemurmeltes »Cooooool« darauf hin.

Aman, der sicher in Wirklichkeit Rudolf oder Heinzi heißt, sieht mich an.

»Du bist wirklich die Tochter von Vadin, oder? Ihr habt die gleichen Augen.«

Nicht, dass ich das hören möchte, meinem Vater möchte ich im Moment so unähnlich wie nur möglich sein. Andererseits – der Guru und die angehende Auraleserin, wenn das nicht nach einem perfekten Schurkenduo klingt.

»Vadin …«, wiederholt Stefan bewundernd, als handele es sich dabei um seinen Lieblingscomic-Helden, und sieht Aman mit leuchtenden Augen an.

»Gelehrter Redner. Das bedeutet Vadin«, antwortet der freundlich. »Ich denke, du wirst dich hier wohlfühlen, scheint mir genau das zu sein, was du brauchst«, sagt er. Ich wäre mir nicht so sicher, dass die Gehirnwäsche einer Sekte Stefan irgendwie weiterbringt. Aber erstens will ich es mir nicht gleich mit den Jüngern meines Vaters verscherzen, falls wir doch hierbleiben, zweitens scheint Aman – abgesehen davon, dass er einen Knall hat – kein bösartiges Ansinnen zu haben, und drittens: Ich bin absolut bereit, Stefan hierzulassen, wenn er das möchte. Hoffe nur, er erzählt seinem Vater nichts von meiner Rolle in diesem Spiel, sonst versetzt er den Tee in Elizabeths Laden vermutlich mit Zyankali. Pharmazeuten können so etwas doch, oder?

»Ich würde euch zu Vadin bringen«, sagt Aman und blickt in die Sonne. »Aber ich denke, er meditiert gerade.«

»Das verrät dir die Sonne?« Stefan ist völlig hin und weg.

»Nein«, Aman lacht. »Das wäre Magie, und an so etwas glauben wir nicht. Wir sind ja nicht verrückt. Ich erkenne es am Sonnenstand.«

»Könnt ihr euch keine Uhren leisten?«, knurrt Juli.

»Nun, eines geben wir noch vor unserem Namen ab – unsere weltlichen Güter. Ich hatte tatsächlich eine Rolex, ist das nicht irre?«

Peinliche Zuhältermarke. Aber auch nicht verrückter, als sie meinem Vater anzuvertrauen. Die hat er sicher längst auf irgendeinem Schwarzmarkt vertickt und davon vielleicht die Decke bezahlt, die er mir zu Weihnachten geschenkt hat.

»Wollt ihr mit uns reingehen und dort warten?«, fragt Aman.

Stefan nickt eifrig. Ich stoße ihm in die Rippen. »Ehrlich gesagt, würden wir uns am liebsten einfach ein bisschen hier unter den Bäumen ausruhen. Sagst du mir Bescheid, wenn wir zu Kurt … ich meine Vadin können?«

Juli lächelt mir mit aufmunternder Dankbarkeit zu.

Aman nickt und schlendert von dannen.

»Auweia«, wiederholt Juli. »Das kann ja was werden.«

Stefan blickt Aman sehnsüchtig hinterher.

»Das willst du nicht wirklich, Kleiner«, mahnt Juli. »Dein Name ist doch vollkommen in Ordnung, warum willst du ihn ablegen, nur um dann ›Der mit dem Vaterproblem‹ oder so ähnlich zu heißen.«

Stefan sieht mich vorwurfsvoll an, und ich schäme mich wirklich ein bisschen, dass ich Juli davon erzählt habe.

»Sie hat mich gefragt, wie wir uns kennengelernt haben«, sage ich rechtfertigend. »Kein Grund beleidigt zu sein, den Namen könnte ich doch genauso gut tragen.« Ein billiger Versuch, mich mit ihm zu solidarisieren. Funktioniert aber, er sieht ein wenig besänftigt aus.

Juli kichert. »Stimmt. Mann, bin ich froh, dass mein Vater ein stinknormaler Rentner ist.«

»Aber Aman war doch nun echt nett.« Stefan gibt nicht auf.

»Na gut«, lenke ich ein, »nur dass er in der echten Welt vermutlich Dieter oder Peter heißt und seine blöde Rolex spätestens zwei Wochen nach seiner Rückkehr wieder heftig vermisst.« Ich kann mir wirklich nicht vorstellen, dass die Therapien hier auf Nachhaltigkeit beruhen.

»Ihr seid zynisch«, murrt Stefan.

»Ja, und alt, deswegen brauche ich jetzt eine stille Mittagsruhe im Schatten«, sagt Juli.

Wir setzen uns Rücken an Rücken, in die hohen, etwas piksenden Gräser. Julis Hemd ist genauso durchgeschwitzt wie meines. Ich finde es dennoch ganz gemütlich und schließe meine Augen. Ich höre ein lautes Plumpsen. Kurz möchte ich meine Augen öffnen, um die Ursache des Geräuschs auszumachen. Aber irgendwie folgt mein Körper nicht meinem schwachen Befehl, die Lider anzuheben. Kein Wunder, nach so einer schlaflosen Nacht voll irrwitziger Magen-Darm-Tätigkeit. Sicher kam das Geräusch von einer Kokosnuss, die neben uns von einem Baum gefallen ist. Oder Stefan hat sich resigniert neben uns plumpsen lassen.

❀

Mich weckt eine Hand, die ganz zaghaft meinen Oberarm tätschelt. Ich reiße erschrocken die Augen auf. Über mir steht ein Mann mit grauen, mittellangen Haaren und einem weißen Bart. Das Grau ist noch von etwas Schwarz durchzogen. Und die Augen ähneln auf erschreckende Weise denen, die ich jeden Morgen im Spiegel sehe. Er ist es. Schlagartig bin ich hellwach, stelle mich aber noch etwas schlaftrunken, weil ich nicht genau weiß, wie ich mit der Situation umgehen soll. Ich erhebe mich, schüttele ein wenig meine Glieder, und dann stehen wir uns verlegen mit ausreichendem Sicherheitsabstand gegenüber. Es ist nicht sehr hilfreich, dass Juli und Stefan, die immer noch zu unseren Füßen hocken, jede unserer Bewegungen gebannt verfolgen.

»Hi«, sage ich schließlich und reiche ihm die Hand. Schließlich macht auch er keine Anstalten, der verlorenen Tochter um den Hals zu fallen.

»Hi«, sagt er und strahlt übers ganze Gesicht. Ich hatte ganz vergessen, wie nett die vielen Lachfältchen um seine Augen herum aussehen. Aber ich habe sie auch in den letzten Jahren unseres Zusammenlebens selten zu Gesicht bekommen. Er ist älter geworden, es ist ihm bekommen. Er sieht toll aus.

»Du siehst gut aus«, echot er meine Gedanken.

»Danke«, sage ich und schäme mich, dass ich so steif und distanziert klinge. Dass er mir gleichzeitig absolut fremd und sehr vertraut vorkommt, verwirrt mich sehr.

»Habt ihr Hunger, wollt ihr vielleicht duschen?«

»Au ja«, klinkt sich Juli so lautstark ein, dass mein Vater zu lachen beginnt.

Schlagartig fallen mir meine Manieren wieder ein: »Kurt, das sind Juli und Stefan, Freunde von mir«, ich zögere, dann fahre ich zu meinen beiden Begleitern gewandt fort: »Und dies ist mein Vater.«

Er reicht beiden die Hand. Er kann charmant sein, keine Frage. Dennoch ärgert es mich fast ein wenig, wie deutlich Julis und Stefans Mienen widerspiegeln, dass ihnen Kurt auf Anhieb sympathisch ist.

»Dürfen wir überhaupt duschen, bevor wir einen neuen,

angemessenen Namen angenommen haben?«, neckt Juli ihn.

Er lacht wieder donnernd. »Ihr kommt einfach klammheimlich mit in mein Haus. Dann sehen wir weiter.«

Wir folgen ihm ein Stück in die Pampa, bis wir zu einem kleinen reetgedeckten Holzhaus kommen.

»Der Guru beansprucht eine Herberge ganz für sich allein?« Ich klinge schrecklich biestig.

»Aber sicher doch«, sagt mein Vater ganz gelassen. »Sonst würde ich wahnsinnig werden.«

Verdammt, wäre dies nicht mein Vater, würde ich jetzt auch anfangen, ihn sympathisch zu finden. Zumindest hat er über die Jahre hinweg nicht damit angefangen, sich selbst in seiner Rolle als Guru ernst zu nehmen. Der wollte er ja auch nie sein, das muss man ihm lassen. Unsere Anwesenheit nimmt er ganz gelassen hin, ohne eine einzige Frage zu stellen à la: »Was wollt ihr denn hier?« Ich bin froh, dass ich diese Frage nicht beantworten muss. Wie hätte ich wohl reagiert, wenn er so plötzlich in mein Leben in Deutschland geschneit wäre?

Das Hauptzimmer in seinem kleinen Haus sieht fast übertrieben gepflegt aus. Keine Spuren von den Unmengen an Plunder, die damals bei uns zu Hause alles verstopften. Ordnung halten konnte er damals so wenig wie ich. Offenbar hat sich das geändert. Die Küche ist in den Raum integriert. Alle Einrichtungsgegenstände, auch der schöne lang gezogene Esstisch, sind aus dunklem Holz, die Polster und Wände sind cremefarben. Erstaunlich schlicht und geschmackvoll. Keine Bilder an den Wänden, kein Schnick-Schnack, nicht einmal eine Kommode, auf der man dekorative Kerzenständer oder Glasschälchen drapieren könnte. Mein Blick bleibt im Küchenbereich hängen, wo eine nicht mehr ganz junge, aber immer noch sehr hübsche Inderin werkelt. Sie trägt eine schlichte Salwar Kameez, eine türkise Tunika über einer beigen Hose, ganz ohne Stickereien. Ihre Haare fallen offen herunter. Sie wendet in einer Pfanne dünne Brote, stellt sie aber sofort zur Seite, als sie uns bemerkt. Neugierig kommt sie auf uns zu.

»Das sind Juli und Stefan. Und das ist meine Tochter«, stellt er uns vor. Dann sieht er verlegen zwischen der Frau und mir hin und her. »Und das ist Megan.«

Megan? Ich muss kichern, weil ausgerechnet sie als Einzige in diesem Camp einen westlichen Namen trägt.

»Mein Vater war Engländer«, erklärt sie, während sie mir mit einem freundlichen Lächeln die Hand gibt. Das erklärt ihr akzentfreies Englisch. Und die grünen Augen, die zu den schwarzen Haaren umwerfend aussehen. Wieso nur bin ich nicht für eine Sekunde auf die Idee gekommen, dass mein Vater eine neue Freundin haben könnte? Die beiden sind zweifelsohne ein Paar. Haben sie etwa auch Kinder? Dann bin ich in eine perfekt ohne mich funktionierende Familie geplatzt, was mir sehr peinlich wäre.

Nachdem sie auch Juli und Stefan die Hand gegeben hat, bittet sie uns an den Tisch. Sie geht wieder zum Herd und kommt mit einem Tablett zurück. Auf einem Teller liegen ein paar duftende Roti-Brote, dazu gibt es schwarzen Tee mit jeder Menge Milch.

»Stärkt euch erst mal. Danach wollt ihr sicher duschen und euch ausruhen? Hinter dem Haus sind ein paar Liegestühle, falls ihr nicht ins Bett wollt.«

Wir nicken einhellig und greifen gierig nach den Broten.

»Apropos Bett. Die Frage ist nur, wo ihr übernachtet. Zwei von euch können das Bett in unserem Gästeraum benutzen, aber noch einer wird kaum in das Zimmer passen«, sagt mein Vater entschuldigend.

»Ich schlafe in dem großen Haus mit den anderen, kein Problem«, sagt Stefan eifrig.

»Wunderbar. Ich muss jetzt meinen Aufgaben nachgehen. Wir sehen uns zum Abendessen drüben, ja?« Schnell macht Kurt sich aus dem Staub. Ich kann es ihm kaum verdenken. Vermutlich will er sich erst mal ein wenig sammeln.

»Seinen Aufgaben?«, frage ich Megan nach einer Weile mit hochgezogenen Augenbrauen, als er den Raum verlassen hat. »Er nimmt die Leute doch nur aus. Die sehen ihre Wertsachen bestimmt nie wieder. Und soweit ich weiß, ist er kein ausgebildeter Therapeut für irgendetwas. Früher jedenfalls war er Geschichtslehrer.«

Megan schaut mich überrascht an. »Sei nicht so streng mit ihm. Die Menschen, die zu ihm kommen, sind anschließend glücklich. Er tut ihnen gut.«

Stefan und Juli sehen schon ganz verlegen drein, deswegen besinne ich mich auf meine Manieren und verschiebe die Diskussion erst mal auf später. Außerdem habe ich keinen Grund, Megan Vorwürfe zu machen, nur weil sie die Freundin meines Vaters ist. Sie ist schließlich sehr freundlich zu uns ungebetenen Gästen. Ehrlich gesagt gab es – als ich etwas älter wurde und meine Mutter schon eine ganze Weile nicht mehr am Leben war – Momente, da hätte ich mir fast gewünscht, er würde wieder eine Frau ins Haus bringen, einfach, um ihn wieder lächeln zu sehen. Bei der Erinnerung, dass es mal eine Zeit gab, in der ich meinem Vater nicht nur Vorwürfe gemacht habe, in der er mir sogar leidgetan hat und in der ich seinen Schmerz nachvollziehen konnte, wird mir plötzlich schwer ums Herz.

Juli und Stefan verabschieden sich schnell in die Liegestühle vor dem Haus, während ich Megan beim Abwaschen helfe.

»Bist du auch in der Gruppe aktiv?«, frage ich vorsichtig. Megan wirkt so ruhig und vernünftig, dass ich Schwierigkeiten habe, sie mir mit einem Tamburin im Schneidersitz vorzustellen.

»Nein«, sie lacht. »Ich fungiere hier offiziell als Haushälterin.« Sie wird ernst. »Das mit deiner Mutter tut mir leid, ich habe gehört … obwohl, ich bin sicher die Letzte, mit der du darüber sprechen möchtest … aber ich hoffe …«

Ich horche kurz in mich hinein und kann dann ganz ehrlich sagen: »Danke … das ist lieb von dir.«

Nach einer Schweigepause, die ich überhaupt nicht als unangenehm empfinde, frage ich neugierig: »Aber wieso musst du dich als irgendetwas ausgeben?« Dafür, dass dies hier so ein Freigeistcamp sein soll, kommt es mir nahezu mittelalterlich katholisch vor, die heimliche Frau des Hausherrn als Haushälterin auszugeben.

»Man muss deinen Vater nehmen, wie er ist.« Sie zuckt mit den Achseln. Das sagt sich so leicht, wenn man die Verbindung zu diesem Mann ganz freiwillig wählen durfte und wusste, worauf man sich einlässt.

»Wo habt ihr euch denn kennengelernt?«

»Ich war Dozentin an der Uni. Eine meiner begabtesten deutschen Austauschstudentinnen ist hier abgetaucht. Ursprünglich bin ich angereist, um deinem Vater die Hölle heißzumachen und sie loszueisen.« Megan hat nun einen trotzigen Zug um den Mund. Eine Frau, die auf ruhige, bestimmte Art ihren Willen durchsetzt, denke ich. Dann lacht sie plötzlich. »Nun, das ist mir auch gelungen. Aber ich bin hiergeblieben.«

Obwohl ich das nicht ganz nachvollziehen kann, muss ich auch über die Ironie dieser Situation lachen.

»Praktizieren die hier auch freie Liebe und so?«, werde ich noch eine Frage los.

»Nein, und das möchte ich vor allem auch deinem Vater nicht geraten haben.« Das Funkeln in ihren Augen bestätigt meinen Verdacht, dass sie in diesem Haushalt die Hosen anhat. Was dem Haushalt ganz offensichtlich guttut. Mein Vater war nie ein Schürzenjäger, soweit ich das beurteilen kann. Er hatte zwar immer eine gewisse Wirkung auf Frauen, aber nie Interesse, das zu nutzen. Deswegen wundert es mich auch nicht, dass er bei Megan und nicht bei einer der hörigen Jüngerinnen gelandet ist.

»Es wäre übrigens schön, wenn ihr zumindest so tut, als würdet ihr hier ein wenig mitspielen. Ein kleines Gelübde und euren Namen ablegen vielleicht«, sagt Megan und lächelt unschuldig.

Finster blicke ich sie an, was sie kein Stück einschüchtert.

»Müssten wir dann nicht auch bei den Verrückten da drüben übernachten?«, frage ich.

»Das würde Kurt nie von dir verlangen«, sagt sie ausweichend. »Aber es wäre gut, für seine Position hier, wenn ihr seine Prinzipien nicht untergrabt. Das macht es für die Campbewohner leichter, ihm zu vertrauen und sich auf seine Art zu leben einzulassen.«

Instinktiv möchte ich erwidern, dass sie ja schließlich auch hier mit meinem Vater lebt – ganz unbehelligt von den anderen. Aber das wäre dreist. Schließlich bin ich hier zu Gast und noch dazu einfach hereingeschneit, ohne, dass mich jemand darum gebeten hätte. Natürlich würde es da die Höflichkeit gebieten, sich ein wenig einzufügen. Aber er ist am Ende doch mein Vater, verdammt! Es ist seine

Pflicht, sich bedingungslos über meine Anwesenheit zu freuen, selbst wenn ich das nicht erwidern sollte. Es sollte in seiner Natur als Vater liegen. Wer, wenn nicht ich, sollte hier ein bisschen aufmüpfig sein dürfen? Wenngleich diese pubertäre Rebellion mit ungefähr fünfzehn Jahren Verspätung kommt. Sofort komme ich mir ein wenig albern vor. Normalerweise wäre ich die Erste, die so etwas begeistert mitmachen würde, einfach nur, um eine Erfahrung mehr zu sammeln. Und Stefan zum Beispiel hätte ganz sicher nichts dagegen, nach den Regeln des Hauses zu leben. Juli wird das auch nur als herrlich amüsantes Abenteuer verbuchen. Also gut, ich bin dabei!

»Wie sieht denn das Gelübde aus?«

»Ich könnte es nur so ungefähr wiedergeben. Aber niemand wird erwarten, dass ihr es gleich an eurem ersten Abend sprecht. Frag doch heute Abend nach dem Abendessen deinen Vater.«

»Schauen wir mal«, sage ich und lege das Geschirrhandtuch zur Seite. »Erst mal werde ich jetzt duschen.«

❀

Bis zum Abendessen nicken Stefan, Juli und ich in unseren Liegestühlen ein. Wir sind doch alle sehr erschöpft. Aber als es dann losgeht, läuft Stefan zur Hochform auf und sprintet munter voran. Juli hakt mich unter, als wir beide gemächlich zum Haus schlendern. Vielleicht hat sie gemerkt, wie mulmig mir ist und will mir auf diese Art ein wenig Unterstützung anbieten. Aber der ganz große Schock bleibt aus. Die Anzahl der Menschen am Tisch ist übersichtlich. Es sind wohl nie mehr als einundzwanzig Teilnehmer gleichzeitig in »Therapie«. Mein Vater sitzt an einem Kopfende, der Platz gegenüber wird an diesem Tag mir zugewiesen. Alle starren mich an, als würden sie etwas Wundersames von mir erwarten, oder als sei ich das Jesuskind persönlich: Unbefleckte Empfängnis hat mich aber ganz sicher nicht in diese Situation gebracht. Netterweise dürfen Juli und Stefan rechts und links von mir sitzen. So habe ich ein kleines Bollwerk gegen die neugierigen Blicke der anderen. Mein Blick verschwimmt vor Erschöpfung. Inklusive der letzten schlaflosen Nacht neben Hrithik habe ich nicht mehr bequem und tief geschlafen. Und dann geschieht etwas, womit ich ausgerechnet heute Abend nicht gerechnet hätte: Um mich herum wirbeln Farben über den Köpfen der anderen. Ein Wirrwarr aus den verschiedensten Tönen. Wenn ich es richtig sehe, umgibt meinen Vater ein funkelndes Dunkelblau. Aber das kann ja wohl nicht sein, demnach müsste er sehr spirituell und erleuchtet sein. Vermutlich hat mir nur jemand aus den 70er-Jahren übrig gebliebenes LSD in den Wein getan. Bestimmt die blöde rothaarige Zicke.

»Ist euch auch so komisch?«, flüstere ich Juli und Stefan zu.

Beide schütteln den Kopf und führen weiter angeregte Gespräche mit ihren jeweiligen Sitznachbarn. Stefan sitzt neben seinem neuen besten Freund Aman und lässt sich in die Freuden des Campalltags einweisen. Juli hat einen ehemaligen Geschäftsmann aus Wuppertal ergattert und täuscht ernsthaftes Interesse für seine Befreiung aus den Ketten des Kapitalismus vor – und für die noch wesentlich kompliziertere Scheidung, die seiner Abreise voranging. Er muss noch in den Anfangsstadien seiner inneren Befreiung sein, ich nehme giftgrüne Aurafunken wahr, und in seinen Augen glimmt es immer so irre, wenn er seine Ex als

»das Miststück, das nun mein Mini-Cooper-Cabrio fährt« bezeichnet. Ich wette für diese Beschreibung gibt es nicht mal eine indische Übersetzung. Nur falls die Frau auch mal hier auftauchen und einen Namen brauchen sollte …

Der frisch Verlassene scheint mir ein bisschen zu angetan von Juli. Er ist wohl noch sehr in seinen irdischen Trieben gefangen. Aber dass sie ihm hilft, sein Ego wieder aufzurichten, kann er sich abschminken. Abgesehen davon, dass Juli Alexander liebt und keinen anderen an sich ranlassen würde, nicht einmal für eine wirklich gute Geschichte, ist freie Liebe in diesem Camp tatsächlich kein Thema. Aman erklärt Stefan gerade die selbst auferlegte zölibatäre Lebensweise im Camp. Dazu passt es natürlich, dass Kurt seine Freundin als Haushälterin ausgeben muss. Ich bin sehr erleichtert, dass sich diese Selbstfindungsstätten in den letzten Jahren weiterentwickelt haben. Vielleicht wollte Kurt aber auch nur erhabener Guru bleiben, statt sich als eine Art Dr. Sommer mit eifersüchtigen Reibereien, Beziehungsdramen und Penisverletzungen aus Rache herumzuschlagen. Denn mal ehrlich, wer ist denn schon so großmütig, wirklich jeden mit sich verkehren zu lassen oder den bevorzugten Partner mit allen gerne zu teilen?

Ich klinke mich sehr zu Stefans Missfallen in sein Gespräch mit Aman ein und horche ihn aus, was es nun eigentlich mit den »Therapien« auf sich hat.

»Ganz einfach«, erklärt Aman freundlich. »Es gibt verschiedene Gruppen, die jeweils ein maßgeschneidertes Programm bekommen, das der Befreiung des wahren Ichs dient. Dazu gehört zum Beispiel Unterricht im Kämpfen, Heilen, Meditieren oder Bewegen.«

»Und mein Vater leitet all diese Gruppen?«

»Nein, nein«, winkt Aman ab. »Er hat die Oberaufsicht, aber die Gruppen werden von echten Fachleuten betreut. Wir haben zum Beispiel einen echten Psychotherapeuten, eine ausgebildete Yogalehrerin, einen …«

»Und die arbeiten alle für meinen Vater? Kann er sich die überhaupt leisten?«

Jetzt sieht Aman mich beinahe missbilligend an. »Natürlich kann er. Sie bekommen kein Geld. Sie glauben an die Idee deines Vaters, und sie sind hier sehr glücklich, auch wenn dir das ein unerklärliches Rätsel zu sein scheint.«

Mit dem letzten Satz hat er es geschafft, dass ich mich wirklich wie ein sehr unhöflicher Mensch fühle. Aber Aman braucht mir gar nichts zu erzählen. Seine unruhige rote Aura, die ich ganz deutlich erkennen kann, verrät mir, dass er von seiner angeblichen inneren Ruhe noch ein ganzes Stück entfernt ist. Plötzlich verschwimmt alles vor meinen Augen, und auch in meinem Kopf. Es ist so heiß von den ganzen Kerzen, von der Enge. Ich stehe auf, um an die Luft zu gehen, die draußen hoffentlich leicht abgekühlt ist – und falle ins Nichts.

❁

Als ich zu mir komme, liege ich im Gästezimmer meines Vaters. Neben mir sitzt Juli im Schneidersitz und guckt auf mich runter. Dann beugt sie sich über die Bettkante und hält mir eine geöffnete Flasche Cola entgegen.

»Du brauchst Zucker und Flüssigkeit«, bestimmt sie. »Die ganze letzte Nacht nicht geschlafen, nichts im Magen und dann die Hitze. Kein Wunder, dass dein Kreislauf zusammenbricht«, kommentiert sie trocken den ersten Ohnmachtsanfall meines Lebens.

»Wie bin ich hierhergekommen?«, will ich wissen und hoffe, dass sie mir auch ungefragt erzählt, wie peinlich genau die Szene war, die ich hingelegt habe.

»Kurt und ich haben dich hierhergeschleift. Er war wirklich besorgt.« Insgeheim wird mir bei dem Gedanken angenehm warm in der Magengegend. Zum Glück merkt Juli davon nichts und plappert weiter: »… aber echt ein super Auftritt von dir, Tanja. Ich denke mal, beabsichtigt, hast du es nicht, aber du hast deinem Vater echt gut zur Seite gestanden.«

Fragend schaue ich sie an. »Wie das?«

»Nun ja, bevor du ganz weggetreten warst, hast du immer irgendetwas von Farben und Lichtern gemurmelt. Die anderen dachten, du hättest eine Vision … Wie so eine Art Hildegard von Bingen, oder so.«

Wie bitte?

»Schau nicht so entgeistert, du siehst natürlich viel besser aus. Mir fiel nur gerade kein anderes Bespiel ein.« Sie nimmt meine Hände zwischen ihre. »Du bist immer noch ganz kalt.«

Ich erzähle ihr nichts von meinem Aura-Erlebnis. Ich bin mir zwar immer noch ganz sicher, die Farben tatsächlich gesehen und auch gespürt zu haben. Dennoch war es am Ende ganz sicher mein Kreislauf, der mich zu Boden geworfen hat, und nicht die Kraft irgendeiner Vision.

»Ich sage kurz deinem Vater Bescheid. Er und Megan sitzen noch am Tisch und warten darauf, dass es dir besser geht.«

Mir wäre es lieber, sie bliebe hier. Ich fühle mich ein wenig schwach und verloren. Aber sie bleibt nur eine Minute weg. Dann streckt sie ihren Kopf ins Zimmer.

»Ich soll fragen, ob du irgendetwas brauchst.«

»Nein«, sage ich bestimmt. Juli schaut mich missbilligend an. »Nein danke«, murmele ich.

Als sie ihren Auftrag ausgeführt hat, springt sie neben mir aufs Bett.

»Er freut sich. Und ich habe ihm gesagt, dass wir für die zwei Wochen mitspielen.«

»Du hast was?«, rufe ich, so laut es mein erschöpfter Körper zulässt. »Du solltest ihm zwar ›danke‹ von mir sagen, aber ich sehe absolut keinen Grund, es mit der Dankbarkeit zu übertreiben.« Dabei hatte ich ja insgeheim selbst schon beschlossen, dass wir die Farce mitmachen. Mist, ich hoffe, ich verfalle hier im Haus meines Vaters nicht dauerhaft in jugendliches Trotzverhalten.

»Ach komm, das wird doch bestimmt ganz lustig. Und Stefan können wir eh nicht davon abhalten. Der arme Junge hat echt noch nicht viel erlebt, oder?«

»Ich fürchte, nicht. Aber wenn wir mitspielen, dann bleibt es ein Spiel, ja? Ich werde nicht irgendwelche Spezialisten in meinen seelischen Abgründen wühlen lassen!«

»Angst?« Juli hebt neckend die Augenbrauen.

»Hmpf«, murmele ich, weil ich nicht lügen will.

»Am Anfang haben übrigens alle den gleichen Namen. Die Frauen heißen Eshita. Das bedeutet so viel wie ›die Wünschende‹, oder so. Die Männer heißen Aja, ›ungeboren‹. Weil wir doch am Anfang, wenn wir geboren sind, alle gleich sind, bevor wir dann von unserer Umgebung verformt werden. Vadin gesteht den Leuten aber immerhin einen festen, wenn auch verschütteten Persönlichkeitskern zu. Wir müssen uns nicht von unserem Ego lösen, sondern nur von allem, was wir ihm übergestülpt haben. Deswegen gibt es bei jedem verschiedene Wandlungsphasen und Namen. Am Ende trägt jeder wieder seinen westlichen

Namen. Und zwischendurch eben den Namen seines Problems oder Ziels. Klingt doch gar nicht so verkehrt, oder?«

Ich muss das erst mal verdauen, bevor ich etwas entgegnen kann. Aber Juli wartet auch gar nicht auf Antwort, sondern plaudert munter weiter: »Ich bin so gespannt auf die Hütte in der Wildnis. Da bekommen wir dann unseren eigenen Namen, meine kleine Eshita. Dein Vater meinte aber, wir können einfach einen netten Ausflug daraus machen. Vielleicht sehen wir ja sogar Tiger?« Julis Augen strahlen, während ich nur an eines denken kann: Selbst wenn wir keinem Tiger gegenüberstehen, der Gedanke, drei Tage in einer Hütte mit Kurt zu verbringen, scheint mir nicht weniger erschreckend. Ihn Vadin zu nennen, bringe ich nicht über mich, ich werde also jede Anrede vermeiden. Ganz so wie man es bei halb-guten Bekannten tut, bei denen man nicht weiß, ob man sie siezen oder duzen soll, und deshalb beides umgeht.

»Morgen Abend ist jedenfalls erst mal unsere Taufe. Bis dahin können wir hier tun und lassen, was wir wollen.«

Ich werde sie morgen fragen, was es mit der Taufe auf sich hat. Ich trinke den letzten Schluck Cola, lasse mich wieder auf die harte Matratze fallen und schließe meine Augen. Ein wenig Schlaf wird es schon richten.

❁

Am nächsten Morgen fühle ich mich so wunderbar, wie immer nach Nächten, in denen man endlich mal wieder richtig durchgeschlafen hat. Auf der kleinen Veranda empfangen mich Juli, Stefan und Megan mit Roti-Brot, Marmelade, schwarzem Tee, Orangensaft und Kokosnussstückchen.

»Du warst nicht wach zu kriegen«, ruft Juli fröhlich. »Zu schade, jetzt hast du Stefans Abenteuer verpasst.«

Stefan hebt die Brauen.

»Entschuldigung, ich meinte natürlich: Ajas Abenteuer«, ergänzt Juli.

»Wie schade«, sage ich achselzuckend und gebe im Stehen Butter und Marmelade auf ein Roti-Brot. Mit vollem Mund bewundere ich die Umgebung, als sähe ich sie zum ersten Mal: Wie ruhig und friedlich es hier doch ist. Außer Palmen, dem rosa Haus und dem Fluss ist nichts zu sehen. Nur ab und zu zieht eines der extra für Touristen hergerichteten Hausboote vorbei.

»Vadin ist schon drüben«, beantwortet Megan die nicht gestellte Frage.

»Du nennst ihn also auch Vadin?«, frage ich neugierig.

Sie schnippt mit den Fingern und lässt dabei unzählige goldene Armreife klingeln. »Egal, woran man glaubt. Namen sind nur Schall und Rauch. Wir haben sie uns nicht einmal selbst ausgesucht. Was sollen sie über uns aussagen?«

Ich schiebe mir trotzig so viel Brot in den Mund, dass eine Antwort auf diese Feststellung unmöglich ist und lasse mich neben Juli in einen Stuhl fallen.

»Wie wollen wir den Tag nutzen?« Juli ist schon wieder ganz unternehmenslustig. Aber sie hatte ja auch keinen Kreislaufkollaps. Stefan sieht nur finster vor sich hin. »Nicht böse sein, ab morgen darfst du doch endlich mitspielen. Du musst nur noch eine klitzekleine Taufe hinter dich bringen«, sagt Juli zu Stefan, worauf er noch finsterer guckt.

»Als die anderen in ihre Gruppen gegangen sind, haben sie Stefan aus dem Haus verscheucht, weil er noch kein echt Eingeweihter ist«, erklärt mir Juli.

Ich blinzele in das grelle Licht. Nichts würde ich lieber tun, als einfach nur hier liegen und sehen, wie die Sonne durch die Palmenblätter scheint. Die Augen schließen und unter den Lidern die knallrote Farbe sehen, die die Strahlen produzieren. Das wäre schön.

»Wenn ihr zwei oder drei Kilometer in die Richtung den Fluss entlanglauft«, Megans Armbänder klingeln wieder, als sie uns den Weg weist, »kommt ihr in ein Dorf. Vielleicht dürft ihr ja auf den Dorfelefanten reiten oder sie waschen. Vielen Touristen macht das Spaß.«

»Elefanten? Au ja!« Juli klatscht in die Hände.

Selbst Stefan sieht milde interessiert aus und legt ein wenig Weltschmerz ab. »Das könnten wir ja machen. Uns die Zeit bis zur Taufe vertreiben. Habt ihr schon euren Text gelernt?«

»Welchen Text?«, frage ich.

»Das erklären wir dir auf dem Weg. Es sind nur ein paar Zeilen, die wirst du ganz schnell auswendig lernen.«

Uff … auf einem Elefantenrücken meine Taufe vorbereiten. Plötzlich fehlt mir Hrithik wie verrückt. Er würde ausrasten oder sich totlachen, wenn er das alles hier sehen würde. »Bitte mach, dass er sich nicht von Melanie trösten lässt«, schicke ich gedanklich als Stoßgebet in den wolkenlosen blauen Himmel. Und so schön es hier auch ist, ich vermisse die verzauberte Atmosphäre von Elizabeths Laden im Schnee, über den wir zu Hause so geschimpft haben. Ich bin wohl nicht für diesen Kontinent gemacht. Ich sehe, dass hier alles sehr schön ist, aber ein dauerhaftes Leben in der Hitze unter Palmen wäre nichts für mich. Vielleicht, weil ich mit blauen Augen und weißer Haut eher der keltische Typ bin, dem die Sonne nicht sehr gut bekommt.

»Na, dann lasst uns mal losmarschieren. Ich hole uns nur

ein wenig Sonnencreme, und unterwegs erzählt ihr mir alles über diese ominöse Taufe.«

❁

Ich, Tanja Krokowski, lege hiermit den Namen ab, an den ich seit meiner Geburt gekettet bin. Ich lasse ihn los, wie ich alles loslassen werde, was nur aufgestülpt und unbedeutend ist. Ich begebe mich auf die Reise.« Als ich meinen kurzen Text gesprochen habe und mich dabei fühle wie ein kleines Kind, das unter den gönnerhaften Augen der Erwachsenen »Advent, Advent« aufsagt, lasse ich mich erschöpft in den Stuhl fallen. Mein Gesicht ist feuerrot und schält sich, weil ich mir bei unserem Ausflug trotz Creme die Haut verbrannt habe. Mein Vater lächelt mir wohlwollend zu, Juli grinst amüsiert, und Stefan blickt stolz in die Runde, als wäre es sein persönlicher Sieg, dass ich uns drei nicht blamiert habe. Danach sind er selbst und Juli an der Reihe, ich höre gar nicht hin und blicke mich in der Runde um. Ich spüre, dass Kurt mich die ganze Zeit ansieht, vermeide aber den Blickkontakt, weil ich mir immer noch nicht sicher bin, was ich von der ganzen Sache halte und wie ich mit unserer Begegnung umgehen soll. Zwei der anwesenden Frauen umgarnen mich schleimig charmant und machen mir Komplimente wegen meiner Augen. Klar, dass sie nur scharf auf Kurt sind und durch mich ein paar Bonuspunkte sammeln wollen. Eigentlich müsste es mir hier ganz gut gefallen. Diese Mischung aus Ethno-Elementen, gesunder Küche mit viel Fisch und Gemüse und einem Hauch Spiritualität. Irritierend ist nur das Gefühl, dass sich hier alle zu ernst nehmen und ausgerechnet von Kurt anleiten lassen, der mir persönlich nie ein großes Vorbild war. Und auf ihre Batik-Art wirken sie mindestens so gestrig und spießig, wie die von ihnen verachtete Eigenheim-und-Gartenzwerg-Fraktion. Und weniger Zwängen sind sie auch nicht ausgesetzt. Nur wird hier eben der mörderische Druck, das Hausdach in der zum Rest passenden Farbe zu streichen, durch den nicht minder heftigen Druck zur totalen Freiheit des Ichs ersetzt. Während ich noch zweifle, hat Aja, geborener Stefan, in Aman einen würdigen Ersatzvater gefunden. Er löchert ihn mit Fragen und flippt bei jeder Antwort aus vor Freude.

»Das Essen schmeckt echt lecker«, sagt Juli begeistert und macht sich lustvoll über ihr Kokosnuss-Curry her. Das bringt ihr einen vernichtenden Blick von der molligen Frau ihr gegenüber ein. Verständlich, denn in ihrem tiefen Teller schwappt etwas, das wie klares Wasser aussieht. Sie umklammert ihre Gabel, als wolle sie sie nach uns werfen. Aber was können wir dafür, wenn sie nur Wasser isst. Vielleicht würde es ihr leichter fallen, wenn sie es mit dem Löffel statt mit der Gabel versuchen würde?

Ich suche ihren Blick und tippe hilfsbereit mit dem Finger auf meinen Löffel, als sie zu mir hinsieht. Offenbar versteht sie meinen Wink nicht, sondern denkt, ich wolle mich über sie lustig machen. Dass Juli in ihr Essen prustet, verbessert die Situation auch nicht.

Mit einem vorsichtigen Blick in Richtung meines Vaters reißt die Mollige sich zusammen und flötet: »Alles bestens, vielen Dank.« Aber ihr Blick ist immer noch mörderisch.

»Was habe ich gemacht?«, flüstere ich Aman zu, der zwischen Stefan und mir sitzt und einen ganz guten Überblick über das Campleben zu haben scheint.

»Mach dir nichts draus. Subhira ist noch ganz frisch hier.

Derzeit lernt sie zwei wichtige Dinge auf einmal: Mäßigung, um ihre Völlerei in den Griff zu kriegen und das Unmögliche nicht erzwingen zu wollen. Sie war immer gierig und will von allem immer mehr. Deswegen bekommt sie Wasser und eine Gabel. Wenn sie deswegen irgendwann völlig ausflippt, ist ihre Gefühlswelt weit geöffnet – und wir haben bessere Chancen, der Ursache für ihr Verhalten auf den Grund zu gehen. Und dann werden wir wissen, wer sie ist und was sie braucht. Ich tippe, sie wird eine Führer-Künstlerin.«

Juli prustet schon wieder. »Eine was?«

Misstrauisch schaut die Mollige in unsere Richtung.

»In der Hütte werdet ihr Tests machen, die eure Kastenzugehörigkeit zeigen«, erklärt Aman uns geduldig.

»Kasten im Sinne von Pariern, Brahmanen und so weiter?«, frage ich entgeistert.

»Nein, ich spreche von unseren Kasten. In unserem System gibt es keine Hierarchie. Jeder ist gleichwertig. Wir unterscheiden nur fünf Grundtypen von Menschen. Manchmal sind aber auch zwei Seiten gleich stark ausgeprägt wie bei ihr.«

»Das kapiere ich nicht. Ich meine, wenn es nur fünf Grundtypen gibt, warum gibt es dann so viele verschiedene Namen?«

Aman seufzt schwer, dann ringt er sich doch noch zu einer Antwort durch. »Im Kern sind die Menschen gar nicht so unterschiedlich. Es sind Grundbedürfnisse, die uns antreiben. Und die Kastenzugehörigkeit wird dadurch bestimmt, was den Menschen im Kern ausmacht. Der Name hingegen bezeichnet die gerade wichtigsten Punkte für den Einzelnen – und die können sehr verschieden sein. Letztlich ist die Sache mit dem Namen auch gar nicht wichtig.

Das soll uns nur zeigen, dass eine permanente Wandlung möglich ist und dass der Name nicht ist, was der Mensch ist.«

Mein Kopf fühlt sich etwas benebelt an. Zwischendurch erscheint es mir nämlich fast einleuchtend, was Aman da erklärt.

»Was bist denn du?«, lenke ich ab.

»Ein Krieger-Heiler.«

»Ist das nicht widersprüchlich. Ich meine, der eine tötet Menschen, der andere flickt sie zusammen?«

»Das hätte ich früher auch gedacht«, Aman lacht. »Ich war sehr jähzornig und aggressiv. Meinen Heiler-Anteil habe ich erst hier entdeckt, ausgerechnet in meinem Kalarippayat-Kurs.«

Ich schaue in ratlos an. »Das ist eine indische Kampfkunst. Es ging darum, die Energie und Kraft, die in meiner Aggressivität liegt, gleichzeitig einzusetzen und zu kontrollieren. Es ist Teil dieser Therapie, dass man lernt, die Verletzungen, die dabei entstehen, auch wieder zu heilen. Immer, wenn ich mich darangemacht habe, eine Verstauchung oder Ähnliches zu kurieren, hat mich so eine warme Kraft durchströmt, als wolle sie sagen, hier bist du richtig. Die größten Kalarippayat-Kämpfer sind übrigens auch meist die Ärzte ihres Dorfs. Scheint also ganz gut zusammenzupassen und ist hier die Therapie, die am häufigsten zum Einsatz kommt. Neben der Gruppe, die Meditation und Ayurveda praktiziert.«

»Und was lernen die?«

»Gleichmut und Selbstliebe.« Er schaut zu unserem Gegenüber, das immer noch wütend auf das Wasser in der Schüssel starrt. O.k., ich habe mich entschieden, wenn Kurt mich nicht in die Kampfgruppe lässt, reise ich sofort ab. Mit unserem verbiesterten Gegenüber halte ich es keinen Tag zusammen aus!

»Bitte, bitte. Ich will in die Ayurveda-Gruppe und mich von Kopf bis Fuß pflegen lassen«, raunt Juli mir zu. Schade, dann werden sich unsere Wege wohl für die Dauer unseres Aufenthalts trennen. Aber sie muss ja wissen, was sie tut.

Neugierig betrachte ich meinen Vater. Ein ganz schön ausgefeiltes System, das er hier entwickelt hat, hätte ich ihm gar nicht zugetraut. Vielleicht muss ich einfach lernen, das hier als eine Art Abenteuercamp zu sehen. Kämpfen, Naturheilkunde, Ayurveda – so schlecht ist das doch gar nicht.

Stefan hat nun – nach seiner Taufe als vorläufiger Aja – ganz offiziell die Erlaubnis, im großen Haus bleiben und dort mit den anderen schlafen zu dürfen. Juli und ich hingegen können uns dankenswerterweise verabschieden, bis wir eine Kastenzugehörigkeit haben. Auch wenn Stefan deshalb Mitleid für uns empfindet, ich nenne es »Schonfrist«. Und dann sind es ja auch nur noch acht Tage, die wir hier verbringen müssen.

Als ich neben Juli im Bett liege, weiß ich endlich, was mich an dem Camp am meisten stört. Dass es funktioniert. Dass die Menschen so leichtgläubig und verzweifelt sind, dass sie sich jedem an den Hals werfen, der seine Sache plausibel verkauft. Wie soll man da noch an irgendetwas glauben, an das Menschen zu glauben pflegen – zum Beispiel Gott oder die Wirksamkeit eines 48-Stunden-Deos –, wenn doch alles von Menschen in die Welt gesetzt wurde? Ich sag nur »unbefleckte Empfängnis«. Hallo? Aber wenn ich ehrlich zu mir selbst bin, ist dies nur einer meiner äußerst wunden Punkte. Ich glaube nicht richtig an irgendetwas, nicht einmal an mich selbst, aber ich würde so gerne. Deswegen bin ich wohl grundsätzlich erst mal bereit, an alles zu glauben. Ich lese immer die Horoskope, die westlichen wie die östlichen und gehe nie unter einer Leiter hindurch. Und wie unterscheide ich mich dann von den ganzen Spinnern hier? Gar nicht! Vielleicht bin ich noch feiger, weil ich es nicht einmal versuche und damit das Risiko eingehe, falsch zu liegen und mich lächerlich zu machen. Na ja, andererseits lasse ich es nicht zu, dass mein harmloser Aberglaube in den Mittelpunkt meines Lebens rückt. Die meiste Zeit sind die tiefgründigsten Fragen, die ich mir stelle, die gleichen, die sich wohl alle anderen stellen. Wie läuft es in meiner Beziehung? Habe ich in dieser Woche schon ausreichend fetten Seefisch gegessen, um keinen Omega-3-Fettsäuren-Mangel zu bekommen?

»Juli?«, ich zupfe an dem dünnen Laken, das wir als Decke verwenden.

»Ja«, murmelt sie schlaftrunken.

»Glaubst du eigentlich an irgendetwas?«

Sie schweigt so lange, dass ich schon glaube, sie sei wieder eingeschlafen. Dann lacht sie. »Klar, an die Göttlichkeit meines Egos.«

»Ganz im Ernst jetzt.«

»Ehrliche Antwort? Keine Ahnung.«

»Ich weiß es auch nicht …«

»Aha.«

Irgendwie geht es mir jetzt besser. Ich begebe mich in meine heißgeliebte Seitenlage und versuche zu schlafen. Klappt aber nicht. Diesmal fummelt Juli an dem Teil der Bettdecke, der mich bedeckt.

»Ich will ja nichts sagen, Tanja, aber ist dir klar, dass du fast noch kein Wort mit Kurt geredet hast? Das ist doch irgendwie merkwürdig. Er weiß noch nicht mal, warum wir hier sind und dass du bald heiratest. Du hast nicht ewig viel Zeit, um das zu klären, weißt du?«

Natürlich weiß ich. Ich weiß das so genau, dass ich Juli am liebsten für ihren Kommentar anschnauzen möchte, egal, wie gut sie es meint.

»Wir werden doch jetzt drei Tage mit ihm unterwegs sein. Da habe ich ja noch reichlich Gelegenheit. Es tut mir so leid, dass ich euch das eingebrockt habe!«

»Jetzt hör doch mal auf. Ich finde es lustig, noch besser als Kino, und Stefan ist dem Sinn seines Lebens total nahe. Ich glaube, die Einzige, die sich hier permanent unwohl fühlt, bist du. Ich finde Kurt nett.«

Jetzt rächt sich wohl, dass ich mich immer so zurückhaltend über meine Kindheit geäußert habe, sonst würde Juli so etwas sicher nicht sagen. Alles noch mal aufrollen will ich aber auch nicht. Wie gesagt: keine Lust auf die wehleidige Opferrolle.

»Es fühlt sich nur gar nicht so an, als wäre er wirklich mein Vater. Er kommt mir vor wie ein fremder älterer Herr, der mir auf merkwürdige Weise vertraut ist, wie aus einem früheren Leben oder so …«

»Das geht doch allen so. Nur weil die meisten Familien sich ständig sehen, heißt das nicht, dass sie sich wirklich kennen. So wie man bei Kindern, die man täglich sieht, auch nicht merkt, dass sie schon wieder gewachsen sind. Bis man irgendwann ganz überrascht vor einem dicken, pubertierenden Ungeheuer steht.«

Ich denke darüber nach. Vielleicht hat Juli ja recht. Da habe ich wenige Vergleichsmöglichkeiten. Finde ihre These aber auch irgendwie unsensibel. Es ist doch wohl ein Unterschied, ob einem Vater und Mutter wie Fremde vorkommen, weil der eine weg und die andere tot ist, oder weil sie einen damit überraschen, anders zu sein als erwartet?

»Und was nützt mir das jetzt?«

»Nutze das hier als Chance, deinen Vater wirklich kennenzulernen. Ihn dir ganz unvoreingenommen noch mal genauer anzugucken.«

Ich versuche mich selbst als weises, nachsichtiges und emotional sehr reifes Wesen zu sehen, das den »auch nur ein Mensch« in seinem Vater erkannt hat und nichts mehr von ihm erwartet. Und nach dieser Abnabelung können wir eine Beziehung von Mensch zu Mensch auf Augenhöhe führen. Er könnte der wunderbar durchgeknallte Opa für Hrithiks und meine Kinder werden, der die Kleinen auf seinen Schoß nimmt und wilde Abenteuergeschichten sowie indische Schlaflieder zum Besten gibt. Es ist auch ganz richtig, dass sich dieses Wunder der Neu-Familien-Gründung hier in Indien zuträgt, wo wir mal als Familie glücklich waren. Es ist wohl auch ein Zeichen, dass wir beide bei Indern gelandet sind, auch wenn die eine Halbinderin mit englischem Namen ist und der andere deutscher als ich … Blödsinn. Mag ja sein, dass ich schon dreiunddreißig bin. Aber ich kann mich nicht dazu durchringen, einfach nichts von meinem Vater zu erwarten.

»Hör auf zu grübeln«, faucht Juli mich an. »Ich kann deine Anspannung als Zittern der Decke spüren. Mach es jetzt gefälligst wie Scarlett O'Hara in ›Vom Winde verweht‹!«

»Was meinst du? Mir eine schwarze Nanny suchen, mich unglücklich in den Ehemann der Nachbarin verlieben, oder die Fäuste in den Himmel recken und brüllen ›Ich will nie wieder hungern‹?«

»Ihr Lebensmotto, das solltest du dir zumindest für heute Abend zu eigen machen: Morgen ist auch noch ein Tag.«

Morgen ist auch noch ein Tag. Morgen ist auch noch ein Tag. Mit diesem Mantra brummele ich mich in den Schlaf.

❁

Und unversehens ist er da, der neue Tag. Der Frühstückstisch ist bereits gedeckt – mit Broten, Marmelade und Tee. Aber weder Megan noch mein Vater sind zu sehen. Ich gehe auf die Veranda, und da sitzen Kurt und Stefan. Kurt hat einen Arm um Stefan gelegt und redet beschwichtigend auf ihn ein.

»Glaub mir, ich habe das im Gefühl.«

»Ich habe Tanja den Tauftext beigebracht. Wenn einer von uns so weit ist, dann ja wohl ich.«

»Vielleicht habe ich es ja als Teil deiner Therapie vorgesehen, Geduld zu erlernen, warte es ab.« Kurt tätschelt noch einmal Stefans Schulter und macht Anstalten aufzustehen, ich verschwinde schnell wieder nach drinnen, wo Juli schon Brote mit Marmelade bestreicht.

»Was war denn los?«, fragt sie.

»Keine Ahnung«, gebe ich zu und zucke mit den Schultern. Dann kommt Kurt herein und schmettert ein lautes, unbefangenes: »Guten Morgen, meine Schönen.«

Juli lacht, und ich schaue meinen Vater verdutzt an. Bringt ihn meine Anwesenheit wirklich so wenig aus der Ruhe. Ich will auch etwas von dem Zeug rauchen, das die anderen haben. Kurt deutet auf seinen winzig kleinen Rucksack, der schon an einer Stuhllehne hängt.

»Ihr solltet gleich packen. Schleppt bloß nicht zu viel mit. Für die drei Tage braucht man kaum etwas.«

»Ne, es geht ja auch ums Ballastabwerfen, richtig?«, sage ich schnippischer, als ich wollte.

Mein Vater lässt sich davon nicht beirren und grinst: »Genau, mehr oder weniger. Ich habe einen tollen Plan.«

»Und Stefan kommt nicht mit?«

Er schüttelt den Kopf. »Ich habe ihm erklärt, er sei noch nicht so weit. Dann können wir einen Ausflug machen, ohne seinen Glauben zu zerstören. Ihr wollt euch doch nicht wirklich in einer Hütte mit mir auf die Suche nach eurem verborgenen Ich machen, oder?« Er schaut uns prüfend an.

»Nein, ganz sicher nicht«, sagt Juli mit vollem Mund. »Ein Ausflug wäre prima. Aber ich kann auch hierbleiben, falls ihr wollt.«

Ich schaue schnell zu Kurt, bevor ich Juli vernichtend anfunkele. Dass er für eine Sekunde doch fast ein wenig verängstigt aussieht, bei dem Gedanken mit mir allein zu sein, beruhigt mich etwas. Dann aber doch wieder nicht so sehr, dass ich mich auf so ein Abenteuer einlassen würde.

»Vielleicht sehen wir Tiger«, wirft mein Vater ein.

»Überredet«, antwortet Juli fröhlich und kaut unbeschwert weiter.

»Na, dann lass ich euch mal in Ruhe packen. Ich habe noch ein paar Dinge zu besprechen.«

Er verlässt das Haus.

»Also, ich finde ihn klasse«, stellt Juli zum wiederholten Mal ungefragt fest.

»Ganz offensichtlich.« So leicht lasse ich mich nicht provozieren. Wortlos schnappe ich mir auch eines der Brote und schlinge es herunter.

»Lächle mal, wir werden Tiger sehen.«

Ich habe eher das Gefühl, wir fahren in die Höhle des Löwen …

Stunden später sitzen wir mit Kurt in einem gemieteten Jeep. Juli hat sich sofort quer auf die hintere Sitzbank geworfen, sodass mir nur der Platz neben Kurt bleibt.

»Willst du uns nicht langsam mal verraten, wo wir hinfahren?«

»In den Periyar-National-Park. Ihr wollt doch Tiger sehen? Ihr könnt doch nicht durch Südindien reisen und dann nur mit ein paar alten Hippies rumhängen.«

»Ohne sie könntest du es dir gar nicht leisten, uns hier herumzukutschieren«, stelle ich missbilligend fest. Seine Meinung, dass er einen Haufen Spinner beherbergt, teile ich ja, aber wenn sie ihm schon sein Geld einbringen, soll er sich nicht auch noch über sie lustig machen.

»Das stimmt«, stellt er gleichmütig fest.

Immer noch haben wir keines der entscheidenden Themen angeschnitten, nicht einmal kurz erzählt, wie es uns in den letzten Jahren ergangen ist.

So zickig wie ich auf ihn reagiere, ist es kein Wunder, dass er nun doch endlich die entscheidende Frage stellt: »Warum seid ihr eigentlich hierhergekommen?«

Ich denke nach. Es kommt mir zu profan vor, ihn vom Beifahrersitz eines Jeeps über ein so wichtiges Ereignis in meinem Leben aufzuklären.

»Spuck's aus, Tanja«, ruft Juli von hinten. Sie ist nicht ganz die große Hilfe, als die ich sie dabeihaben wollte.

»Also … ich heirate bald. Und eigentlich wollte ich dich fragen, ob du kommen möchtest.«

Er macht eine Vollbremsung, und Julis Kopf knallt gegen meinen Sitz.

»Aua«, brüllt sie erbost. »Kein Grund, mich umzubringen.«

Kurt ist ziemlich aus den Häuschen. Fast glaube ich, er möchte mich umarmen. Er streckt einen Arm aus und zieht ihn dann wieder zurück. Schließlich legt er beide Hände wieder ans Lenkrad, gibt Gas und sagt etwas nüchterner, aber immer noch warmherzig. »Sehr schön, herzlichen Glückwunsch. Das freut mich.«

Danach schweigen wir alle drei. Wieder mal frage ich mich, was ich erwartet habe. Dann sagt er: »Wie ist er denn so, kann ich ihm meine Tochter anvertrauen?« Er schaut Juli über den Rückspiegel an.

»Aye, Käpt'n, da würde ich grünes Licht geben«, sagt Juli.

Ich kichere aus Versehen.

»Können wir ein wenig Musik anmachen? Sonst schlafe ich hier echt noch ein«, beschwert sich Juli.

»Ruhe auf den billigen Plätzen«, sagen mein Vater und ich gleichzeitig. Früher haben das meine Eltern immer zu mir gesagt, wenn ich auf den langen VW-Bus-Fahrten angefangen habe zu mosern. Fast erschrocken gucken wir uns an und dann wieder weg, als hätten wir Angst, in den Augen des anderen die gleichen schönen, traurigen Erinnerungen widergespiegelt zu sehen. Womit wir schneller auf heiklem Terrain wären, als erhofft. Es wird nicht besser, als wir beide gleichzeitig nach dem Knauf des Autoradios greifen. Ich zucke zurück, und er stellt irgendeinen Sender ein, auf dem schrille indische Musik läuft. Ich schaue hinaus und versuche, einfach mal die Landschaft zu genießen, an der wir vorbeiziehen, denn die ist phänomenal. Es wäre so schön, wenn Hrithik jetzt hier sein könnte. Sofort zieht sich mein Magen zusammen, und schlimme Bilder verderben mir die ohnehin schon angespannte Laune. Womöglich sagt Melanie ihm gerade: »Tanja, die wird dich nie so richtig verstehen. Aus der wird niemals ein Golfprofi.«

Und ihm dämmert plötzlich, dass sie recht haben könnte und schon sinken sie sich in die Arme. Unsinn, sage ich mir. Solche Gedanken sind Hrithik gegenüber total ungerecht. Schließlich halte ich ihn nicht für einen wankelmütigen Blödmann. Ich bin offensichtlich noch sehr weit von der Erleuchtung samt Großmut inklusive bedingungsloser Liebe gegenüber allem, was lebendig ist, entfernt. Gleichzeitig bin ich froh, dass Kurt mein Vater ist. Orientierungslos wie ich bin, würde ich sonst glatt auf ihn reinfallen und nun mit Stefan im Haupthaus meditieren.

Das Schweigen wird langsam peinlich, und ich kann nicht von Juli erwarten, dass sie die ganze Arbeit übernimmt, deswegen frage ich zur Abwechslung mal etwas: »Wie würde denn der Ausflug ablaufen, wenn wir wirklich deine Jünger wären?«

»Meine Jünger?« Er lacht. »Ach so. Nun ja, wir würden uns in die Hütte zurückziehen.«

»So weit, so gut – aber was macht ihr denn da?«

»Keine Ahnung, wenn ich ehrlich bin.«

Erbost schaue ich ihn an, und er fügt erklärend hinzu:

»Die meisten wissen instinktiv, was zu tun ist. Ich stelle ihnen eigentlich nur ein paar Fragen über ihre schönsten und schmerzlichsten Momente. Sie fangen irgendwann von ganz alleine an, einander anzuschreien und zu heulen. Meistens geht es um die Eltern.« An der Stelle blickt er beschämt zu Boden, offenbar ist ihm gerade was eingefallen.

»Ich finde das menschenverachtend.« Trotzig schaue ich aus dem Fenster.

»Wieso? Ich denke, ich bin der Katalysator, den sie unbedingt brauchen. Am Ende geht es allen besser.« Er zuckt mit den Achseln.

»Und wieso das Zölibat?«, mischt Juli sich ein, bevor ich Kurt weiter mit unliebsamen Fragen bedrängen kann.

»Zuerst haben wir das Gegenteil versucht. Ein bisschen wie Baghwan. Alle Energie ist sexuelle Energie und muss frei gelassen werden. Ihr wisst schon. Das hat aber überhaupt nicht funktioniert, sondern nur zu mehr Stress geführt. Die einen waren ganz wild darauf, sich mit allem zu paaren, was zu langsam war, zu entkommen, den anderen war ganz elend, bei der Vorstellung, von irgendjemandem aus der Gruppe berührt zu werden. Und sie dazu zu zwingen, im Dienste irgendeiner Befreiung, an die ich nicht glaube, das wäre mir zu hart vorgekommen. Außerdem hatte ich selbst bei denjenigen, die ganz scharf darauf waren, nicht das Gefühl, dass dieses ganze Sexding bei ihnen wirklich zu klareren oder freieren Gedanken geführt hätte.«

Ich schaue ihn neugierig an. Wieso nur klingt alles, was er sagt, so schrecklich vernünftig?

»Aber einige von den Jungs und Mädels haben ganz schön üble blaue Flecken«, stellt Juli fest.

Mein Vater fängt an zu lachen. »Das hat sicher nichts mit dubiosen Sexpraktiken zu tun. Das sind die Teilnehmer der Kampfgruppe. Denen tut das gut. Wenn die blauen Flecke verblasst sind, haben sie meist auch ihre Aggressivität abgelegt.«

»Das also ist dein Trick?« Jetzt ist Juli diejenige, die nicht aufgibt.

Kurt denkt nach. »Ich glaube, ich lasse sie wirklich leben, was in ihnen verwurzelt ist, statt ihnen einfach neue Zwänge zu verordnen.«

»Du meinst mit den Zwängen zum Beispiel wilde Orgien als Beweis der inneren Befreiung?«, frage ich gegen meinen Willen nun doch interessiert.

»Genau«, sagt er und sieht mich ziemlich lange an.

»In welche Gruppen wirst du uns stecken?«, frage ich.

»In welche wollt ihr denn?«

»Ich glaube, mir fehlt es eindeutig an Selbstliebe, und ich muss in die Meditations- und Heilgruppe.« Juli seufzt sehnsüchtig bei dem Gedanken an ausgiebige Ayurvedabehandlungen.

»Kämpfen«, sage ich spontan. Vielleicht bekomme ich da ja den Kopf frei. Außerdem mag ich es nicht, wenn Fremde an mir herumkneten. Mein Vater und Juli sehen mich gleichermaßen verdutzt an. Ich weiß, sie kennen mich eher als sanftmütig und zurückhaltend. Irgendwie stacheln mich entweder Indien oder die Umstände zur Rebellion an.

»Vielleicht auch noch ein bisschen Meditation«, füge ich beschwichtigend hinzu. Ein bisschen innere Ruhe und Erleuchtung kann nie schaden. Gleichzeitig fürchte ich sie, ohne genau zu wissen, wieso.

»Wir sind da«, sagt mein Vater unvermittelt. Ich schaue mich um. Wir sind mitten in der Pampa, vor uns ein Palmenwald.

»Ein paar Schritte müssen wir noch gehen«, kommentiert er Julis und meine ratlosen Blicke.

Juli und ich stapfen mit unseren Rucksäcken hinter ihm her. Lange müssen wir nicht warten. Ein paar Schritte weiter in der Wildnis steht das Haus. Es ist schön. Aus dunklem Holz mit weißen Lehmwänden, die Dächer sind aus Palmwedeln. Der riesige Eingangsraum erinnert an Klosterzellen mit seinen gewölbten Decken. Und wie das duftet.

»Was ist das?«, frage ich.

»Der Gruppenraum.«

»Nein, ich meine den Duft?«

»In die Palmwedel im Dach wurden Kräuter eingearbeitet.«

Das ist erschreckend himmlisch.

»Ich brauche ein Badezimmer«, ächzt Juli.

»Hinterm Haus. Toilettenpapier ist im Auto.« Kurt hat Juli den Schlüssel so schnell hingeworfen, dass er vor ihren Füßen aufprallt. Ich muss lachen, als ich ihre geschockte Miene sehen. Sie gibt sich tapfer, nimmt wortlos den Schlüssel und verlässt hocherhobenen Hauptes den Raum.

»Aber einen Schlafraum gibt es doch, oder?« Ich bin nun zum ersten Mal mit Kurt allein. Vielleicht ist mir deshalb ein wenig unbehaglich zumute.

»Ja, einen für Männer und einen für Frauen.« Er deutet auf zwei Türen. »Rechts schlaft ihr.«

»Ich schaue mir das mal an, ja?« Schnell schlüpfe ich in Richtung Tür und habe vor, die Zeit dort zu überbrücken, bis Juli wieder da ist.

Vier einfache Pritschen stehen in dem Raum, ein paar Laken liegen zusammengefaltet darauf. Sonst nichts.

Als ich zurück in den Hauptraum trete, ist Juli schon wieder da.

»Ganz schön stachelig, das Gestrüpp da draußen«, sagt Juli und deutet auf einen Kratzer auf ihrer Wade. Moment mal, stacheliges, undurchdringliches Gestrüpp? »Aber Giftschlangen gibt es hier keine, oder?«, frage ich.

»Nun, da in Indien über 40.000 Menschen jährlich an Schlangenbissen sterben, nehme ich das doch an«, sagt Kurt ungerührt. Was für einen verantwortungsbewussten Vater ich doch habe. Könnte er nicht zumindest so besorgt sein, dass er uns ein klitzekleines Plumpsklo baut. »Ich würde schon genau hingucken, manchmal sind sie sehr gut getarnt.«

Auch diesen Hinweis finde ich nicht sehr ermutigend.

»Regel Nummer eins: Nichts anfassen, auch keine scheinbar toten Schlangen. Regel Nummer zwei: knöchelhohe Schuhe tragen. Dann geht's. Die Tiere haben Angst vor uns und lassen sich nur selten blicken.«

»Hmpf«, mache ich, renne schnell zu meinem Rucksack und tausche meine Sandalen gegen die zum Glück mitgebrachten Trekking-Schuhe aus. Dann reiße ich Juli die Klorolle aus der Hand und gehe unsicher nach draußen.

»Was meinst du, was er mit uns vorhat?«, fragt mich Juli, als mein Vater uns allein gelassen hat, um ein paar Dinge aus dem Auto zu holen.

»Ich weiß nicht genau. Aber ich denke, das mit der Tigersuche meinte er ernst.« Mir ist ein bisschen mulmig. In was für eine Situation bringe ich Juli hier?

»Cool«, ruft sie mit aufgerissenen Augen. »Und dann suchen wir uns richtig schöne Namen aus.« Juli kichert ausgelassen. Ich rufe mir wieder in Erinnerung, dass sie nur mir zuliebe hier ist und ich ihr deswegen unmöglich die Laune mit einem zickigen Kommentar vermiesen kann. Mein Vater gesellt sich mit einem Korb voll Flaschen und Dosen wieder zu uns.

»So, heute feiern wir, und morgen gehen wir auf die Pirsch.«

Mein Vater fängt meinen neugierigen Blick in den Korb auf. »Der Wein ist für euch. Ich trinke alkoholfreies Bier. Dazu machen wir uns ein köstliches Menü aus Bohnen und Roti-Broten«, sagt er.

Wider Erwarten wird der Abend dann doch ganz lustig. Habe beschlossen, meinen Vater vorerst nicht als meinen Vater zu sehen, sondern als Fremden. Nach etwa einer Flasche Rotwein gelingt mir das so gut, dass es mich selbst überzeugt. Dass wir eine gemeinsame Vergangenheit haben, klammern wir als Gesprächsthema aus. Er erzählt Anekdoten aus dem Camp, vermeidet dabei aber Erzählungen, die Megan mit einschließen, vermutlich aus Respekt mir und der Erinnerung an meine Mutter gegenüber. Wir steuern ein paar Hamburger Episoden und aktuelle Geschehnisse in Deutschland bei. Dschungelcamp, Finanzkrise, das Wetten-dass-Ende – Kurt hat auf dem fernen Kontinent ja nichts von all diesen Dingen mitbekommen. Als Juli und ich am Ende sturzbetrunken auf unserer Pritsche liegen, finde ich die Welt und unsere Anwesenheit hier eigentlich ganz in Ordnung. Seltsam, wie ein paar Promille alles richten. Während ich an die Decke stiere und sich alles ein wenig um mich dreht, fällt es mir plötzlich ganz leicht, mir das ersehnte Happy End mit Hrithik vorzustellen: Ich sehe ihn vor mir, wie er am Flughafen steht, mit einem Blumenstrauß. So groß, dass er fast sein Gesicht verdeckt. Sicher sind es Lilien, meine Lieblingsblumen. Dummerweise werden sie ein wenig zerknickt, als er auf mich zuläuft und mich stürmisch in seine Arme nimmt. Aber es zählt ja die Geste … Selig schlafe ich ein.

❀

Schade nur, dass der euphorische Zustand immer nur bis zum brummschädeligen Erwachen anhält und die Welt sich mit einem Kater noch viel finsterer anfühlt. Auch wenn die Sonne grell zum Fenster hineinstrahlt. Das steigert die Schmerzen nur noch zusätzlich.

»Ich wünschte, ich könnte mich übergeben«, ächzt Juli, als sie neben mir erwacht. »Mir ist so elend.«

Ich bleibe auf dem Rücken liegen und versuche, ohne meinen Kopf zu bewegen, mit der Hand die Wasserflasche neben dem Bett zu finden.

Da poltert es auch schon an der Tür. »Aufstehen, meine Damen.«

Jede von uns überlässt der anderen die unangenehme Aufgabe zu antworten. Habe auch das Gefühl, ich müsste mich übergeben, wenn ich den Mund aufmache.

»Lebt ihr noch?«

»Klar«, stöhne ich so laut ich kann.

»Kommt ihr gleich?«

Juli starrt mich so entsetzt an, dass ich schon wieder grinsen muss. »Du wolltest doch Tiger sehen«, erinnere ich sie.

»Lieber würde ich aufhören, doppelt zu sehen.«

»Gib uns eine halbe Stunde, Kurt«, rufe ich. »Los komm! Eine kalte Dusche, dann haben wir es geschafft.«

An einem Baum hat Kurt einen Plastiksack mit Wasser gehängt und eine Spitze leicht abgeschnitten. Misstrauisch beäugen Juli und ich das Konstrukt. Meine Augen suchen jeden einzelnen Zweig nach entzückenden, gut getarnten Nattern ab. Ich entdecke aber keine.

»Du zuerst«, sagt Juli leicht angewidert.

»Na schön, aber du bleibst hier und hältst nach allem Ausschau, was sich schlängelt, ja?«, bitte ich. Juli nickt. Weil mich das nicht allzu sehr beruhigt, brauche ich nur zwei Sekunden, um mich einzuseifen und abzuspülen. Erfrischt fühle ich mich danach nicht. Ich wickele mir schnell ein Handtuch um den Körper und überlasse Juli das Feld.

»Das Badezimmer ist frei«, sage ich gönnerhaft. »Aber sieh zu, dass du nicht wieder Stunden darin brauchst.«

Juli rollt mit den Augen – und ist noch schneller fertig als ich.

Wieder im Haus schlüpfen wir schnell in frische Klamotten, bevor wir uns an den Küchentisch setzen. Kurt hält eine Kanne in der Hand, der ein wunderbarer Duft entströmt. Anerkennend strahlt er uns an. »Ich hatte gerade mal Zeit, den Kaffee zu kochen! Mit euch kann man wirklich in die Wildnis gehen! Ihr verschwendet keine Zeit mit dem üblichen Mädchenkram.«

Ha! Für eine Sekunde sieht Juli aus, als würde sie meinem Vater an die Kehle springen wollen – wo sie doch sonst immer so begeistert ist von allem, was er tut. Aber ein übler Kater und eine viel zu kurze Katzenwäsche können wohl selbst ihren Optimismus bremsen.

»Will der uns veräppeln?«, fragt sie ganz leise und schüttelt ihre Naturlocken, in denen noch Seifenreste hängen.

»Ich fürchte, nein.« Julis Anblick bringt mich zum Kichern. Kurt hat offenbar nichts gehört und freut sich über meine gute Laune. Mit noch breiterem Lächeln fragt er: »Habt ihr Hunger?«

»Oh Gott, nein!«, rufen Juli und ich gleichzeitig.

»Ihr solltet euch ein wenig stärken. Ich packe uns etwas ein.«

Eigentlich glaube ich, dass ich nie wieder etwas essen werde. Zumindest werde ich nie wieder Alkohol anrühren … in dieser Woche.

❁

Das ist Nadu«, stellt uns mein Vater unseren Führer vor. Ohne ihn darf man nämlich gar nicht ins eigentliche Reservat, erfahren wir an dieser Stelle. Nadu gibt Juli und mir die Hand.

»Es gibt frische Tigerspuren. Vielleicht haben wir Glück und entdecken ein Exemplar«, sagt er. Dafür müssen wir aber einiges tun. Zunächst einmal, auf sehr glitschige Flöße steigen, die so klein und schmal und aus unregelmäßigen Stämmen gezimmert sind, dass sie Huckleberry Finn gebaut haben könnte. Und das, wenn man sich so schon kaum auf den Beinen halten kann. Kurt, ganz Gentleman, bietet Juli und mir seinen Arm an, damit wir sicher auf dem schwankenden Ding landen. Mir wird schon wieder schlecht. Ein paar Stämme wurden auf dem Ding quer angebracht, so dass wir uns setzen können. Leider sind aber die Abstände zwischen den Planken so groß, dass unsere Füße sofort platschnass werden.

»Gibt es hier Krokodile?«, fragt Juli misstrauisch.

Nadu lacht. »Nein, nur große Fische.«

»Igitt«, macht sie und wirkt nun gar nicht mehr begeistert. Ich habe auch keine große Lust von einem indischen Riesenkarpfen angeknabbert zu werden. Diese Sorgen sind jedoch bald vergessen – die Überfahrt ist wunderschön. Nichts als dichte Wälder. Ab und zu ragen bizarr geformte Äste aus dem Wasser.

»Die stammen aus der Zeit, als hier noch Bäume standen. Bevor die Briten den Staudamm gebaut und alles unter Wasser gesetzt haben«, erklärt Nadu.

Am Ufer halten die Männer für uns schon merkwürdige Überschuhe bereit.

»Wegen der vielen Blutegel«, erklärt Nadu.

Juli und ich sehen uns mit angewidertem Gesicht an. »Iiiihhh.«

»Igittigittigitt«, äfft Kurt uns nach – ganz die Großstadtzicken im Dschungel. Jetzt müssten wir nur noch Prada-Pumps tragen und uns gegenseitig mit Thermalspray das Gesicht benetzen. Wider Willen muss ich lachen.

Wir stapfen stundenlang durchs Gestrüpp. Ganz wohl ist mir dabei nicht wegen der Schlangen, wir entdecken aber nur die Spuren der wilden Tiere, die hier leben sollen.

Kurt und Nadu schreiten voran und unterhalten sich angeregt über die Gegend.

Als wir die Abdrücke einer Tigerpranke entdecken, klopft mein Herz schneller. Sie sind so groß. Ich weiß nicht, ob ich mich nicht doch mehr freuen würde, wenn ich die dazu passende Riesenkatze nicht treffen würde.

Und dann erstarre ich. Ich schaue direkt ins schmale, ovale Angesicht einer grünen Viper zu meinen Füßen. Sie hat sich aufgerichtet und gibt eine Art Fauchen von sich. Ich bin unfähig, irgendetwas anderes zu tun, als zu schreien. Gleichzeitig habe ich das Gefühl, ganz tief zu fallen, als hätte sie mich schon gebissen und ich würde in dem Wissen zu Boden sinken, dass es das nun war. Nie hätte ich gedacht, dass einem ein Sekundebruchteil wirklich wie eine Stunde vorkommen kann und sich ganze Filme vor dem inneren Auge abspielen können. Man sagt, dass so etwas bei Sterbenden vorkommt. Aber die sind dann ja tot und können nicht mehr berichten, was sich tatsächlich abspielt. Nun glaube ich, dass es wahr ist. Ich bin wieder sechs Jahre alt. Ich plansche im Meer, als neben mir etwas Weißes auftaucht. Kurz zuvor habe ich die Vorschau für »Der Weiße Hai« gesehen. Der kurze Ausschnitt hat gereicht, um mir Angst vor Ungetümen im Wasser zu machen. Damals habe ich genauso geschrien wie jetzt in reiner Todesangst: »Papa, Papa!«

Und genau wie damals nehme ich meine Umgebung erst wieder richtig war, als Kurt das Problem schon gelöst hat. Damals hielt er mir lachend eine weiße Plastiktüte entgegen. Diesmal rammt er der Schlange seinen Wanderstock an die Kehle, macht ein paar schnelle Bewegungen, dann liege ich an seiner Brust und heule sofort los. Reine Hysterie. Als ich wieder zu mir komme, merke ich erstaunt, dass er fast noch mehr zittert als ich. Kein Wunder, so fest wie er zudrückt. Schnell mache ich mich los und reibe mir die Augen.

»Entschuldige … danke … wie hast du das gemacht?«, stammele ich und versuche, meine Stimme so vernünftig und klar wie möglich klingen zu lassen.

Er räuspert sich und blinzelt ein paarmal, als könne er so wenig wie ich glauben, was gerade passiert ist. Dann hält er mir seinen Wanderstock hin. Ich sehe, dass die untere Seite wie eine Astgabel geformt ist.

»Alles okay?« Er sieht mich besorgt an.

Der Unfall hat mich völlig aus dem Konzept gebracht, hilfesuchend schaue ich mich nach Juli um, die vorsichtig von meinem Vater zu mir guckt und mir dann um den Hals fällt. »Du hast mich so erschreckt, Tanja«, ächzt sie und erspart mir damit, meinem Vater antworten zu müssen.

Hilflos sieht er uns alle an. »Ich denke, wir kehren dann wohl besser um? Vermutlich möchte niemand mehr einen Tiger sehen?«

Ich schüttele mit dem Kopf. Ich kann ihn nicht angucken und nichts sagen, ich muss erst mal verarbeiten, was gerade passiert ist.

Als wir in trauter Dreisamkeit wieder in der Hütte sitzen, kann ich es gar nicht glauben, dass wir erst einen Tag hier sind und noch einen ganzen vor uns haben. Es kommt mir vor, als wären wir schon eine Ewigkeit unterwegs. Irgendwie hat sich die Zeit in dem Moment, in dem ich dachte, es wäre mein letzter, ausgedehnt.

Eines hat sich nicht geändert: Mein Vater kommt mir vertrauter und fremder vor denn je. Ich möchte wütend auf ihn sein, um nicht über das warme Gefühl nachzudenken, das ich seit seiner Rettungsaktion habe. Ich könnte ihm vorwerfen, dass er mich einer solchen Gefahr ausgesetzt hat. Aber das wäre albern, wo ich doch eigentlich einen Tiger sehen wollte. Und das, was ich ihm für gewöhnlich vorwerfe, hat er auch nicht getan: mich im Stich gelassen. Weil ich nicht weiß, was ich tun oder sagen soll, esse ich schweigend die scharfen Bohnen aus der Dose, die Kurt für Juli und mich zubereitet hat. Das heißt, eigentlich stochere ich nur so darin herum. Auch mein Vater scheint keinen Appetit zu haben. Nachdenklich schaut er in meine Richtung. So lange, dass ich weggucken muss.

Die Spannung zwischen uns ist anscheinend so greifbar, dass Juli sich rasch wegduckt: »Ich muss ins Bett. Esst ihr aber noch in Ruhe auf.« Ihr Gähnen klingt nicht sehr überzeugend. Dann ist sie verschwunden. Ich schaue beharrlich auf die Kerze auf dem Esstisch. Wild entschlossen, nicht den ersten Schritt zu machen. Wer hat schließlich diese weite Reise auf sich genommen? Genau, ich. Nun ist er mal an der Reihe. Das scheint er zu merken. Er räuspert sich.

»Erinnerst du dich noch an die Sache mit dem Hai?«

Ich nicke.

»Dich schreien zu hören, war schrecklich.«

Wir betreten gefährliches Terrain. Sicher hat er auch noch den erschreckten Aufschrei meiner Mutter im Ohr, als sie nach ihrem brüllenden Kind Ausschau gehalten hat. Nachdem mein Vater mich aus dem Wasser gezogen hatte, war sie diejenige, die mich getröstet hat. Obwohl ich ganz sicher nichts davon laut gesagt habe, ist es, als hätte mein Vater mich gehört. »Manche Dinge konnte sie einfach besser.«

Ich hätte nicht gedacht, dass das »sie« aus seinem Mund so ein Schock für mich wäre. Irgendwann musste es ja fallen.

Mir fällt auf, wie lange ich nicht mehr über meine Mutter gesprochen habe, fast als hätte sie nie existiert. Nun sitze ich dem einzigen Mann gegenüber, den ich kenne, der sie lebendig erlebt hat und sie mindestens so geliebt hat wie ich. Wäre er nicht der perfekte Gesprächspartner? Ich bin ganz kurz davor, zusammenzubrechen und mit ihm »darüber« zu reden. Aber ich habe Angst, dass ich dann nicht mehr aufhören würde zu heulen.

»Es tut mir so leid«, sagt mein Vater traurig. Das ist zu viel, mir fällt nur noch eine Möglichkeit ein, mich zu retten – der Angriff nach vorne.

»Was genau tut dir leid?«, frage ich leise. »Dass du nicht so ein guter Tröster bist oder dass du mich im Stich gelassen hast?« Schnell springe ich auf und laufe weg in mein Schlafzimmer. Ich werfe mich neben Juli, die natürlich noch nicht schläft.

»Was«, setzt sie an, doch ich unterbreche sie sofort. »Nicht jetzt!«

Schweigend liegen wir nebeneinander. Ich weiß, dass ich Kurt gerade sehr verletzt habe. Aber er sollte es wegstecken können, schließlich ist er erwachsen, denke ich trotzig. So wie ich, ermahne ich mich. Was hat mich nur geritten, hierherzukommen?

❁

Am nächsten Morgen sitzen wir alle verlegen beieinander am Frühstückstisch. Wie so oft zuvor ist es Juli, die versucht, die Situation zu retten. Eigentlich hat sie eine Medaille verdient, die Gute.

»Sollten wir uns dann jetzt nicht langsam mal ein paar Namen überlegen?« Mit gespielter Begeisterung klatscht sie in die Hände.

»Stimmt, machen wir das«, sagt Kurt erleichtert darüber, dass jemand das Schweigen gebrochen hat.

»Macht es dir etwas aus, wenn wir uns bei der Namensgebung eher an unseren Zielen als an unseren Problemen orientieren?«, fragt Juli.

»Natürlich nicht«, murmelt Kurt.

»Also gut. Dann möchte ich ›würdevoll‹ heißen.« Juli seufzt so sehnsüchtig, dass sie mir doch noch ein Grinsen entlockt.

»Alles klar«, sagt Kurt.

»Na, und was heißt das jetzt?«

Er wühlt in seiner Tasche. »Keine Ahnung, das muss ich erst mal nachgucken. Wenn wir Glück haben, steht der passende Name auf meiner Liste.« Er hält einen zerknitterten Zettel hoch.

Fragend hebt Juli die Augenbrauen.

»Das ist ein Ausdruck. Darauf sind ganz viele Namen und ihre Bedeutungen festgehalten. Habe ich in einem Internet-Forum gefunden«, gibt Kurt verlegen zu. Schnell überfliegt er die Liste. »Ha!«, sagt er dann. »Also gut, Juli, du heißt von nun an Laranya.«

Zufrieden lehnt sich Juli zurück. »Klingt schön. Einverstanden.«

Ich lasse mich nicht so leicht abfertigen. »Aus einem Forum? Aber dann weißt du ja nicht mal, ob das alles stimmt. Die Leute stellen doch alles Mögliche ins Netz.«

Juli verdreht die Augen. »Na und, stell dich nicht so an. Wie möchtest du heißen?«

»Mut«, ist das Erste, das mir einfällt. Und es ist ja auch nicht so, als könnte ich davon nicht eine gehörige Portion gebrauchen, um die Situation hier zu meistern. Kurt schaut wieder auf seine Liste. »Sahasa«, sagt er dann leise und sieht mich das erste Mal an diesem Morgen direkt und fragend an. Ich beiße mir auf die Lippe.

»Ich wähle die Therapien Kampf und Meditation«, fahre ich schnell fort – wie um zu bestätigen, dass ich meinem Namen gerecht werden möchte.

»Meditation will ich auch«, ruft Juli. »Und dann will ich noch in den Heilkraftkurs. Ich lasse mich lieber pflegen als verprügeln«, erklärt sie.

Zweifelnd sieht Kurt mich an.

»Ich kann tatsächlich nicht dafür garantieren, dass es in dem Kampfkurs nicht hart zur Sache geht. Und ich werde drei Tage nicht da sein, weil ich dann ja mit Stefan und zwei anderen Anwärtern in dieser Hütte sitzen werde.« Kurt runzelt die Stirn.

Dabei finde ich ihn fast ein wenig rührend. Er sieht manchmal so alt und erschöpft aus, dass ich ahne, mit was sich andere rumschlagen, die mit ihren Eltern inniger verbunden sind bzw. überhaupt noch welche haben. Die irgendwann auftauchende, erschreckende Erkenntnis, dass sie sterblich sind. Das sollte mich weniger überraschen als die meisten, tut es in diesem Moment aber trotzdem. Lässig winke ich ab. »Das schaffe ich schon, keine Sorge.«

»Ich kann dann ja Katzenurin auf die Wunden schmieren, sobald ich weiß, wie es geht«, unterstützt mich Juli.

Kurt grinst.

❀

Ich hätte seine Warnung beherzigen sollen, denke ich, als ich zwei Tage später im Schwitzkasten unter Ishira liege. »Das ist nichts Persönliches«, sagt sie, während sie mir das Knie in den Brustkorb presst.

»Wehr dich, lass es raus«, ruft unser Trainer, dessen Namen ich nicht verstanden habe – aber er klang so ähnlich wie »Gandhi«, was für ein Hohn: Seine aggressiven Gesten der Ermutigung wirken bei mir leider überhaupt nicht. Ich hatte mir das Ganze eher wie einen »Tae-Kwon-Do-Kurs« vorgestellt, in dem man eine schicke Kampf-Choreografie einstudiert und nebenher noch seinen Körper kräftigt. Stattdessen sollen wir sinnlos aufeinander einhauen. Ich war aber noch nie der gewaltbereite Typ. Unter normalen Umständen würde ich an dieser Stelle versuchen, Ishira mit Worten zu beschwichtigen. Leider fehlt mir sogar dafür der Atem, als ich japsend unter ihr liege. Warum nur hat mir niemand erzählt, dass wir unser ganzes Gewaltpotenzial erst einmal ungefiltert rauslassen sollen, um es dann entweder loszulassen oder in eine hilfreiche Form zu bringen? Das ist der Grund, warum sie uns keine Technik an die Hand geben, sondern uns auffordern, uns ganz unverfälscht zu vermöbeln.

»Das bringt mich so was von raus, wenn sie mich nur so krank anstarrt«, beschwert sich Ishira bei Ghandi.

»Warum bringt dich das raus? Was fühlst du, wenn sie das tut?«

»Es macht mich unglaublich wütend.«

»Dann zeig es auch«, sagt Gandhi ungerührt. Ich habe sogar das Gefühl, dass er mich ein bisschen boshaft dabei angrinst, dieser verkappte Perverse. Ist das seine Art, sein sadistisches Potenzial in eine »hilfreiche« Form zu bringen? Ishira boxt mir, ohne zu zögern, in die Niere und dann noch einmal gegen die Brust. Das tut doch weh, verdammt. Mir wird schummrig. Und in diesem Zustand bin ich im Lesen von Auren schon richtig gut. Ishiras ist tiefrot. Unwahrscheinlich, dass sie mich loslassen wird, bevor ich nicht mein unbedeutendes Leben ausgehaucht habe. Ich versuche, Luft zu bekommen und an etwas Schönes zu denken. Ich stelle mir vor, ich sei in Elizabeths Laden und Ishira nur eine schwierige Kundin. Hm … welches Buch würde ich ihr empfehlen? Irgendetwas wie »Zehn Methoden, Schmetterlingen die Flügel rauszureißen und Raupen zu ertränken«. Aua! Sie hat schon wieder meinen Brustkorb getroffen. Und da spüre ich sie endlich, meine verschütteten Mordgelüste. Gandhi wird stolz auf mich sein. »Das gibt blaue Flecke«, ruft Ghandi mir just an diesem wichtigen Wendepunkt zu. »Willst du dir das gefallen lassen?«

Ich bringe die zornige Kraft auf, Ishira von mir runterzustoßen. Wie eine paralysierte Antilope liegt sie nun zu Füßen des Löwen – also meiner Wenigkeit. Ergeben wartet sie darauf, dass ich mich nun meinerseits auf sie werfe. Und schon verlischt meine Wut wieder. Warum sollte ich eine wehrlose Frau schlagen? Doch als Gandhi immer wieder verbohrt »Lass es raus, lass es raus« brüllt, bin ich irgendwie überfordert und werfe mich schließlich doch noch auf Ishira. Vielleicht erreiche ich so ja ratzfatz die nächste Entwicklungsstufe, und sie lassen mich in Ruhe.

Ich würge Ishira ein wenig, drücke aber nicht wirklich doll zu. Aber es reicht, um bei ihr die gewünschte Wirkung zu erzielen.

»Wie fühlt sich das an?«, schreit Gandhi ihr ins Ohr.

»Ich habe Angst!« Sie presst die Worte mit zitternder Stimme hervor.

»Woran erinnert dich das?«

»An zu Hause«, quengelt sie plötzlich mit Kleinkinderstimme.

Du meine Güte. Irgendjemand muss mich hier rausholen. »Wen wolltest du vorhin eigentlich schlagen?«, fragt Ghandi unerbittlich.

»Meine Eltern«, keucht Ishira, körperlich und geistig völlig am Ende. Vor Schreck habe ich wohl doch ein bisschen zu fest zugedrückt. Ich lockere meinen Griff.

»Sag es ihnen. Sag ihnen, was du jetzt empfindest.«

Als hätte sie einen epileptischen Anfall, windet sich Ishira unter mir in heftigen Zuckungen. Dann schreit sie ihr Elend in mein Gesicht: »Warum ward ihr so lieblos zu mir?! Warum habt ihr mich nie verstanden? Warum musstet ihr mein Leben vermasseln?«

Mir reicht's. Ich muss mich gleich übergeben. Ich stehe auf, obwohl Gandhi mich anpöbelt: »Das müssen wir jetzt zu Ende bringen! So hilfst du ihr gar nicht.«

Verächtlich schaue ich ihn an. Dieser Typ hat Kurts Idee, den Menschen keine neuen Zwänge aufzuerlegen, ganz sicher nicht kapiert. Ich folge meinen Instinkten, statt seinen Befehlen und knie mich neben Ishira nieder. Ganz egal, was sie gerade gemacht hat, ist sie jetzt nur noch ein armes, gebeuteltes Mädchen. Ich fasse sie an den Arm. »Deine Eltern haben dich geschlagen?«, frage ich sie bedrückt. In diesem Moment schäme ich mich für mein zickiges Verhalten Kurt gegenüber, der immerhin niemals seine Hand gegen mich erhoben hätte.

Verwirrt blinzelt Ishira mich an, als erkenne sie mich erst jetzt wieder.

»Spinnst du?«, faucht sie mich an. »Das hätten die sich nie getraut.« Und schon hat sie sich wieder auf mich gestürzt und sieht fragend zu Gandhi hoch, der sie ermunternd ansieht. Eine verräterische Röte überzieht ihre Wangen, ihren Hals und ihr Dekolleté. Und plötzlich ist mir völlig klar: Sie hat gar kein Elternproblem. Und selbst wenn, hauptsächlich zieht sie diese ganze Nummer nur ab, um Gandhi zu gefallen. Und verknallte Frauen sind noch viel gefährlicher als solche, die von ihren Eltern mies behandelt wurden. Ich habe keine Chance!

»Ich wollte beim Fasching Prinzessin sein und musste den Cowboy spielen«, zischt sie in mein Ohr, bevor sie hineinbeißt und boshaft kichert.

Ich schreie, direkt in ihr Ohr. Erschrocken lässt sie mich los und reibt sich ihr erschüttertes Organ. Ich atme durch. Om. Hare, Hare. Shanti Om. Ich bin ganz entspannt im Hier und Jetzt. Nachher werde ich mit Juli hierüber lachen, falls ich es überlebe. Ich bin definitiv in der falschen Gruppe. Ich bin in einem ganz falschen Körper. Dieser hier jedenfalls tut so weh, dass ich ihn zu gerne loswerden würde.

❀

Es ist eine große Erleichterung, Juli in der Meditationsgruppe wiederzuschen. Bin neidisch, als ich ihre Aryuveda-Erfahrung mit meiner Kampfstunde vergleiche. Warum nur habe ich entschieden, mir Selbstliebe und Selbstannahme mit Fäusten einbläuen zu lassen, und nicht wie Juli, mit pflegenden Ölen?

»Also, ich finde unsere Methode besser: den Körper streicheln und verwöhnen, bis all die Akzeptanz, die wir ihm so zukommen lassen, endlich auch nach innen dringt«, kichert sie halb belustigt, halb entsetzt, als sie meine blauen Flecke sieht. Sehnsüchtig schaue ich auf ihre samtig strahlende Haut. Ich überlege kurz, ob es ein sehr großes Zeichen von Schwäche ist, wenn ich nun zugebe, die falsche Wahl getroffen zu haben. Juli versucht, mich zu überreden, nie wieder in die Kampfstunde zu gehen. Aber eigentlich will ich mir diese Blöße vor Kurt nicht geben.

»Ich glaube, ich ziehe das durch«, sage ich gelassen.

»Spinnst du? Die machen da Hackfleisch aus dir.« Mit einer Hand tippt sie gegen meine Ohrwunde und hält mir dann vorwurfsvoll ihren mit meinem Blut beschmierten Finger entgegen.

Alle schauen uns böse an, weil unser Geschnatter sie von der Rede des Meditationsleiters ablenkt. Beschämt schweigen wir und verharren nun mit vor der Brust gefalteten Händen im Schneidersitz, während er etwas von Indianern und Geld, das man nicht essen kann, erzählt. In der Mitte unseres Kreises liegt eine Lotusblüte, auf die wir uns konzentrieren sollen, bis auch unser Geist erblüht. Der Lehrer steht derweil auf und zieht ein paar Runden, um unseren Zustand zu überprüfen. Ab und zu tatscht er uns ab, um Blockaden zu lösen. Ich verspanne mich dabei aber immer mehr. Wie gesagt, es fällt mir nicht leicht, mich in die Hände Fremder zu begeben. Siedend heiß fällt mir an dieser Stelle ein, dass Julis und meine Schonfrist vorbei ist. Ab heute müssen wir die Nächte im Gemeinschaftsschlafsaal verbringen. Aber vorher steht noch das gemeinsame Abendessen an, bei dem wir endlich Stefan wiedertreffen.

Irgendwo hat er ein T-Shirt mit Yin-und-Yang-Zeichen aufgetrieben. Als er uns sieht, ist er schon halb dabei, einen Freudenschrei auszustoßen. Dann schluckt er ihn doch noch runter, was sehr lustig aussieht. Wahrscheinlich ist ihm gerade sein neues, würdevolles Ich eingefallen, zudem so viel Begeisterung einfach nicht passen würde. In einem künstlich gedehnten Tonfall sagt er: »Hallo, wie schön euch wiederzusehen.«

Um ihn ein wenig zu ärgern, tun Juli und ich sehr geheimnisvoll, als er uns nach unserem Aufenthalt auf dem Festland befragt.

»Manche Erfahrungen muss man selbst machen«, raune ich mit meiner tiefsten Stimme.

Seine Augen funkeln neidisch, er sagt aber nichts.

Erst als wir nach dem Essen noch einen Spaziergang unter Palmen machen und die anderen uns nicht mehr zuhören, erzählt er, dass er die letzten Tage nicht ganz so klasse fand.

»Morgen darf ich auch endlich. Es war echt ein bisschen langweilig hier. Tagsüber konnte ich nur rumlaufen, weil man an keiner Gruppe teilnehmen darf, solange der Zugang zum Ich noch nicht freigelegt ist.«

»Oh – wie traurig«, sagt Juli grinsend.

»Also, ich bin ja ganz froh, dass unsere Sinnsuche in einer Woche abgeschlossen ist«, sage ich und zeige Stefan die blauen Flecken an meinem Dekolleté, indem ich den Ausschnitt meines T-Shirts leicht nach unten ziehe.

»Wow. Darf ich mal anfassen?«

Entgeistert starre ich ihn an und lasse den Ausschnitt wieder hochrutschen. »Meine blauen Flecke? Du spinnst wohl. Das sind keine Stigmata, nix heilige Wunden. Die stammen von Ishira.«

Stefan sieht immer noch ganz versonnen drein. Er ist eben noch jung. Bei der Vorstellung, wie sich Frauen verschwitzt auf einer Matte herumwälzen, geht sicher so einiges mit ihm durch.

»Hoffentlich komme ich auch in die Gruppe.«

Hoffentlich nicht. Ein bisschen habe ich mich an ihn gewöhnt, aber nicht so sehr, dass ich einen Nahkampf mit dem Jungen erstrebenswert finde.

»Gehst du da morgen echt wieder hin?« Juli schaut mich verwundert an. »Das ist doch total krank, die ganze Geschichte. Nicht, dass du auch noch kreischend auf dem Boden liegst und deinen Vater beschimpfst. Das käme hier sicher nicht gut.«

Passiert mir ganz sicher nicht. Alle Blockaden, die ich gestern hatte, sind immer noch da. Ich habe sie sicher verwahrt. Ich beichte ihr, dass ich es eher als eine Frage des Stolzes sehe, weiter an der Therapie teilzunehmen.

»Blödsinn«, zischt Juli. »Echt emanzipiert bist du erst, wenn du ganz für dich allein entscheidest und nicht danach, dass du irgendetwas beweisen willst.«

»Ich glaube, ihr versteht da etwas nicht richtig«, fällt Stefan uns ins Wort. »Ihr könnt euch nicht einfach aussuchen, ob ihr lieber in der einen oder anderen Gruppe sein wollt. Euer Inneres gibt die Antwort. Und wenn Tanja in die Kampfgruppe gehört, sollte sie da auch bleiben.«

Keine von uns hält es für nötig, ihm zu antworten. Ich denke über Julis Worte nach. Sie klangen so banal wie wahr. Ich weiß aber trotzdem nicht, ob ich es über mich bringe, jetzt gleich wieder zu schmeißen. Hey, vielleicht ist das schon mein erster Entwicklungsschritt, sonst schmeiße ich ja immer relativ schnell alles hin, sobald es nervt. Und verprügelt zu werden, nervt definitiv. Vielleicht sollte ich das doch als eine Art wichtiges Übungsfeld für die Zukunft sehen, so à la »Wenn ich das durchhalte, muss ich auch nie wieder einen Job hinschmeißen, bei dem man sich zumindest keine schweren körperlichen Verletzungen holt«?

Vielleicht ist es aber auch nur ein Zeichen besonderer Dummheit, so etwas durchziehen zu wollen?

»Ich sollte einmal etwas zu Ende bringen!«, sage ich zu Juli.

»Was wäre denn der gelungene Abschluss? Ein gleichmäßig blau gefärbter Körper? Außerdem kannst du es gar nicht zu Ende bringen, weil wir in einer Woche wieder weg sind und so schnell hier keine Therapie beendet ist. Außerdem tun wir doch sowieso nur so als ob«, den letzten Teil hat sie geflüstert. »Also komm morgen mit in meine Heilkundestunde. Da lernen wir erst mal nur unseren eigenen Körper kennen und lieben, in dem wir ihn mit duftenden Ölen massieren.«

»Ich werde drüber nachdenken«, verspreche ich Juli, bevor wir uns in den Schlafsaal zurückziehen. Ich weiß nicht, ob die anderen uns absichtlich ärgern wollten, aber unsere Pritschen stehen an den beiden entgegengesetzten Enden des Raumes. Ich würde mich wirklich besser fühlen, wenn ich sie neben mir hätte. Stattdessen liegt Ishira neben mir und taxiert mich feindselig. Ich traue mich kaum, die Augen zu schließen, aus Furcht, einen Dolch aus Kokosnussschale im Rücken zu haben. Was hat sie nur gegen mich?

»Ishira, was beschäftigt dich?«, fragt Aman, als er vor dem Einschlafen noch einmal eine Runde dreht, um die Fortschritte und Gedanken zu überprüfen.

»Sie gehört nicht in die Gruppe«, faucht sie und zeigt auf mich, »ihre ganze Art hat mich völlig aus meiner Spur gebracht. Ich konnte gar nichts Echtes mehr empfinden, als sie mich angesehen hat. Da ist kein Kampfgeist, nichts.«

Damit hat sie im Prinzip sogar recht.

»Falls es so sein sollte«, sagt Aman, »dann nimm es als Lehre, ganz bei dir selbst zu bleiben und nicht zu sehr auf die Reaktionen der anderen zu schielen. Und lass ihr etwas Zeit, nicht jeder kann sofort seinen Kern öffnen.«

Danke, Aman, wirklich sehr nett. Ich garantiere dir, dass du meinen Kern nicht knacken wirst, solange ich hier bin. Es scheint mir so sinnlos, hier mit den anderen von nun an tagelang im Haupthaus rumzuhängen. Ich bin gekommen, um meinen Vater zu meiner Hochzeit einzuladen, und nun werde ich ihn kaum noch zu Gesicht kriegen. Statt zu Hause mit Hrithik zu essen, zu kuscheln oder eine nette Serie im Fernsehen zu gucken, schwitze ich die ganze Zeit und muss mich mit diesen Gestörten auseinandersetzen. Was habe ich mir nur dabei gedacht? Ich kenne die Antwort: Ich habe gar nicht gedacht. Das kommt definitiv auf meine Liste mit den Dingen, die ich in Zukunft ändern will. Sobald ich meine persönliche Therapie in Sachen Durchhalten überstanden habe.

❁

Drei Tage vergehen, bis ich Kurt wiedersehe. Viel ist in der Zeit nicht passiert. Die Meditationsstunden machen mich wirklich gelassener, was sich aber negativ auf die Kampfstunden auswirkt, weil dort Gelassenheit das Aggressionspotenzial der anderen eher noch verschärft. Ich kann doch auch nichts dafür, dass mein erster Reflex immer ist, mit den Leuten zu reden, statt ihnen gleich eine reinzuhauen.

Kurt wirkt etwas geschockt, als er mich beim Abendessen wiedersieht, mittlerweile habe ich nämlich auch einen dicken blauen Fleck unter dem Kinn. Er sagt nichts, zieht mich aber hinterher beiseite, nachdem er kurz mit Juli getuschelt hat.

»Du kommst mit«, sagt er so bestimmend, dass ich ihn trotzig ansehe. Früher war ich von uns beiden die Erwachsene, da muss er jetzt nicht versuchen, die Sache umzudrehen. Als mir bewusst wird, dass alle uns anschauen, folge ich ihm aber doch, damit es nicht noch peinlicher wird. Als wir in seiner Hütte angekommen sind, setzt er mich wortlos auf einen Stuhl in der Küche.

»Wo ist eigentlich Megan?«, frage ich.

»Die besucht ihre Eltern. Ihr werdet wohl schon wieder weg sein, bevor sie wiederkommt.«

»Schade«, sage ich.

Überrascht schaut er mich an. Was hat er denn gedacht? Wenn ich ihm irgendetwas nicht übel nehme, dann, dass er fast dreißig Jahre nach dem Tod meiner Mutter keine Lust mehr hatte, allein zu leben.

»Autsch«, entfährt es mir, als er ganz vorsichtig eine Tinktur auf eine aufgeplatzte Stelle schmiert. Eigentlich fühlt es sich ganz gut an, so umsorgt zu werden, aber auch ein wenig seltsam, weil ich es nicht gewohnt bin. Wenn ich nur nicht so angespannt wäre.

»Ich möchte nicht, dass du da weiter hingehst.« Missbilligend schaut er mich an. Erst will ich reflexartig etwas Schneidendes erwidern. Dann schauen wir uns in die Augen, sehen darin die jeweils eigenen, und müssen beide lachen.

»Na gut, es ist wohl ein bisschen spät, jetzt die Vaterrolle einzunehmen, was?« Er grinst verlegen.

»Ein bisschen«, antworte ich huldvoll.

Jetzt gibt es kein Zurück mehr, wir können jetzt unmöglich die Rede wieder auf etwas Belangloses wie das Wetter bringen. Vielleicht sind wir uns doch ähnlicher als ich dachte: Wir verfallen in stumpfsinniges Schweigen.

Kurz stelle ich mir vor, ich würde es jetzt machen wie Ishira, mich auf dem Boden wälzen und all die schrecklichen Traumata meiner Kindheit herausschreien, die mir im Nachhinein gar nicht mehr so schlimm vorkommen. Außer die Sache mit meiner Mutter, aber dafür kann er nichts. Wenn, war es schon eher meine Schuld. Hätte ich mir nur nie den verdammten Plüschhund gewünscht. Würden die Menschen doch zu Weihnachten nicht so gemeingefährliche Riesenbäume aufstellen. Wenn wir sie so beharrlich fällen, ist es ja kein Wunder, dass die Natur irgendwann zurückschlägt.

»Wer hat dich eigentlich so zugerichtet?«, will Kurt wissen und setzt sich zu mir an den Tisch.

Ich berichte ihm von der Kampfstunde mit Ishira und dass ich Prügel bezogen habe, weil sie als Kind in ein Cowboykostüm gezwungen wurde. Es fühlt sich etwas merkwürdig an, sich bei ihm über die Eltern-Kind-Konflikte anderer lustig zu machen. Aber es ist schön, mit meinem

Vater zu lachen. Das haben wir seit dem Tod von Mama nicht mehr getan.

»Das tut mir leid«, sagt er. »Das habe sicher ich dir eingebrockt. Sie hat versucht, etwas mit mir anzufangen. Schien mir so eine kranke ödipale Geschichte zu sein. Offenbar verstrickt sie sich immer in Affären mit älteren Männern. Ich habe deshalb gesagt, dass sie meine Tochter sein könnte, und ich hätte schon eine, die ich in der Rolle vorziehe.«

»Autsch«, sage ich. »Aber danke.« Ich versuche zu lächeln, obwohl mir ganz beklommen ist. Wieso nur habe ich plötzlich Lust, wie ein kleines Mädchen zu heulen, mich an seine Knie zu klammern und ihm zu sagen, dass ich ihm gar keine Schuld an irgendetwas gebe und mir die Sache mit dem Hund unsäglich leidtut.

»Ich würde mich übrigens freuen, wenn ich wirklich zu deiner Hochzeit kommen darf.«

»Darfst du«, sage ich schnell. Bei der Größe von Hrithiks Familie nehme ich jeden halbwegs vertrauten Kerl, den ich der fremden Masse entgegensetzen kann.

Wir schweigen wieder. Das hier ist ja peinlicher als damals, als er mich zur Seite genommen und versucht hat, mit mir ein Aufklärungsgespräch zu führen. Es war ihm deutlich anzumerken, dass er alles dafür gegeben hätte, eine Frau zu haben, die er hätte vorschieben können. Ging aber nicht, geht heute auch nicht. Megan ist ja bei ihren Eltern.

»Ich dachte, du willst vielleicht nichts mehr mit mir zu tun haben. Du hast nie auf eine der Karten reagiert.«

»Ich wusste nicht, was ich schreiben sollte. Irgendwie wollte ich das alles vergessen.«

»Es war nie besonders lustig bei uns zu Hause, was?«

Ich schüttele den Kopf.

»Es tut mir leid«, sagt er schlicht. »Tut mir leid, ich weiß, ich wiederhole mich immer wieder, aber ich weiß einfach nicht, was ich sagen soll.«

In hilfloser Verlegenheit schaut er über meine Schulter hinweg, ich meide auch jeden Blickkontakt, als ich sage: »Ich dachte, du würdest mich vielleicht hassen, wenn du es wüsstest.«

Er sieht so verdutzt drein, dass ich beinahe kichern muss. Ich erzähle ihm von dem Plüschhund, den Mama nur meinetwegen in dem Kaufhaus besorgt hat und wie ich ihn im Garten verbuddelt habe, um sämtliche Spuren zu beseitigen.

Er starrt mich lange wortlos an, dann sackt sein Körper in sich zusammen und macht ganz merkwürdige Geräusche. Ein bisschen klingt es nach einem verzweifelten, hysterischen Lachen. Er schlägt die Hände vors Gesicht, und sein Körper wird von heftigen Zuckungen geschüttelt. Ich fürchte, er dreht durch, bin aber auch ein wenig sauer, weil er nichts Hilfreiches von sich gibt. Seit sechzehn Jahren schleppe ich nun mein dreckiges Geheimnis mit mir rum. Ich habe es so geheim gehalten, dass ich es die meiste Zeit selbst nicht mehr wusste. Da muss man sich doch fragen, ob ich nicht vielleicht jedes Mal, wenn ich zornig an meinen Vater dachte, nicht vor allem wütend auf mich selbst war. Es ist mir nicht leichtgefallen, das auszusprechen. Ich erwarte ja nun keine anschwellenden Geigenklänge oder eine großartige Absolution. Aber doch vielleicht ein wenig andächtige Stille und Respekt vor dem Mut, den es mich gekostet hat. Endlich hebt er seinen Kopf. Die Tränen laufen ihm nur so runter. Dann reißt er mich kurz an sich, löst sich aber sofort wieder von mir, als er merkt, dass ich mich versteife.

»Verrückt«, wiederholt er immer wieder. »Verrückt.«

Kann man wohl sagen.

»Tanja, dir ist doch klar, dass das absoluter Blödsinn ist? So ganz tief in deinem Innern weißt du das, oder?«, fährt er fort. Jetzt schaue ich verzweifelt auf den Boden. Im Gegenteil, ganz tief im Innern saß mein Schuldgefühl und hat sich dort so breitgemacht, dass für Zweifel kein Platz mehr blieb.

Ich schüttele den Kopf und schäme mich, dass ich nun auch Tränen in den Augen habe.

Er kneift seine Augen zusammen und sieht dabei fast ein wenig zornig aus. »Bitte, zermartere dich nicht mit so einem Schwachsinn. Ich fühle mich so schuldig. Nicht nur, weil ich dich im Stich gelassen habe, sondern weil ich dich auch mit diesem Gefühl allein gelassen habe. Das ist schrecklich.«

Jetzt weiß ich nicht, was ich sagen soll.

»Bitte, vergiss das. Du hast keine Schuld am Tod deiner Mutter, ganz bestimmt nicht. Ich habe mich nicht genügend um dich gekümmert. Aber du warst so still, hast mich immer so ruhig angeguckt, dass mir mulmig wurde und ich das Gefühl hatte, du kämst mit der Situation viel besser klar als ich. Ich wusste einfach nicht, wie man allein eine Familie führt. Ich brauchte deine Mutter dafür. Ich habe sie so sehr geliebt. So sehr, dass ich danach nicht mehr klar denken oder wirklich etwas empfinden konnte. Verstehst du das?«

Ein bisschen ist es eine Ohrfeige, dass er nicht einmal mehr etwas für seine Tochter übrighatte. Aber doch, ich verstehe ihn. Wenn Hrithik etwas zustieße … Mit einem Mal ist alles egal, der ganze Blödsinn mit Melanie und der Streit um meinen Job, das alles ändert doch am Ende hoffentlich nichts an unseren Gefühlen, oder? Ich habe jetzt die Wahl, ich kann mich an die Vergangenheit klammern, an die vermeintliche Ablehnung meines Vaters, an den trotzigen Wunsch, es ihm zumindest ein klein wenig schwerzumachen. Schließlich war er doch der Erwachsene. Er hätte sich im Griff haben sollen. Aber jetzt bin ich auch erwachsen und bereit einzugestehen, dass auch Väter menschlich sind. Dass meiner einfach mit einer Situation schlecht umgegangen ist, so wie ich auch mit einigen Situationen in der letzten Zeit schlecht umgegangen bin. Ich kann meinen Vater auf Augenhöhe betrachten, und das ist eigentlich ein gutes Gefühl. Es ist Zeit loszulassen. Außerdem will ich ehrlich gesagt, dass dieses peinliche Gespräch ganz schnell wieder vorbei ist. Deswegen baue ich ihm jetzt einfach mal die Brücke seines Lebens und schaue, was passiert.

»Führst du mich zum Altar, Papa?«, frage ich ernst, schaue in seine Augen und wende den Blick nicht ab.

Kurz fürchte ich, er bricht wieder in Tränen aus. Aber dann umarmt er mich lachend und ergreift meine Hand. »Nichts lieber als das, Tanja.«

Puh, das war es also. Es ist alles andere als perfekt, aber ich bin es auch nicht. Wir mögen niemals die tolle Familie sein, in der alle bei 70. Geburtstagen aufeinander glucken und den neuesten Tratsch über die Verwandtschaft ausplaudern. Aber wir sitzen jetzt hier zusammen, und ich glaube, wir sind beide froh, dass es so ist. Vieles ist noch nicht gesagt. Aber vielleicht macht das ja auch gar nichts. Vielleicht fühlt sich dieser Moment ja gerade deswegen so sehr nach einer echten Familie an, weil nichts an ihm perfekt ist.

Ich könnte meine neu gewonnene Reife dafür verwenden, nicht trotzig in der Kampfgruppe zu verweilen. Tue ich aber nicht. Auch wenn es Juli und mein Vater nicht verstehen – ich bin gerade so in Fahrt und entdecke den Spaß dabei, Dinge zu Ende zu bringen. Und sollte mich das schließlich einen Schneidezahn kosten, verbuche ich das eben als Lehrgeld. Nur Stefan versteht mich … irgendwie. »Es ist ja nicht so, als hättest du eine Wahl, wir müssen leben, was in uns ist«, sagt er einmal, als ich ihm beinahe die Nase gebrochen hätte. Ich muss lachen und klopfe ihm auf die Schulter.

»Du bleibst hier, wenn Juli und ich fahren, oder?«

»Ja.«

»Aber ich muss das bitte deinem Vater nicht sagen, oder?«

»Hast du Angst, er steckt den Buchladen in Brand? Keine Sorge, so etwas tut er nicht. Und ich habe ihm auch nichts von dir gesagt. Genau genommen, habe ich nur einen Zettel auf den Küchentisch gelegt, auf dem stand, dass ich in Indien bin.«

»Aber du weißt: Eltern sind auch nur Menschen. Melde dich irgendwann mal bei ihm.«

»Auf einmal?«

Ich muss lachen. »Ja, auf einmal.«

Nach unserem Gespräch verlaufen die Begegnungen mit meinem Vater erschreckend normal. Wir essen abends gemeinsam und lachen über Julis Witze. Das Beste ist, dass ich nun in seiner Nähe völlig entspannt bin. Was verdammt viel ist, wie ich finde. Als Juli und ich schließlich nach Kochi aufbrechen, weil wir den letzten Abend dort verbringen wollen, wo wir die Reise begonnen haben, umarmen Kurt und ich uns sogar etwas länger. Wir sind dabei immer noch etwas unbeholfen und versprechen uns nichts, außer dass wir uns bei der Hochzeit sehen werden. Vielleicht räume ich zu Hause endlich das Kabuff auf, werfe die Gegenstände weg, die er mir geschenkt hat, die ich unmöglich finde und weise denen einen richtigen Platz in der Wohnung zu, die mir gefallen. Ganz so, wie man es bei einem echten Vater täte. Diesen Entschluss gefasst, kann ich nur noch an eines denken: Hrithik. Ich bin so aufgeregt, ihn wiederzusehen, dass Juli wenig Freude an mir haben wird. Als wir in Fort Kochi ankommen und uns sofort wieder dieser unverwechselbare Wirrwarr an Gerüchen in die Nase steigt, ist es ein bisschen so, als hätte ich die letzten Tage nur geträumt.

Juli scheint etwas weniger sentimental zu sein. »Ich brauche ein Internet-Café«, ächzt sie. Leicht weggetreten begleite ich sie bei ihrer Suche. Als sie eines gefunden hat, lasse ich mir auch einen freien Platz zuweisen und entdecke überrascht, dass mir tatsächlich jemand geschrieben hat. Neben dem üblichen Quatsch – Werbung und Nigerianer mit kranker Mutter, die ganz viel Geld in einem Geldkoffer gebracht bekommen wollen – habe ich sogar gleich drei echte Nachrichten. Von Lilly, Hrithik und völlig unverständlicherweise von Chadni. Woher hat die überhaupt meine Adresse? Ich beschließe zuerst die E-Mail von Lilly zu lesen, weil ich vor Hrithiks Botschaft ein bisschen Angst habe. Was, wenn er anders als ich, ganz und gar nicht zu dem Schluss gekommen ist, dass all unsere Querelen völlig nichtig sind und wir einfach zusammenzugehören.

»Ich mag Hrithiks E-Mail nicht öffnen«, sage ich laut und beiße auf meinen Fingernägeln herum.

»Wieso das denn?«, fragt Juli entgeistert.

»Vielleicht löst er ja die Verlobung«, gebe ich kleinlaut zu bedenken.

»Pffff«, Juli bläst sich ungeduldig eine Haarsträhne aus der Stirn. »So ein Quatsch, der will dir sicher nur sagen, dass er dich schrecklich vermisst, du Pessimistin. Du hast ihn kein einziges Mal angerufen in den zwei Wochen.« Vorwurfsvoll schaut sie mich an. Stimmt, das ist für meine Verhältnisse ungewöhnlich. Eigentlich hätte ich ihn jeden Tag sprechen wollen. Aber nachdem wir doch vereinbart hatten, über alles noch mal nachzudenken, sollte er schließlich auch den Raum für solche Gedanken haben.

Ich lese trotz Julis Einwänden zuerst die E-Mail von Lilly.

Liebe Tanja,
weil ich dir keine Konkurrenz als Braut machen wollte, und weil es für mich die zweite Ehe ist, habe ich beschlossen, dass Lothar und ich in aller Stille am 23. März heiraten. Zwei Tage nach euch. Könntest du so nett sein, deine indischen Freunde zu fragen, ob das ein passender Termin für uns wäre? Lothar hat am 16.5.1937 Geburtstag, und ich bin am 8.12.1942 geboren (sollte die Jahreszahl bei den Berechnungen entscheidend sein, bin ich 1936 geboren). Wir würden aber auch bei schlechten Sternen den Termin wohl nicht verschieben. Schließlich haben wir nicht mehr so viel Zeit wie ihr. Wir würden die Flitterwochen gerne an der Ostsee verbringen und wollten dich fragen, ob dein Angebot, uns dorthin zu fahren, noch steht? Denn selbstverständlich hält mich der Ehestand nicht davon ab, weiter meinen eigenen Interessen nachzugehen. Ich bin eine emanzipierte Frau und werde weiter meine Liste abarbeiten. An ein paar Punkten will Lothar sogar

teilnehmen – zum Beispiel bei der Sache mit den Haien. Vielleicht kann man sich dort ja sogar unter Wasser trauen lassen? Hilfst du uns? Ich bin sehr glücklich und hoffe, dir geht es mindestens so gut wie mir,

deine Lilly

P.S.: Ich hatte recht. Lothar hat doch eine romantische Ader. Erinnerst du dich an das eine Mal, als wir ihn mit der Geige gesehen haben? Er schleicht sich regelmäßig raus, um in der Fußgängerpassage zu spielen. Nicht wegen des Geldes, sondern nur um sich am Klang an der freien Luft zu erfreuen. Ist das nicht rührend? Ein Mann, der ein Instrument beherrscht! Wusstest du, dass auf meiner Liste auch steht, Klavierspielen zu lernen. Das werden wunderbare Duette. Aber nur kein Neid, Kleines!

Beim Lesen hat sich ein breites Grinsen auf mein Gesicht geschlichen. Jetzt bin ich bereit für Hrithiks E-Mail! Was sollte mich nun noch schocken? Lothar und Lilly? Unfassbar eigentlich, aber es fühlt sich irgendwie goldrichtig an.

»Alles klar bei dir?«, fragt Juli besorgt. »Wie du den Rechner anschaust … du siehst ein bisschen irre aus. Dich hat doch kein verspätetes Sumpffieber gepackt?«

Ich schüttele den Kopf und muss wider Willen hysterisch kichern. Das gibt es doch alles gar nicht.

»Wirklich alles gut? Wenn du mir nicht sofort sagst, was du hast, rufe ich einen Krankenwagen.«

»Alles bestens«, ächze ich unter Gelächter. »Lothar und Lilly heiraten.«

»Sind das die Verrückten aus deinem Altersheim?«

»Genau«, sage ich, »vielleicht sogar die Verrücktesten von allen. Sie wollen in einem Haifischbecken heiraten.«

»Oh«, sagt Juli jetzt auch ein wenig verstört. »Nun in dem Alter macht einem der Gedanke an das Ableben vielleicht nicht mehr so viel Angst. Ich möchte ja zu gerne in einer schottischen Schmiede heiraten. So wie in den Jane-Austen-Filmen. Könntest du das Alexander vielleicht mal suggerieren? Und mir noch einen guten Tipp geben, wie man Männer dazu bringt, einen Antrag zu machen?« Juli sieht verträumt drein.

»Für den Antrag fällt mir vielleicht noch etwas ein, aber nicht unbedingt dafür, dass die Hochzeit auch wirklich stattfindet.« Ich starre immer noch auf Hrithiks ungeöffnete E-Mail. Hätte er nicht zumindest einen dezenten Hinweis im Betreff unterbringen können? So etwas wie »Du bist immer noch die Frau meines Lebens« oder »Entwarnung: Ich mache hiermit nicht Schluss«? Sie ist auf einen Tag nach meiner Abreise datiert. Das finde ich eher unheilverkündend.

»Hör auf, Trübsal zu blasen, und lies endlich die E-Mail«, fordert Juli mich genervt auf. Und schließlich folge ich ihrem Befehl.

Liebe Tanja,
ich weiß nicht, ob du überhaupt eine Gelegenheit findest, diese Nachricht zu lesen. Aber ich hoffe es sehr. Ich möchte, dass du bei dem Abenteuer deines Lebens weißt, wie sehr ich dich liebe. Ich wünschte immer noch, du hättest etwas mehr Vertrauen zu mir gehabt und mir von deinem neuen Job erzählt. Trotzdem verstehe ich dich inzwischen ein wenig besser. Verrückterweise hat mir ausgerechnet Chadni den Kopf gewa-

schen. Dabei dachte ich bislang, ihr versteht euch nicht besonders gut. Und ich entschuldige mich wegen der Geschichte mit Melanie und komme mir so dämlich deswegen vor. Es war unsensibel, den Blödsinn, den sie von sich gibt, als Argument zu benutzen. Sie wusste übrigens, dass du in dem Laden arbeitest und hatte auch die Sache mit der Widmung geplant. Das weiß ich von Chadni. Wenn ich an diese Boshaftigkeit denke, schäme ich mich noch mehr, dass ich nur eine Sekunde dachte, diese Frau könne mir irgendetwas über dich verraten, was ich als dein Freund und hoffentlich bald auch Mann nicht gesehen hätte. Verzeihst du mir?
Und was den Job angeht: Es ist mir ehrlich völlig egal, was du tust. Ich will nur eines: dass du glücklich bist. Komm bald zurück. Ich warte auf dich. Ich liebe dich. Ich küsse dich.

Dein Hrithik

Ich schluchze haltlos.

»Mist«, entfährt es Juli. Sie springt auf und nimmt mich in den Arm. »Ist er verrückt, er hat doch nicht ernsthaft etwas Gemeines geschrieben, oder? Dann reiße ich ihm den Kopf ab. Männer sind doch einfach blöd …«

»Stopp!«, rufe ich. »Du bringst meinen Kopf nur noch mehr durcheinander. Er hat sogar etwas sehr Nettes geschrieben. Ich glaube wirklich, alles wird gut.«

Sofort ist die Aufregung vergessen. Juli zuckt lässig mit den Schultern und setzt sich wieder an ihren Rechner. »Sag ich doch«, sagt sie nur.

Ich öffne die letzte E-Mail, nachdem ich Hrithik versichert habe, dass ich mich auf ihn freue und zu welcher Uhrzeit ich ankommen werde. Natürlich hoffe ich darauf, dass er dann am Flughafen steht. Dann lese ich, was Chadni mir zu sagen hat.

»Liebe Tanja,
es tut mir leid, wie Melanie und ich in deinen Laden gestürmt sind. Ich wusste nicht, was sie vorhatte, sonst hätte ich es nicht zugelassen, obwohl ich wirklich lange dachte, sie passt besser zu meinem Bruder. Aber er liebt dich, und ich habe gesehen, dass ihr viel glücklicher miteinander seid, als ich ihn bislang mit einer anderen Frau gesehen habe. Etwas anderes wünsche ich mir für ihn nicht. Für Melanie habe ich mich an dem Tag so sehr geschämt, dass ich nicht weiß, ob unsere Freundschaft halten wird. Bitte sei mir nicht böse, und lass uns einen Kaffee trinken gehen, wenn ich das nächste Mal in Hamburg bin.
Grüße, Chadni

Wow, gerade mal zwei Wochen in Indien, und schon sieht es so aus, als würde ich schlagartig zwei Familien bekommen. Insgeheim male ich mir schon aus, wie mein Vater und ich mit Hrithik und seiner Familie an einem großen Tisch sitzen. Vielleicht haben wir dann sogar schon ein Kind und essen, plaudern und lachen miteinander – genau wie in den Filmen. Vielleicht zanken wir auch ein wenig – ganz so wie es sich in einer richtigen Familie gehört. Verrückt. Wirklich verrückt. Am liebsten würde ich mich sofort ins Hotelzimmer legen und in Hamburg wieder aufwachen, so sehr freue ich mich auf Hrithik. Und jetzt, wo Chadni mich an meinen Job erinnert hat, freue ich mich sogar darauf, endlich wieder in Elizabeths Laden zu stehen. Vielleicht ist dieses Geschäft ja nun wirklich meine

Bestimmung. Es mag nicht der Beruf sein, den Eltern sich üblicherweise für ihre Kinder wünschen und auch nicht der, den man sich damals im Mädchenzimmer erträumt hat. Es ist nicht die renommierte Kunstgalerie, die ich eröffnen wollte, solange ich für Kunstgeschichte eingeschrieben war, aber eigentlich weiß ich gar nicht mehr, warum ich das überhaupt wollte. Ich pfeife auf Prestige und ein hohes Gehalt, wenn ich die Möglichkeit habe, mich in meiner Arbeitsumgebung so rundum wohlzufühlen. Das wäre nun der Punkt, an dem ich das reine Glück der Erkenntnis verspüren müsste. Aber irgendwo in meinem Kopf nistet noch die leise Angst, das vertraute und »richtige« Gefühl, das ich zwischen den Bücherstapeln empfinde, könne sich am Ende doch wieder als Illusion entpuppen.

»Lass uns irgendwo etwas trinken, ja?«, sage ich zu Juli und schleife sie aus dem Internet-Café. Wir holen uns beide einen köstlichen Mango-Lassi von einem Straßenstand und schlendern schlürfend durch die Gassen. Unterwegs erzähle ich ihr von meinen Grübeleien.

»Pfff«, macht sie wieder. Das scheint ihr neues Lieblingsgeräusch zu sein. »Was meinst du, wie viele überarbeitete, frustrierte Manager insgeheim davon träumen, ein kleines Café, einen Buchladen oder sonst irgendetwas zu eröffnen und es nur nicht tun, weil sie nicht den Mumm haben, die eingefahrenen Bahnen zu verlassen, in die Mami und Papi sie einst geschubst haben?«

»Na ja, viel Mumm brauche ich ja nicht. So viel setze ich schließlich nicht aufs Spiel. Eigentlich sogar gar nichts«, wende ich ein.

»Siehst du, das ist ja noch viel besser.«

Ich schaue zweifelnd drein.

»Hey, du Undankbare«, Juli stößt mir in die Rippen. »Sieh

es jetzt endlich mal als tolle Chance an und nicht als Risiko, das dir möglicherweise eine andere Chance verbaut. Elizabeth hat dir angedeutet, dass du den Laden vielleicht irgendwann einmal übernehmen kannst. Wie fühlt sich das an?«

»Jetzt gerade? Super.«

»Und wenn du dir dich in zehn Jahren vorstellst, in diesem Laden, wie fühlt sich das an?«

»Immer noch super, aber …?«

»Du hast jetzt in diesem Moment bei dem Gedanken nicht das leiseste Bauchgrummeln?«

»Nein, eigentlich nicht«, gebe ich zu.

»Dann ist jetzt Schluss mit dem Gejammer. Besser geht es doch gar nicht«, schließt sie bestimmt. »Kann ich dich für eine Stunde alleine lassen? Ich muss noch etwas erledigen.«

»Etwas Geheimes?«

»Ja«, kommt es ungewohnt verstockt.

Eigentlich bin ich ganz froh, dass ich noch ein wenig allein meinen Gedanken nachhängen kann. Ich verabschiede mich von ihr mit einer Umarmung. »Wir treffen uns im Hotel?«

Wir haben entschieden, einfach wieder in das gleiche Hotel wie in der ersten Nacht zu gehen.

Juli nickt mit aufgeregt funkelnden Augen. Was sie wohl vorhat?

Ich beschließe, noch ein wenig am Hafen entlangzustreifen. Direkt neben den Booten wird der Fang weiterverarbeitet. Der intensive Fischgeruch aus den Töpfen, in denen am Boden sitzend gegart wird, macht mich ein wenig schummrig. Auch die Menschen, die sich drum herum drängen. Sie reden so aufgeregt miteinander, als stritten sie um ein Leben. Vermutlich geht es am Ende nur um den

Preis. Überall stehen Fahrräder mit blauen Plastikkästen herum. Die sind mit ihrer silbrig glänzenden Ware so überfüllt, dass man denkt, die Fische springen gleich wieder heraus. Und auch in der indischen Tierwelt gibt es ein Kastensystem: Die Krähen müssen um ihren Anteil am Fang kämpfen, die süßen, kleinen Katzen bekommen von den Fischern immer mal wieder kleine Exemplare zugeworfen. Die satten Vierbeiner bleiben neben den Stand sitzen, putzen sich und wirken, als würden sie auch dem Treiben zuschauen. Dazwischen hört man immer irgendwo den Ruf »Chai, Chai, Chai«. Ich erhöre ihn, kaufe mir einen Pappbecher Tee und setze mich an den Sandstrand, so nahe ans Wasser, dass ich den Trubel in meinem Rücken kaum noch wahrnehme. Das erste Mal bin ich vollkommen entspannt. Das Treffen mit Kurt habe ich hinter mir, und es hat gar nicht so wehgetan. Die Zukunft mit Hrithik liegt vor mir, und vielleicht habe ich sogar einen echten Traumjob in petto. Ich habe sogar schon wieder neue Dekorationsideen im Kopf und frage mich, ob man nicht auch noch wechselnde Leckereien anbieten könnte. Dann wären die vielen Jahre in Küchen von Restaurants und im Altersheim nicht für die Katz, und wir würden wirklich alle Sinne ansprechen. Je mehr ich darüber nachdenke, desto aufgeregter fiebere ich meinem nächsten Treffen mit Elizabeth entgegen.

Als ich ins Hotel zurückkomme, ist Juli schon da. Sie hüpft mit ihrem Hintern auf dem Deckel eines riesigen Koffers herum, den ich noch nie gesehen habe.

»Ist da La-Perla-Unterwäsche drinnen, oder warum hast du das scheußliche Ding geklaut.«

»Es war der billigste«, rechtfertigt sich Juli leicht außer Atem. »Und ich musste ihn kaufen, um meine ganzen anderen Einkäufe darin unterzubringen.«

Ich sehe an einer Ecke einen glitzernden Stofffetzen heraushängen. Ich weiß ja, dass Juli fast so gerne in Geschäfte wie ins Kino geht, aber hat sie es nicht ein klein wenig übertrieben?

»Hast du die halbe Stadt leer gekauft? Die Sachen ziehst du doch in Deutschland niemals an.« Ich runzele die Stirn und deute auf den Glitzerstoff.

»Hier gibt es nichts zu sehen«, faucht Juli mich an und verdeckt mir mit einem Bein den Blick auf die Goldmünzen.

»Irgendwelche Esswünsche für heute Abend?«, lenke ich ein.

»Kentucky Fried Chicken. Bitte, bitte, bitte … irgendetwas, wo keine Kokosnuss drin ist, sonst sterbe ich.«

Eine kulinarische Katastrophe, die aber vielleicht als sanfter Wiedereinstieg in die westliche Welt durchgehen kann. Ich willige schnell ein. Eigentlich hätte ich jetzt auch Lust auf eine ekelhaft große, vor Fett triefende Ladung frittierten Huhns mit ein paar Pommes.

Nachdem wir unseren Vorsatz in die Tat umgesetzt haben, liegen wir am Abend völlig erschöpft auf unserem Bett, halten uns die Bäuche und lauschen dem Konzert an Verdauungsgeräuschen.

»Auweia«, ruft Juli und lacht laut. »Was für ein Trip.«

Das kann man wohl sagen.

»Du weißt aber, dass du in kaum mehr als einem Monat heiratest? Habt ihr euch eigentlich schon um irgendetwas gekümmert? Ich meine jetzt so banale Dinge wie den Termin beim Standesamt, einen netten Landgasthof, in dem ihr uns anschließend bewirtet, das Rahmenprogramm …«

»Hör auf, hör auf, sonst will ich am Ende gar nicht mehr heiraten«, unterbreche ich Juli halb lachend, halb verzweifelt. »Ich war mir über eine Woche lang nicht sicher, ob ich überhaupt noch eine Braut sein werde. Falls wir das nicht mehr hinbekommen, verschieben wir den Termin eben.«

»Und was sagen die Sterne dazu?«, neckt Juli mich. Ich richte mich auf und schaue auf sie runter.

»Wir leben ja noch eine Weile. Irgendwann in den nächsten fünfzig Jahren werden sie ja wohl mal wieder günstig für uns stehen, und wenn nicht … Oh, wusstest du, dass du richtig grün bist?« Um Julis Kopf herum schwebt ein smaragdfarbenes Glitzern.

»So übel ist mir aber gar nicht.« Juli schaut zweifelnd zu mir hoch.

»Nein, ich meine doch deine Aura.«

Sie fasst mir an die Stirn. »Komisch, die ist gar nicht heiß. Es wird Zeit, dass wir nach Hause fahren, sonst wirst du mir noch wunderlich.«

Da fällt mir ein, dass ich meinen Freunden ja nichts von meiner neu erworbenen Gabe erzählt habe. Komisch, irgendwie scheine ich Auren immer dann besonders gut wahrnehmen zu können, wenn ich gar nicht daran denke, vollgefuttert oder sonst irgendwie indisponiert bin. Jetzt habe ich aber keine Wahl mehr. Ich weihe Juli ein.

»Abgefahren«, sagt sie nur. Nach kurzem Nachdenken will sie wissen: »Und was bedeutet Grün? Ist das etwas Gutes?«

»Na ja, es gibt so viele Grüntöne und nicht immer eine einheitliche Deutung. Und die Farben eines Menschen ändern sich auch immer wieder. Aber du bist kräftig smaragdgrün. Ich glaube, das heißt, dass du offen bist und bereit, dich anderen ganz zuzuwenden.«

»Klingt doch nicht übel.«

Kaum eine Minute später höre ich ihren gleichmäßigen

Atem, ihre Faszination für Auren scheint sich im Rahmen zu halten. Ich schließe meinen Augen und versuche, ihrem Beispiel zu folgen. Morgen sehe ich Hrithik wieder. Wenn zwischen Aufbruch und Ankunft nur nicht diese endlosen Stunden Flug wären.

Die endlosen Stunden Flug vergehen dann allerdings … wie im Flug eben. Wir schlafen die ganze Zeit. Wahrscheinlich muss unser Unterbewusstsein jetzt erst mal die seltsamen zwei Wochen verarbeiten. Zumindest träume ich sehr wirres Zeug. Mein Vater auf einem Berg von Kokosnüssen. Ishira, die ein paar der Früchte aus dem Stapel zieht und sie nach mir wirft. Stefan, der plötzlich Zithar spielt. Vielleicht kann ich ja nicht nur Auren erkennen, sondern plötzlich sogar hellsehen, und aus dem Jungen wird ein weltberühmter Musiker. Der ganze Stolz seines Vaters.

Endloser als der mehrstündige Flug erscheint mir die halbe Stunde am Gepäckband nach der Ankunft. Der Gedanke, dass Hrithik vielleicht nur eine Wand von mir entfernt auf mich wartet, macht mich ungeduldig. Ich möchte ihn umarmen, mein Gesicht in seiner Halsbeuge vergraben, um seinen Duft einzuatmen und ihn nicht mehr loslassen. Als mein Koffer reinrollt, greife ich ihn mir und stürze zur Tür. »Entschuldigung«, rufe ich Juli über die Schulter zu, die noch auf ihr Gepäck wartet.

»Lauf schon«, ruft sie gelassen.

Es scheint mein Glückstag zu sein. Als ich durch die Tür gehe, sehe ich ihn in der Menschenmasse sofort. Genau genommen sehe ich nur ihn. Seine Augen strahlen, als er mich kommen sieht. Ich beschleunige meinen Schritt noch ein wenig, und schon reißt er mich in seine Arme. Für ein höfliches Hallo reicht die Zeit nicht, wir müssen uns sofort küssen, und zwar ausgiebig. Bis ein ungehobelter Klotz, der sich als Julis Freund Alexander entpuppt, auf meine Schulter tippt und sich räuspert. »Ich will euch nicht unterbrechen, aber hast du meine Freundin zufällig auch mitgebracht, oder muss ich mir Sorgen machen, dass sie von einem Tiger gefressen wurde?«

»Oh«, ich werde rot, »natürlich nicht. Sie müsste gleich da sein«, stammele ich verwirrt und verpasse auch Alexander eine kleine Umarmung.

Und da kommt Juli auch schon angestürmt und umarmt erst Alexander und dann Hrithik.

»Eigentlich müssten wir jetzt ja noch alle gemeinsam ein Bier trinken. Aber wenn ich ehrlich bin, würde ich Tanja jetzt gerne sofort nach Hause entführen«, sagt Hrithik, und alle schauen ihn dankbar an. Wenn ich Alexander und Juli so ansehe, scheinen sie auch nicht so erpicht darauf, nur eine weitere Sekunde mit uns Zeit zu verschwenden.

»Ist genehmigt«, sagt Alexander und grinst.

Juli und ich umarmen uns noch einmal ganz fest.

»Morgen mit den anderen im Weinstein, ja?«

»Sicher doch«, sage ich und mache mich dann mit Hrithik auf den Heimweg.

Im Auto richten wir zum ersten Mal direkt das Wort aneinander. »Ich war so blöd«, entfährt es mir.

»Ich war einfach dämlich«, ächzt Hrithik zur gleichen Zeit. Wir lachen beide. Alle Querelen erscheinen auf einmal so unwichtig, dass es sich nicht einmal lohnt, darüber zu reden.

»Wirf den Motor an, und bring mich nach Hause«, sage ich deshalb nur.

»Ach übrigens, den Job im Altersheim bist du los. Die Heimleiterin hat auf unseren Anrufbeantworter gequatscht. Du brauchst dir keine weiteren Schichten mehr geben zu lassen. Wegen irgendeiner Sache mit einem Stefan und deiner allgemeinen Unzuverlässigkeit.«

Bei den letzten Worten hat er Frau Fröhlichs sehr freudlose Stimme bemerkenswert zickig nachgemacht.

»Nicht schlimm.«

»Aber wer ist Stefan?«, fragt er betont beiläufig. Überrascht schaue ich ihn an. Wittert er einen Grund zur Eifersucht? Wenn er Stefan doch nur kennen würde. Kurz fasse ich alle Ereignisse zusammen.

»Er war mit euch in Indien?« Jetzt sieht Hrithik trotzdem sauer aus.

»Ja, aber wir hatten das weder so geplant, noch wollten wir ihn dabeihaben. Frag Juli, wenn du mir nicht glaubst. Er ist ein harmloser Junge, der bestenfalls Schwesterninstinkte weckt. Er tat mir leid, deswegen habe ich versucht, ihm mit dem Job zu helfen. Und dann saß er plötzlich im Flieger. Er hatte sich bei der Fluglinie eingehackt und unsere Flugdaten herausgefunden und …«

Hrtithik runzelt besorgt die Stirn. Ich gebe zu, mein Plan, ihn harmlos klingen zu lassen, ist nicht ganz aufgegangen.

»… glaub mir, er ist eher ulkig als gefährlich. Außerdem ist er sowieso in Indien geblieben, um zu sich selbst zu finden.«

Hrithik schüttelt grinsend den Kopf.

Nach einer kurzen Schweigepause fragt er vorsichtig: »Und dein Vater? Ist es gut gelaufen?«

»So gut, dass deine Eltern sich auf unserer Hochzeit mit ihm arrangieren müssen.«

Er streichelt kurz zärtlich mein Knie, bevor er die Hand wieder ans Lenkrad legt.

»Ich freue mich darauf, ihn kennenzulernen«, sagt er ernst.

Danach quatsche ich wie ein Wasserfall auf ihn ein. Geduldig hört er sich alles an, was ich erlebt habe, auch alle Ideen für den Laden teile ich mit ihm – als Entschuldigung, weil ich den Job vor ihm verschwiegen hatte.

»Du magst das Geschäft wirklich, oder?«

»Ja, ich glaube, ich finde es richtig toll.«

»Das ist gut. Ich habe dir etwas unterschlagen. Als ich dich in den Laden gefahren habe, nachdem wir uns gestritten haben, bin ich hinterher noch mal zurückgekommen. Wir haben uns so viel an den Kopf geworfen, was ich nicht stehen lassen wollte. Ich bin dann aber doch nicht reingegangen, weil es mir unangenehm war. Aber ich habe dich einen Moment durchs Fenster beobachtet. Du hast so selbstbewusst und zufrieden gewirkt, dass ich dachte: Diese bezaubernde Buchhändlerin möchte ich gerne näher kennenlernen.«

»Das hast du gedacht?« Ich bin gerührt.

»Ja, auch wenn du mich für einen oberflächlichen Trottel mit einer heimlichen Liebe zu Golfplätzen, Rautenpullis und aufgetakelten Blondinen hältst.« Wir können uns wieder gegenseitig aufziehen. Wie schön. Dennoch versetzt mir die Erinnerung einen Stich.

»Das Kapitel Melanie ist endgültig abgehakt«, sagt er bestimmt, als hätte er meine Gedanken gelesen. »Ich möchte mit dieser Frau nichts mehr zu tun haben. Jemand wie sie passt ganz und gar nicht in mein Leben. Darin brauche ich einfach nur dich.«

Ich weiß nicht, was ich darauf antworten soll, deswegen lehne ich einfach nur glücklich meinen Kopf an seine Schulter. Ich kann es gar nicht erwarten, nach Hause zu kommen.

❁

Ein paar Wochen später stehe ich vor dem Spiegel und kann nicht fassen, was ich sehe: Ich bin jetzt tatsächlich eine Braut. Vielleicht nicht nach hiesig geltendem Recht, weil wir zunächst nur die hinduistische Trauung für Hrithiks Familie durchziehen. Die standesamtliche Trauung folgt in drei Monaten, weil wir natürlich keinen Termin mehr bekommen haben. Das Gute an den ganzen Zeremonien: Wir können zweimal in die Flitterwochen fahren. Das erste Mal begeben wir uns gleich im Anschluss an die indische Feier auf die Reise. Wir fahren mit Lothar und Lilly an die Ostsee. Tatsächlich haben die beiden einen tauchbegeisterten Pfarrer aufgetrieben, der sie im Haifischbecken trauen wird. Und nach unserer offiziellen, standesamtlichen Vermählung wollen wir endlich einmal gemeinsam nach Indien reisen. Darauf freue ich mich wie verrückt. Viel mehr als auf die Aneinanderkettung von Ritualen, der ich mich gleich unterwerfen muss. Bestimmt habe ich trotz Chadnis strenger Unterweisung schon die Hälfte der Aufgaben vergessen, die mir bevorstehen. Ich trage einen roten Sari mit goldenen Stickereien, meine Haare sind kompliziert mit goldenen Kämmen hochgesteckt. Auch dabei hatte Chadni ihre Finger im Spiel. Ihr ist es sogar gelungen, einen Stoff aufzutreiben, der meinem blassen, europäischen Teint schmeichelt. Es wäre übertrieben zu sagen, dass wir nun ein inniges, schwesterliches Verhältnis hätten. Dafür sind wir einfach zu verschieden. Aber auch da machen wir es nun wie in einer echten Familie: Man muss nehmen, was man kriegt. Und wir tragen unser Schicksal mit Humor und aufkeimender Zuneigung. Deswegen würde ich zusammenfassen: Als angehende Schwägerinnen machen wir uns schon mal nicht schlecht.

»Das haben wir ja super hinbekommen«, sagt Chadni stolz, als wir gemeinsam mein Spiegelbild betrachten. Juli und Toni haben unserem Treiben kichernd und mit einem Glas Prosecco in der Hand vom Sofa aus zugesehen. Ich versuche ihnen zuliebe ein schwungvolles Schulterkreisen wie in einem Bollywood-Film. Das wird sofort von einem gar nicht so sanftem Klaps Chadnis unterbunden.

»Ruinier mein Werk nicht. In dem Teil darfst du nur noch anmutige Bewegungen machen, klar? Ich habe keine Lust, dass du über den Stoff stolperst und alles kaputt machst.«

Ich bin etwas beleidigt, weil sich meine Bewegung für meinen Geschmack äußerst anmutig angefühlt hat. Juli und Toni lachen noch lauter. Missbilligend sieht Chadni die beiden an, aber auch ihr rechter Mundwinkel zuckt verräterisch. Jetzt fehlt nur noch einer: Kurt. Er wollte mit einem Großraumtaxi vom Flughafen aus direkt bei mir vorfahren, um uns abzuholen. Wie es indische Tradition ist, treffen wir Mädchen samt Brautvater die anderen männlichen Gäste, Hrithik und seinen 40-köpfigen Anhang im Saal des Landgasthofs, den wir zu diesem Anlass gemietet haben. Ich bin mir nicht sicher, ob so viel rustikale, deutsche Gemütlichkeit und indischer Glitzerkram perfekt zusammenpassen. Zumindest passen wir alle in den Raum rein. Die Türklingel unterbricht meine Gedanken. Flink öffnet Juli meinem Vater die Tür und begrüßt ihn mit einer fröhlichen Umarmung. Nachdem er Chadni und Toni höflich die Hand geschüttelt hat, stehen wir einander für einen kleinen Moment wieder hilflos gegenüber. Die gemeinsame Zeit war kurz, und unser Neuanfang ist noch zu frisch für selbstverständliche Gesten. Bei unserer ungeschickten Umarmung können wir uns prompt auf keine Seite einigen. Deswegen knallt seine Stirn brutal an meine. Chadni schnaubt: »Wehe, das gibt eine Beule«, ruft sie erbost. Kurt schaut sie irritiert an und lässt mich wieder los.

»Ja, meine Schwägerin ist eher von der dominanten Sorte und fürchtet um ihr Werk«, helfe ich ihm und ignoriere, dass Chadni mir die Zunge rausstreckt. Armer Kurt. In seinem Hippie-Camp mag er das Oberhaupt sein, aber von den drei Mädels, die an ihm rumzerren und aufgeregt auf mich deuten, ist er merklich überfordert. Und gleich soll er mich noch einem Mann in die Arme werfen, den er noch nie in seinem Leben gesehen hat.

»Toll siehst du aus«, sagt er, und ich versuche zu übersehen, dass er feuchte Augen hat. Habe immer noch keine Ahnung, wie man mit heulenden Vätern umgeht. Ich hake ihn deshalb betont munter unter und sage: »Ich glaube, es kann losgehen.«

Fast stolpere ich.

»Langsam«, erinnert mich Chadni.

Natürlich nutzt sie nach diesem Beweis meiner Tollpatschigkeit die Gelegenheit, meinen Freundinnen zu erzählen, wie ich mich ihrem Vater direkt vor die Füße geworfen habe.

Als wir rausgehen, blinzele ich gegen die Sonne. Es ist zwar kalt, aber gleißend hell. Einer dieser perfekten Märztage, die Vorfreude auf einen blühenden Frühling wecken. Ich setze mich im Taxi auf den Beifahrersitz, während die anderen sich auf die Rückbank drängen. Dem Kichern und Schnattern der Mädels kann ich nicht lange folgen, ich bin so aufgeregt, dass kein Ton mehr durch meine zugeschnürte Kehle dringen kann. Mir ist flau im Magen, aber nicht unangenehm. Eher wie Lampenfieber vor einem großen Auftritt, auf den man sich lange gefreut hat.

Wie durch einen Nebel sehe ich mich selbst. Begleitet von meinen Freundinnen und meinem Vater gehe ich gemessenen Schritts auf den bereits überfüllten Pavillon vor dem Landgasthaus zu. Trotz der Kälte muss die Zeremonie draußen vollzogen werden, weil die Feuerschutzbedingungen es einfach nicht zulassen, dass wir im Saal des Landgasthauses einen kleinen Brand entfachen. Und ohne Flammen, in die man Popcorn werfen kann, keine indische Hochzeit. Der riesige Pavillon erinnert an ein Zirkuszelt – mit Stoffbahnen in lila und orange. Ich habe ihn vorher nicht gesehen, weil sich um diesen ganzen Teil der Angelegenheit Hrithiks Familie gekümmert hat. Verwirrt kneife ich die Augen zusammen, weil ich wirklich kein bekanntes Gesicht entdecken kann. Erleichtert mache ich am Ende doch Alexander und Paul in der Menge aus, als sich Toni und Juli unter den missbilligenden Blicken der indischen Verwandtschaft in ihre Arme werfen, um sie abzuknutschen. Chadni, die bei diesem Anlass treuer als meine Freundinnen an meiner Seite steht, seufzt schwer: »Sehr ungehobelt diese öffentliche Zurschaustellung von Gefühlen … aber ein wenig beneide ich euch darum.«

Ich strahle sie an und gebe ihr kurzerhand auch einen Kuss auf die Wange. Überrascht sieht sie mich an, aber ich lasse meinen Blick einfach weiter schweifen. Und da stehen sie alle, Lothar und Lilly, dezent Händchen haltend und strahlend vor Glück. Und Elizabeth mit einem freundlich aussehenden älteren Herrn, der wohl ihr Ehemann sein muss. Sie winken mir zu. Ihre Auren vermischen sich. Es ist ein kräftiges, optimistisches Orange.

»Vergiss es«, zischt Chadni, die sich von meiner Attacke wieder erholt hat. »Du fängst jetzt nicht an zu flennen, der ganze Kajal verwischt sonst.«

Überrascht fasse ich mir ans Auge. Ich hatte die kleinen Rührungstränen gar nicht bemerkt. Ich tupfe sie vorsichtig weg. Chadni hat recht. Ich muss nicht mit schwarz verfärbten Tränensäcken vor den Altar treten. Willenlos lasse ich zu, dass mein Vater mich zu Hrithik führt. In seinem goldenen Kaftan mit den braunen Stickereien und dem langen Schal in Rottönen sieht er endgültig aus wie ein Bollywood-Film-Star. Ich weiß nicht, ob ich ihn verdient habe, aber ich will ihn. Mehr als alles andere. Verlegen schaut er an sich runter und grinst. »Du wusstest, worauf du dich einlässt. Ein Zurück gibt es jetzt nicht mehr.«

Kurz drücke ich fest seine Hand. »Du siehst toll aus«, raune ich ihm zu.

»Das wäre eigentlich mein Text. Du bist umwerfend.« Er schaut mich so stolz an, dass ich mir gar nicht vorstellen kann, dass er wirklich mich sieht. Innerlich verneige ich mich vor Chadnis Gespür für Farben. Ich schaue ihn an und verfalle in Ehrfurcht vor unserem nächsten Schritt. »Für immer« … wenn es gut läuft. Das ist so viel größer als alles, was ich bisher erlebt habe. Das erhabene, schwebende Gefühl währt nicht lange. Der weiß gewandete Priester ist da, und kurz fühle ich mich in einen dieser Träume versetzt, in denen man eine Prüfung bestehen muss, aber die Antworten komplett vergessen hat. Auch die, die man vor einer Minute noch wusste. Dabei muss ich gleich viele kleine Texte deklamieren – auf Englisch, aus Rücksicht auf Hrithiks Verwandtschaft. Irgendwie verpasse ich, in

Panik versunken, fast den Beginn der Zeremonie, bis mich Hrithiks Stimme zurückholt.

»So unbekannt wir einander waren, so vereint stehen wir jetzt hier. Mögen wir ein Geist und eine Seele sein.«

Hrithik lobt – den Vorschriften gemäß – ausschweifend meine zukünftige heroische Tätigkeit als Mutter von Helden. Ich bitte die Götter um Geschick und Gesundheit, die mir auferlegten Aufgaben zu erfüllen. Danach müssen wir verschiedene Punkte unseres Körpers mit zwei mit Wasser benetzten Fingern berühren. Ich versuche, Hrithiks Bewegungen so schnell und geschickt nachzuahmen, dass es fast nach Gleichzeitigkeit aussieht. Dann geht es weiter. Hrithiks Text ist so lang, dass ich mich nach einer Weile damit begnüge, ihn anzusehen … meinen Mann. So toll dieses Gefühl auch ist, bin ich immer noch eher eine angespannte als eine strahlende Braut. Bestimmt stolpere ich und falle in das Feuer, das wir gleich umschreiten müssen. Dann wäre ich doch noch eine waschechte Sati. Schade, dass Stefan nicht kommen konnte, um das mitzuerleben. Allerdings würde mein Opfer wohl nicht zählen, so ganz ohne toten Ehemann. Als ich an der Reihe bin, kommen die Worte, die Chadni mir eingebläut hat, zum Glück ganz wie von selbst von den Lippen, während wir zunächst nicht das Feuer, sondern den ungefährlichen Altar umrunden. »Lass uns einander ergeben sein. Lass uns unsere Nöte und Freuden teilen, einander umsorgen und mit liebendem Auge betrachten.«

Am Ende hebe ich brav meinen rechten Fuß und stelle ihn auf den Felsbrocken vor mir. Weil ich keinen Bruder oder keine Mutter habe, die mir nun eigentlich helfen müssten, springt mein Freund Peter ein. Die Steinbesteigung steht wohl für all die Hürden, die man als Paar gemeinsam meistern muss. Dann werfen Hrithik und ich mit aufeinandergelegten Händen drei Ladungen Popcorn ins Feuer. Damit sind wir bei dem Teil angelangt, in dem ich Gott um Unterstützung für mein neues Leben außerhalb meines Elternhauses bitte. Fast muss ich dabei kichern. Aber Tradition ist Tradition, und so ende ich, ohne mit der Wimper zu zucken: »Ich bete, dass Gott die Vereinigung unserer Herzen segnen möge.«

Und schon marschieren wir ums Feuer herum. Nach jeder Runde werfen wir erneut Popcorn hinein. Und ich stolpere kein einziges Mal! Am Ende kommt es trotzdem fast zum Eklat, und mein Patzer wird von sehr lautem Raunen begleitet. Fast hätte ich Hrithk beim Hinsetzen seinen Platz geklaut. Schnell verknotet der Priester Hrithiks Schal mit meinem Tuch. Wir stehen auf, und Hrithik legt seine Hand auf meine Schulter. Diesmal sind es nur sieben Schritte, die wir um das Feuer machen, aber nach jedem einzelnen Schritt müssen wir vor einer der sieben aufgebauten Schalen mit Reis stehen bleiben. Der Priester spricht dazu Mantras, die uns Wohlstand, Glück, ein langes Leben und das ganze Pipapo sichern sollen. Hrithik hat mir mal gesagt, dass es in Indien nur deswegen so wenige Scheidungen gibt, weil sich niemand ein zweites Mal auf eine solche Zeremonie einlassen würde. Das klingt plausibel. Endlich nähern wir uns dem Endspurt. Der wunderbare Mann an meiner Seite wendet sich mir mit liebevollem Blick zu: »Die sieben Schritte vollendet, mögest du ein Leben lang meine Begleiterin sein. Mögest du mich bei meiner Verantwortung unterstützen, erfolgreich die Pflichten auszuführen, die ich nun als Hausherr übernehme. Mögen wir mit vielen Kindern gesegnet sein, die alle die volle Zeitspanne eines menschlichen Lebens erleben.«

An der Stelle schnaubt Toni laut. Tja, Hinduismus ist nichts für Emanzen. Aber ich weiß ja, dass Hrithik selbst sich niemals einen Text ausgedacht hätte, bei dem es letztlich darauf hinausläuft, dass er der Hausherr und Bestimmer und ich eine Gebärmaschine sein soll. Deswegen kann ich den Worten ganz und gar gelassen lauschen. Es kostet schließlich nichts, seiner Familie diese kleine Freude zu machen. Der Priester besprenkelt uns mit Wasser, als Übergang zur Sonnenmeditation. Gemeinsam blicken Hrithik und ich in die Sonne und bitten ihren Schöpfer um Kraft für uns. Dann wenden wir uns dem Polarstern zu, der unserer Ehe in seiner Beständigkeit ein Vorbild sein soll: »So wie der Stern Arundthati an den Stern Vasishta gebunden ist, so will ich immer fest an dich gebunden sein«, sage ich, und mir steigen schon wieder Tränen der Rührung in die Augen, als ich merke, dass ich diesen Text gar nicht so übel finde, sondern es genau so meine.

Hritihik legt seine Hand auf meine Stirn: »So wie die Himmel dauerhaft und beständig sind und die Erde dauerhaft und beständig ist und das ganze Universum dauerhaft und beständig ist, soll meine Frau dauerhaft und beständig zu meiner Familie gehören. Mögest du für mindestens hundert Jahre mit mir leben, gesegnet mit Kindern, die ebenfalls hundert Jahre leben.«

Dann schaut er mir so tief in die Augen, dass meine Knie ganz weich werden. Und auch wenn ich mir gar nicht sicher bin, ob ich wirklich scharf auf so viel üppigen Kindersegen bin, entfährt mir an dieser Stelle fast ein »Ja, ich will«. Denn ich habe genau das Gefühl, das man bei seiner Hochzeit haben sollte, egal, wie verschroben das Drumherum auch sein mag. Ich kann uns für einen Moment lang sehen, Seite an Seite, so lange wir beide leben.

Und in diesem Moment bin ich mir sicher, dass es genau so kommen wird.

Als Hrithik mich allen Gästen vorgestellt hat, können wir endlich in den warmen Saal gehen. Der ist so üppig geschmückt, dass ich mich gar nicht sattsehen kann – ein Blumenmeer aus Pink, Weiß und Rot. Als alle Gäste im Saal sind, traue ich meinen Augen kaum: Auf der Bühne stehen plötzlich Juli und Tanja in indischen Gewändern, neben ihnen Peter und Kurt in Kaftanen. Aus den Lautsprechern dröhnt Bollywood-Musik. Die vier haben tatsächlich eine vollständige, irre Choreografie einstudiert. Ich weiß nicht, ob ich mir die Augen zuhalten oder vor Begeisterung johlen soll. Hrithik war offensichtlich auch nicht eingeweiht und sieht fassungslos zu. Chadni kichert hemmungslos. Als auch noch Elizabeth, ihr Mann, Lothar und Lilly vor die Bühne drängen und mitwippen, steigt eine unglaubliche Party. Als die indischen Gäste sich von ihrem schallenden Gelächter erholt haben, machen sie nämlich einfach voller Elan mit. Damit wäre das Eis also gebrochen, und mir laufen endgültig die Tränen runter. Den Rest des Festes verbringe ich überwiegend damit, meinen Freunden um den Hals zu fallen, ihnen ewige Freundschaft zu schwören und einfach Spaß zu haben. Ich trinke keinen Alkohol, weil wir direkt nach der Feier mit Lothar und Lilly aufbrechen wollen. Aber ich brauche auch keinen. Am Ende überrascht mich Elizabeth mit einem Geschenk, das mir nun wirklich den Rest gibt: ihrem Laden.

»Aber nicht sofort einlösen, ein paar Jährchen will ich dort schon noch mit dir verbringen«, flüstert sie mir ins Ohr, als ich sie umarme.

Ich stammele nur noch vor mich hin. »Das geht nicht, das geht auf keinen Fall. Das kann ich nicht annehmen.«

Ihr Mann klopft mir väterlich auf die Schultern. »Nimm es als Herausforderung, das Geschäft zu hegen und zu pflegen und mit so viel Liebe zu führen, wic Elizabeth es getan hat«, brummelt er wohlwollend. »Sie weiß schon, was sie tut, vertrau meiner Frau.«

Elizabeth nickt. »Ich habe dich darin gesehen. Du oder keine!«

Ich weiß nicht, was ich sagen soll. Ich denke immer noch, dass ich es irgendwie schaffen muss, den Laden abzuzahlen. Wie auch immer das gehen soll. Nur ein Gefühl habe ich bei dem Gedanken, den Laden irgendwann zu führen, nicht: Angst. Über alles andere kann ich mir noch Sorgen machen, wenn Hrithik und ich von der Ostsee zurück sind. Mit Tränen in den Augen umarme ich Elizabeth noch einmal: »Danke. Danke für all das Vertrauen. Ich freue mich so! Aber über die Modalitäten reden wir noch.«

Elizabeth lächelt verständnisvoll. »Wie schade, dass wir nicht dabei sein können, wenn Lothar und Lilly heiraten«, wechselt sie dann das Thema. »Aber so lange kann ich den Laden nicht allein lassen.«

Hinter ihr warten all die anderen Gästen, um uns zu verabschieden. Als ich bei meinem Vater ankomme, hat er schon wieder Tränen in den Augen. Vorsichtig küsse ich ihn auf die Wange und hoffe bloß, dass ihn das nicht in einen Sturzbach verwandelt.

»Aber eines musst du mir verraten«, bitte ich ihn. »Wie habt ihr es geschafft, gemeinsam einen Tanz einzustudieren?«

»Per Web-Cam!«, sagt mein Vater stolz.

»Die hat sicher Stefan installiert?«

»Na klar!«, mein Vater lacht, dann wendet er sich Hrithik zu: »Also, wenn ihr dann eure echte Hochzeitsreise macht und in Indien seid, würde ich mich sehr freuen, euch bei mir begrüßen zu dürfen.« Hrithik und ich sehen uns an, und in seinen Augen sehe ich mein eigenes Glück. Himmel ist das schön.

»Ja. Natürlich kommen wir sehr gerne«, sagt Hrithik dann und schüttelt meinem Vater die Hand. Verdutzt lässt er es geschehen, dass Kurt im Überschwang der Gefühle auch ihn an sich drückt.

»Aber nur, wenn wir keine Gruppentherapie machen müssen«, ächzt Hrithik halb erstickt über die Schulter meines Vaters. Verlegen lässt Kurt ihn wieder los.

Ich muss kichern. Da höre ich ein lautes Hupen. Am Steuer eines nicht gerade dezenten weißen Mercedes mit roten Ledersitzen sitzt Lothar.

»Ihr mögt ja noch hundert mal hundert Jahre haben«, ruft Lilly, »aber wir nicht. Kommt ihr endlich?«

Immer noch lachend packe ich Hrithiks Hand, und wir laufen zum Wagen. Über die Schultern winken wir unseren johlenden Gästen zu, dann sitzen wir auf der Rückbank des Wagens.

»Seid ihr bereit?«, fragt Lothar über die Schulter.

Noch einmal schaue ich Hrithik in die Augen und spüre nichts als Gewissheit. »Ja«, sage ich fest. »Für alles, was da kommen mag.«

Um die ganze Welt des
GOLDMANN Verlages
kennenzulernen, besuchen Sie uns doch
im **Internet** unter:

www.goldmann-verlag.de

Dort können Sie
nach weiteren interessanten Büchern ***stöbern***,
Näheres über unsere ***Autoren*** erfahren,
in ***Leseproben*** blättern, alle ***Termine*** zu Lesungen und
Events finden und den ***Newsletter*** mit interessanten
Neuigkeiten, Gewinnspielen etc. abonnieren.

Ein ***Gesamtverzeichnis*** aller Goldmann Bücher finden
Sie dort ebenfalls.

Sehen Sie sich auch unsere ***Videos*** auf YouTube an und
werden Sie ein ***Facebook***-Fan des Goldmann Verlags!